DONGSUH MYSTERY BOOKS 120

ARSÈNE LUPIN CONTRE SHERLOCK HOLMES
뤼뺑이냐 홈즈냐
모리스 르블랑/이가형 옮김

동서문화사

옮긴이 이가형(李佳炯)
도쿄대학 문학부 수학. 전남대 조교수, 중앙대 교수, 국민대 대학원장 역임. 말로 《희망》을 번역하여 한국펜클럽 번역문학상 수상. 지은책 《미국문학사》, 옮긴책 말로 《왕도》, 오스카 와일드 《살로메》, 루소 《사회계약론》, 런던 《야성이 부르는 소리》, 르블랑 《기암성》 등이 있다.

DONGSUH MYSTERY BOOKS 120
뤼뺑이냐 홈즈냐
모리스 르블랑 지음/이가형 옮김
초판 발행/1977년 12월 1일
중판 발행/2003년 12월 1일
발행인 고정일/발행처 동서문화사
창업 1956. 12. 12. 등록 16-345(윤)
서울강남구신사동540-22 ☎546-0331~6 (FAX) 545-0331
www.epascal.co.kr

*

이 책의 출판권은 동서문화사(동판)가 소유합니다.
의장권 제호권 편집권은 저작권 법에 의해 보호를 받는 출판물이므로
무단전재와 무단복제를 금합니다.

편찬·필름·제작 일체「동판」자본으로 이루어짐에 따라
출판권 소유권자「동판」에서 제조출판판매 세무일체를 전담합니다.
사업자등록번호 211-90-02201
ISBN 89-497-0216-9 04860
ISBN 89-497-0081-6 (세트)

뤼뺑이냐 홈즈냐
차례

뤼뺑이냐 홈즈냐
첫 번째 도전 금발의 귀부인
23조 514번 …… 11
푸른 다이아몬드 …… 48
셜록 홈즈의 전투 개시 …… 78
어둠 속의 희미한 빛 …… 108
납치 …… 135
아르센 뤼뺑, 두 번째로 체포되다 …… 166

두 번째 도전 유대 램프
제1장 …… 199
제2장 …… 233

모리스 르베르 단편선
이런 복수 …… 270
악취미 …… 278
정상 참작 …… 285
범인의 손목 …… 294

용호상박 트라팔가의 복수전 …… 303

주요 등장인물

제르보아 수학교사
쉬잔 제르보아의 딸
드티낭 변호사
레옹스 오트레크 남작 '푸른 다이아몬드'의 소유자
샤를 오트레크 남작의 하인
클로종 백작부인 미국의 여부호(女富豪)
뤼시앙 데탕쥐 건축가
클로틸드 뤼시앙의 딸
빅토르 당블바르 남작 예술가
쉬잔 당블바르 남작의 아내
알리스 드망 가정교사
듀지
포랑팡 } 형사
가니마르 주임경감. 뤼뺑의 불구대천의 적
왓슨 셜록 홈즈의 친구
셜록 홈즈 영국의 명탐정
아르센 뤼뺑 괴도신사

첫번째 도전 금발의 귀부인

23조 514번

지난해 12월 8일, 베르사유 고등학교의 수학교사인 제르보아 씨는 고물상 잡동사니 속에서 마호가니로 만든 작은 책상을 골라냈다. 서랍이 여러 개 달려 있었기 때문에 마음에 들었던 것이다. 딸 쉬잔의 생일선물로 마침 잘되었다고 생각했다.

그는 그다지 풍족하지 못한 생활에서도 딸을 기쁘게 해주기 위해 65프랑이라는 큰돈을 치렀다. 그것도 값을 많이 깎은 것이었다.

그가 주소를 가르쳐주고 있을 때, 그때까지 양옆을 두리번거리며 둘러보고 있던 잘생긴 젊은이 하나가 그 책상을 보고 물었다.

"얼마요?"

"벌써 팔기로 흥정이 끝났습니다." 주인이 대답했다.

"……이분에게 말이오?"

제르보아 씨는 고개를 꾸벅 숙여보인 뒤, 다른 손님도 원하는 책상을 마침 자신이 사게 되어 만족한 기분으로 돌아섰다.

그런데 큰길을 열 걸음도 채 가지 않아서 그 젊은이가 뒤쫓아왔다.

그는 모자를 손에 들고 더할 데 없이 예의바른 말투로 말했다.

"참으로 죄송합니다만…… 좀 여쭤보고 싶은 것이 있습니다. 당신은 특별히 그 책상을 찾고 계셨습니까?"

"아니오, 나는 물리실험에 쓸 중고품 저울을 찾고 있었던 거요."

"그렇다면 그 책상을 반드시 가지고 싶으신 건 아니로군요?"

"아니, 꼭 갖고 싶소."

"옛날 것이기 때문입니까?"

"편리하기 때문이오."

"그렇다면 그만큼 편리하고 더 고급인 책상과 바꾸실 의향은 없으십니까?"

"이것이 가장 고급스러우니까 바꿀 필요는 없다고 생각하오."

"그러나……."

제르보아 씨는 성질이 급하고 화를 잘 내는 사람이었다. 그는 퉁명스럽게 대답했다.

"제발 귀찮게 굴지 마시오!"

모르는 사나이는 그의 앞을 가로막았다.

"당신이 얼마를 주고 사셨는지 모르지만…… 내가 그 갑절을 드리겠습니다."

"싫소."

"세 갑절이라면?"

"제발 그만해두시오! 나는 결코 팔고 싶지 않소."

제르보아 씨는 화를 내면서 외쳤다.

젊은이는 제르보아 씨로서는 결코 잊을 수 없는 태도로 그를 가만히 지켜보더니 이윽고 말없이 돌아서서 가버렸다.

1시간 뒤 책상은 비로프레 거리의 제르보아 씨 집으로 배달되었다. 그는 딸을 불렀다.

"쉬잔, 선물이다……마음에 들었으면 좋겠구나."

쉬잔은 활발하고 명랑한 성격의 귀여운 소녀였다. 그녀는 아버지의 목에 매달려 마치 굉장한 선물이라도 받은 듯 기뻐하며 키스를 했다.

그날 저녁 바로 쉬잔은 하녀 오르탕스의 도움을 받아 책상을 자기 방으로 옮겨놓고, 서랍을 말끔히 청소한 뒤 서류와 편지상자와 우편물과 그림엽서들과 사촌오빠 필립을 위해 준비해 둔 기념품들을 가지런히 정돈했다.

이튿날 아침 7시 30분, 제르보아 씨는 학교에 나갔다. 10시가 되자 쉬잔은 여느 때의 습관대로 교문에 서서 아버지를 기다렸다. 제르보아 씨는 철문 맞은쪽 보도에서 딸의 날씬한 모습과 어린 소녀다운 미소를 발견하는 것이 큰 즐거움이었다. 둘은 함께 돌아왔다.

"책상은 어떻더냐, 쉬잔?"

"아주 멋있어요! 오르탕스와 함께 장식들을 닦았어요. 꼭 순금 같아요."

"그럼, 마음에 든 거로군?"

"네, 아주 좋아요! 정말 지금까지 그 책상 없이 어떻게 지냈는지 모를 정도예요."

그들은 집 앞 뜰을 가로질렀다. 제르보아 씨가 말을 꺼냈다.

"점심 식사 전에 먼저 보러 가볼까?"

"어머나! 그래요, 좋은 생각이세요."

쉬잔이 먼저 올라갔다. 그런데 문 앞까지 가자 그녀는 무서운 비명을 질렀다.

"왜 그러니?"

제르보아 씨가 놀라며 물었다.

이번에는 제르보아 씨가 방 안으로 들어갔다. 책상이 보이지 않던 것이다.

예심판사를 놀라게 한 것은 책상을 훔쳐간 수법이 너무나 간단하다는 점이었다. 쉬잔이 집에 없고 하녀가 물건을 사러 나간 사이에 배지를 단 짐꾼——이웃사람들이 그를 보았다——이 뜰 앞에 수레를 세워두고 두 번 벨을 울렸다. 이웃사람들은 하녀가 밖에 나간 것을 몰랐기 때문에 조금도 이상하게 여기지 않았다. 그리하여 그 짐꾼은 아주 침착하게 일을 해치웠던 것이다.

그런데 다음 사실에 주목하지 않으면 안 된다. 방 안의 장롱은 전혀 부서지지 않았고, 시계도 그대로 있었다는 것. 뿐만 아니라 쉬잔이 책상 위에 놓아둔 지갑 속에 들어 있는 금화도 고스란히 옆 테이블 위에서 발견되었다. 따라서 그 도둑의 목적은 분명했다. 그런만큼 무엇을 위한 도둑질인지 더욱 이해할 수가 없었다. 그런 시시한 물건 때문에 왜 큰 위험을 무릅쓴 것일까?

제르보아 씨가 제공할 수 있는 유일한 단서는 전날 있었던 일이었다.

"그 젊은이는 내가 거절하자 아주 난처한 표정을 지어 보였어요. 나는 헤어질 무렵 조금 협박받은 듯한 기분이 들었습니다."

아주 막연한 이야기였다. 고물상 주인도 심문을 받았다. 고물상 주인은 이 두 신사가 다 기억이 나지 않는다고 했다. 본디 그 책상은 쉬브르즈에서 죽은 사람의 것으로, 40프랑에 사서 적당한 가격에 판 것이었다. 경찰조사는 계속되었으나 그 이상은 아무것도 알아내지 못했다.

제르보아 씨는 큰 손해를 보았다고 생각했다. 필시 이중으로 된 서랍 밑에 굉장한 재산이 숨겨져 있었음에 틀림없어, 젊은이는 그 숨긴 물건을 알고 있었기 때문에 이러한 짓을 저지른 것이라고.

"아빠, 그런 재산이 우리에게 대체 무슨 소용이 있어요?" 쉬잔은 거듭 말했다.

"뭐라고! 그만한 지참금만 있다면, 너는 아주 훌륭한 결혼식을 올릴 수 있을 거야!"

쉬잔은 가난한 사촌오빠 필립밖에 생각하지 않았으므로 슬픈 듯이 한숨을 내쉬었다. 그리고 베르사유에 있는 이 작은 집에서의 생활은 계속되었다. 명랑함과 편안함이 적어지고 후회와 실망으로 어두워진 생활이.

두 달이 지났다. 그리고 갑자기 가장 중대한 사건——생각지도 않았던 행운과 파국——이 잇달아 일어났던 것이다.

2월 1일 오후 5시 30분, 저녁신문을 손에 들고 돌아온 제르보아 씨는 의자에 앉아 안경을 쓰고 신문을 읽기 시작했다. 정치에 흥미가 없는 그는 페이지를 넘겼다. 문득 한 기사가 주의를 끌었다.

신문협회 복권 제3회 추첨
23조 514번, 100만 프랑……

신문이 손에서 미끄러져 떨어졌다. 눈앞의 벽이 흔들렸다. 그리고 그의 심장의 고동이 멎는 듯했다. 23조 514번…… 그것은 그의 번호였다! 그는 그것을 한 친구에 대한 우정의 표시로 사두었던 것이다. 아무튼 그는 운명의 혜택 같은 것은 별로 믿지 않았었다. 그런데 그가 당첨되었다. 제르보아 씨는 급히 수첩을 꺼냈다. 23조 514번이라는 숫자가 수첩 페이지에 분명히 적혀 있었다.

그러나 복권은? 그는 서재로 달려가 소중한 복권을 넣어둔 봉투상자를 찾았다. 그런데 서재에 들어서자마자 다시 깜짝 놀라 그 자리에 우뚝 섰다. 봉투상자가 보이지 않았다. 그리고 놀랍게도 벌써 몇 주일 전부터 보이지 않았던 것이 갑자기 생각났다. 몇 주일 전부터 학

생들 숙제를 고칠 때 눈앞에서 보이지 않았던 것이다!

뜰의 자갈길에서 발자국 소리가 났다. 그는 소리쳐 불렀다.

"쉬잔! 쉬잔!"

딸이 급히 달려올라왔다. 제르보아 씨는 목이 죄어드는 듯한 목소리로 중얼거렸다.

"쉬잔…… 상자…… 봉투상자가 어디 있지?"

"어떤 상자요?"

"봉투상자 말이다…… 내가 목요일에 집으로 가지고 돌아와서 이 테이블 위에다 올려 놓았었지……."

"글쎄요, 아버지…… 그러고 나서 함께 치웠잖아요?"

"언제?"

"그날 저녁…… 저어…… 그 전날……."

"어디에? 쉬잔…… 어서 말해 봐라…….."

"어디냐고요?……책상 속이지요."

"도둑맞은 책상 말이냐?"

"네."

"도둑맞은 책상 속……."

제르보아 씨는 뭔가 무서워하고 있는 것처럼 이 말을 아주 낮은 목소리로 되풀이했다. 그는 딸의 손을 잡더니 훨씬 낮게 가라앉은 목소리로 말했다.

"그 속에 100만 프랑이 들어 있었던 거야, 쉬잔……."

"어머나! 아버지, 왜 나에게 그런 말씀을 하지 않으셨어요?" 딸은 천진스럽게 되물었다.

"100만 프랑!"

그는 되풀이 말했다.

"당첨된 복권이 들어 있었어."

엄청난 재난에 두 사람은 어이가 없었다. 그들은 오랫동안 말없이 앉아 있었다. 침묵을 깨뜨릴 용기가 나지 않았다.

이윽고 쉬잔이 말했다.

"하지만 아빠, 그 돈을 받을 수는 있겠지요?"

"어떻게? 무슨 증거로?"

"증거가 필요한 거예요?"

"물론! 누군가 다른 사람이 돈을 받게 되겠지."

"하지만 그런 법이 어디 있어요! 이의를 제기할 수 있잖아요?"

"당치도 않은 말은 그만둬라! 그놈은 아주 만만찮은 녀석일 거야. 책략이 뛰어난 놈이겠지…… 생각해 봐라. 그 책상 사건을……."

그는 기운을 짜내 벌떡 일어나더니 발을 쾅쾅 굴렀다.

"좋아, 절대로 뺏기지 않겠다. 이 100만 프랑은 뺏기지 않을 테다! 내가 왜 그것을 뺏기겠니! 그 녀석이 아무리 교묘하다 해도 결국은 별수없을 거야. 돈을 받으러 나타나면 체포하게 만들겠어! 그래, 두고 봐라. 못된 녀석 같으니!"

"어떻게 하실 생각이세요, 아빠?"

"우리의 권리를 지키는 거다. 어디까지나, 무슨 일이 있어도! 그리고 아마 잘 될 거다. 100만 프랑은 내 거야. 꼭 내가 차지하고 말 테다."

몇 분 뒤, 그는 다음과 같은 전보를 띄웠다.

파리, 카퓌신 거리
부동산은행장 귀하
나는 23조 514번 복권의 소유자입니다. 다른 사람의 신청에 대해 모든 법적 수단을 가지고 이의를 제출합니다.

제르보아

그와 거의 같은 시간에 부동산은행으로 다음과 같은 전보가 날아들었다.

23조 514번 복권을 소지하고 있습니다.
아르센 뤼뺑

아르센 뤼뺑의 생애를 구성하는 수많은 모험 가운데 어느 것이든 이야기하려고 할 때마다 나는 정말 곤혹을 느낀다. 왜냐하면 이들 모험 가운데 아무리 평범한 것이라 하더라도 나의 모든 독자들이 이미 알고 있으리라고 생각되기 때문이다.

사실 사람들이 '국민적 괴도(怪盜)'라고 이름붙인 이 남자의 단 한 가지 몸짓이라도 신나고 요란스럽게 선전되지 않은 것은 없다. 그리고 단 한 가지 공로라도 모든 측면에서 연구되지 않은 것이 없으며, 단 한 가지 행동이라도 일반에게 영웅적인 이야기로 알려져 있는 것이다.

예를 들어 저 기피헌 〈금발의 귀부인〉 이야기를 모르는 사람이 있을까? 그 신기한 에피소드에 대해 신문기자들은 고딕 활자로 〈23조 514번〉이니 〈앙리 마르탕 거리의 범죄〉니 〈푸른 다이아몬드〉니 하는 표제들을 붙였다. 게다가 영국의 명탐정 셜록 홈즈의 개입을 둘러싸고 얼마나 소동이 일어났던가!

이 두 대예술가의 솜씨를 비교하는 여러 가지 일들이 있을 때마다 대중들은 얼마나 열광했던가! 그리고 신문팔이 소년이 "아르센 뤼뺑 체포!" 하고 외치며 돌아다니는 날에는 얼마나 큰 소동이 벌어졌던가!

여기에 나는 새로운 이야기를 제공하려 한다. 수수께끼를 푸는 열쇠를 제공하려는 것이다. 이들 모험의 주위에는 언제나 어둠이 남아 있다. 나는 그것을 말끔히 걷어버리려 한다. 나는 몇 번이나 되풀이해 읽은 기사를 다시 기록하고 오래 전의 회견기를 다시 들추어본다. 나는 그것들을 정리하고 분류하여 정확한 진상을 찾아낸다. 나의 협력자는 아르센 뤼뺑이다. 나에 대한 뤼뺑의 친절심은 이루 말할 수 없다. 또 때로는 홈즈의 친구이며 의논의 상대자이기도 한 저 훌륭한 왓슨도 협력해 준다.

앞서 말한 두 통의 전보가 처음 공개되었을 때, 이 사건이 불러일으킨 폭소에 대해서 사람들도 기억하고 있을 것이다. 아르센 뤼뺑이라는 이름만으로도 관객들에게는 뜻밖의 즐거움을 약속해 주는 것이었다. 그리고 온 세계가 바로 관객석이었던 것이다.

부동산은행이 곧 조사해 본 결과 23조 514번 복권은 리용은행 베르사유 지점을 통해 포병소령 베시에게 건네진 것으로 밝혀졌다. 그런데 베시 소령은 이미 말에서 떨어져 죽었다. 소령의 친한 동료들로부터 그가 죽기 조금 전, 그 복권을 어느 친한 친구에게 팔았다는 것을 알게 되었다.

"그 친구가 바로 나요."
제르보아 씨가 주장했다.
"증명할 수 있습니까?" 부동산은행장이 물었다.
"증명이라고요? 그건 어렵지 않습니다. 내가 소령과 오랫동안 교제해 왔다는 것, 그리고 우리가 아르므 광장에 있는 다방에서 만난 사실을, 20명 이상의 증인이 당신에게 증언해 줄 겁니다. 나는 어느 날 베시가 곤란한 처지에 놓여 있다는 것을 알고 그를 돕기 위해 그 복권을 20프랑에 샀던 겁니다."
"복권을 주고받는 것을 본 사람이 있습니까?"
"없습니다."

"그렇다면 대체 당신이 권리를 청구할 만한 근거가 되는 것은 무엇입니까?"
"그 일에 대해 소령이 나에게 쓴 편지가 있습니다."
"어떤 편지인데요?"
"복권에 핀으로 찔러둔 편지입니다."
"그걸 보여주십시오."
"하지만 그것은 도둑맞은 책상 속에 넣어두었습니다."
"그걸 찾아오십시오."

그러나 그 편지는 아르센 뤼뺑 쪽에 의해서 세상에 알려지게 되었다. 〈에코 드 프랑스〉 신문에 통고문이 실렸던 것이다. 이 신문은 뤼뺑의 정식 기관지라는 영광을 가지고 있는데, 뤼뺑은 그 신문의 대주주인 것 같았다. 뤼뺑은 베시 소령이 자신에게 써보낸 편지를, 자기 변호사인 드티낭 씨에게 건네준다고 통고한 것이다.

그것은 떠들썩한 화젯거리였다. 아르센 뤼뺑이 변호사를 내세우다니! 아르센 뤼뺑이 정해진 법률에 의거하여 자기 대리인으로서 법조계의 한 사람을 지명하다니!

언론계 전체가 드티낭 씨의 집으로 몰려왔다. 드티낭 씨는 과격파의 유력한 대의원으로, 아주 성실한 신사인 동시에 좀 회의적이며 역설을 즐겨 쓰는 치밀한 재주꾼이었다.

드티낭 씨는 아직 아르센 뤼뺑과 대면하는 기쁨을 가진 일이 없었다. 그 자신도 그것을 대단히 유감스럽게 생각해 왔다. 그러다가 뤼뺑으로부터 이런 지시를 받은 것이다. 그는 자신이 선택된 것을 큰 영광으로 생각했다. 그는 크게 감격하여 의뢰인의 권리를 힘껏 옹호할 작정이었다. 이윽고 그는 새로 작성된 서류를 펼쳐, 보란 듯이 소령의 편지를 공개했다. 그 편지는 복권의 양도를 명시하고 있었다. 그러나 받는 사람의 이름은 적혀 있지 않았다. 거기에는 다만 '나의 친애하는 벗······'이라고만 씌어 있었다.
"'나의 친애하는 벗'이란 나를 말한 것입니다." 아르센 뤼뺑은 소령의 편지에 덧붙인 쪽지 속에서 이렇게 주장했다. "그리고 무엇보다도 확실한 증거는 내가 이 편지를 가지고 있다는 것입니다."
신문기자들은 곧 제르보아 씨 집으로 몰려갔다. 그는 같은 말을 되풀이할 뿐이었다.
"'나의 친애하는 벗'이란 내가 틀림없습니다. 아르센 뤼뺑은 복권과 함께 소령의 편지를 훔쳤습니다."
이에 대해 뤼뺑은 이렇게 대꾸했다.
"증명해 보라고 하시오!"
제르보아 씨 역시 같은 신문기자들 앞에서 소리쳤다.
"책상을 훔친 것은 그자란 말입니다."
그러자 뤼뺑이 다시 반박했다.
"증명을 해보여야 할 게 아니오!"
23조 514번 복권을 놓고 두 소유자 사이에 벌어진 이 공개 결투, 기자들의 왕래, 가엾은 제르보아 씨의 흥분과 아르센 뤼뺑의 침착함, 이것은 정말 재미있는 구경거리였다.
신문에는 이 불행한 사람 제르보아 씨의 탄식이 가득 실렸다. 그는 자신의 불운을 비통하게 털어놓았다.
"이걸 아셔야 합니다, 여러분. 그 악당이 내게서 훔쳐간 것은 쉬잔의 지참금입니다! 나 자신에게 있어서는 아무것도 아니지만, 그러나 쉬잔에 대해서 생각해 보십시오, 100만 프랑입니다. 10만 프랑의 열 배! 아아, 책상에 보물이 들어 있다는 것을 나는 잘 알고 있었습니다!"
책상을 가지고 간 사람은 그 속에 복권이 들어 있는 줄은 몰랐을 것이다, 그리고 누가 훔쳐갔든 그 복권이 당첨되어 큰돈을 벌게 되리라는 것을 미리 알 수는 없었을 거라고 사람들이 반론을 해도 소용이 없었다.

제르보아 씨는 소용없는 불평을 늘어놓았다.

"천만에요! 그는 알고 있었던 겁니다. 그렇지 않다면 무엇 때문에 그런 변변찮은 책상을 훔쳤겠습니까?"

"뭔가 알 수 없는 이유가 있었겠지요. 아무튼 그때로서는 고작 20 프랑의 종이 쪽지를 훔치기 위한 것은 아니었을 겁니다."

"100만 프랑입니다. 그는 알고 있었던 겁니다…… 그는 무엇이든 다 알고 있으니까요! 뭐라구요? 당신들은 악당이라는 것에 대해 도무지 모르고 있군요. 당신들은 100만 프랑을 도둑맞아 보지 않았을 테니까요!"

이와 같은 공방은 언제까지나 계속될 것 같았다. 그런데 12일째 되는 날, 제르보아 씨는 아르센 뤼뼁이 직접 보낸 편지를 받았다. 그런데 제르보아 씨는 그 편지를 읽어내려갈수록 불안이 더해갔다.

　안녕하십니까? 세상 사람들은 우리를 구경거리로 즐기고 있습니다. 상황이 심각해졌다고 생각지 않습니까? 나는 단호한 결심을 이미 내렸습니다.

　상황은 간단명료합니다. 나는 복권을 가지고 있지만 당첨금을 받을 권리를 갖지 못했고, 당신은 당첨금을 받을 권리는 가지고 있지만 복권을 갖고 있지 않습니다. 따라서 우리는 서로가 상대편 없이는 아무것도 할 수 없는 입장입니다.

　그런데 당신은 당신의 권리를 나에게 양보하는 데 동의하지 않을 것이고, 나는 내 복권을 당신에게 넘겨주는 데 역시 동의하지 않을 겁니다.

　어떻게 하시겠습니까?

나는 꼭 한 가지 해결방법이 있다고 생각합니다.

나눠가집시다. 당신이 50만 프랑, 내가 50만 프랑. 그것이 공정하지 않습니까? 그리고 이 솔로몬의 현명한 판단은 우리 두 사람이 복권에 대해 가지고 있는 정당한 요구를 만족시켜 주지 않을까요?

이것은 정당하고도 즉각적인 해결책입니다. 이것은 당신이 이론을 제기할 수 있는 문제가 아니라, 현재 상황에서 당신이 필연적으로 받아들여야 할 제안입니다.

당신에게 3일 동안 생각할 여유를 주겠습니다. 금요일 아침 〈에코 드 프랑스〉 광고란에 Ars. Lup.(아르센 뤼뼁) 씨 앞으로 비밀통지를 실어, 내 제안을 전적으로 받아들인다는 뜻을 알려주십시오. 그러면 당신은 복권을 곧 손에 넣을 수 있고 100만 프랑을 받을 수도 있을 것입니다. 단, 내가 나중에 지시하는 방법으로 50만 프랑을 나에게 돌려준다는 조건으로.

당신이 거부할 경우를 대비해 나는 마찬가지 결과가 되도록 수단을 강구해 두었습니다. 그러나 그렇게 할 경우, 당신은 귀찮은 입장에 처할 뿐만 아니라 추가비용으로 다시 2만 5천 프랑을 공제당하게 될 것입니다.

끝으로 나의 좋은 제안을 받아들이시기 바랍니다.

아르센 뤼뼁

제르보아 씨는 격분한 나머지 이 편지를 공개하고 복사본까지 만들어두는 중대한 실수를 저질렀다. 격분은 그로 하여금 온갖 어리석은 짓을 다하게 만들었던 것이다.

"절대로 받아들일 수 없소. 한푼이라도 주나 보오!" 제르보아 씨는 여러 기자들 앞에서 외쳤다. "내 것을 나눠갖겠다고? 절대로 그럴

수는 없지. 차라리 복권을 찢어 버리고 말지."

"50만 프랑이라도 없는 것보다는 낫지 않겠습니까?"

"문제는 그것이 아니라 내 권리입니다. 그 권리를 나는 법정에서 입증해 보일 겁니다."

"아르센 뤼뺑을 공격하겠다는 겁니까? 뤼뺑에게 그러는 것은 어리석은 짓일 텐데요."

"아니, 부동산은행에 대해서입니다. 은행은 나에게 100만 프랑을 지불할 의무가 있습니다."

"복권과 교환할 의무가 있겠지요. 적어도 당신이 그것을 샀다는 증거만이라도 있다면……."

"증거는 있습니다. 아르센 뤼뺑이 그 책상을 훔쳤다고 자백하고 있잖소!"

"재판에서 아르센 뤼뺑의 말만으로 충분히 이길 수 있을까요?"

"상관없습니다. 나는 끝까지 해볼 겁니다."

관중들은 즐거워 흥분했다. 내기가 벌어졌다. 한쪽은 뤼뺑이 제르보아 씨를 굴복시킬 수 있을 거라고 주장하고, 다른 한쪽은 뤼뺑이 헛수고를 하게 될 거라고 말했다. 그리고 사람들은 일종의 불안을 느끼고 있었다. 이 두 사람의 역량이 너무도 차이가 나기 때문이었다. 한쪽은 맹렬하게 공격하고 있고, 또 한쪽은 궁지에 몰린 짐승처럼 벌벌 떨고 있는 것이다.

금요일이 되자 사람들은 다투어 〈에코 드 프랑스〉 신문을 집어들고 제5면에 있는 안내광고란을 급히 뒤적였다 'Ars. Lup' 씨에게 보내는 광고는 한 줄도 나와 있지 않았다. 아르센 뤼뺑의 명령에 대해 제르보아 씨는 침묵으로 대답한 것이다. 그것은 선전포고나 다름없었다.

그날 저녁 무렵 사람들은 신문에서 쉬잔 제르보아 양이 유괴되었음을 알았다.

 이른바 이 아르센 뤼뺑의 연극에서 우리를 즐겁게 해주는 것은 경찰의 멋진 희극적 역할이다. 모든 일이 경찰을 제쳐놓고 행해지고 있는 것이다. 아르센 뤼뺑은 마치 자기가 보안부장이고, 경찰이고, 경감인 듯, 다시 말해 그의 계획을 방해할 수 있는 자가 아무도 없는 것처럼 발표하고, 예고하고, 명령하고, 협박하고, 실행했다. 방해는 절대로 있을 수 없으며, 또 효과도 없을 것으로 보였다. 상대가 되지 않는 것이다.
 그래도 경찰은 열심히 활동하고 있었다. 일단 아르센 뤼뺑의 짓으로 밝혀질 때마다, 고위층에서부터 밑에 있는 사람까지 누구나 열중하고 흥분하였다. 아르센 뤼뺑은 그들의 적이었다. 사람을 놀려대고 충동질하고 경멸할 뿐만 아니라, 완전히 무시하고 있는 적인 것이다. 이런 적에 대해서는 어떻게 해야 좋을까?
 하녀의 증언에 따르면 쉬잔은 9시 40분에 집을 나갔다고 한다. 10시 5분 제르보아 씨가 학교문을 나왔을 때 늘 자기를 기다리고 있던 장소에 딸의 모습이 보이지 않았다. 그러므로 모든 일은 쉬잔이 집에서 학교까지, 또는 적어도 학교 부근까지 걸어간 20분 사이에 일어난 것이다.
 두 이웃사람이 300걸음쯤 되는 곳에서 쉬잔과 마주쳤다고 증언했다. 어느 부인은 가로수를 따라 어린 소녀가 걸어가고 있는 것을 보았다고 말했는데, 그녀의 특징이 쉬잔과 일치했다. 그 뒤 무슨 일이 있었는지 그건 아무도 모른다.
 모든 방면에서 조사가 진행되었다. 역과 시내로 들어오는 세관직원들에 대해 심문이 행해졌다. 그들은 그날 쉬잔 제르보아 양의 유괴와 관계 있음직한 일은 아무것도 눈치채지 못했다. 다만 비르 더블레의 잡화점 주인이, 파리 방면에서 오는 상자 모양의 자동차에 휘발유를 팔았다고 신고했다. 운전석에는 운전기사가 있었고 뒷좌석에는 금발의 귀부인――아주 뛰어나게 아름다운 금발이었다고 그는 덧붙였다――이 타고 있었다는 것이다.

그런데 그 차는 1시간 뒤 베르사유 방향에서 되돌아왔다. 차는 혼잡으로 인해 천천히 가고 있었기 때문에 잡화점 주인은 앞서 본 금발의 귀부인 옆에 숄과 베일로 몸을 감싼 다른 여자가 앉아 있는 것을 알아보았다. 그녀가 쉬잔 제르보아 양임에 틀림없었다.

그렇다면 유괴는 사람의 왕래가 잦은 대낮, 시내 한복판에서 행해졌다고 추측하지 않을 수 없다!

어디에서 어떻게 했을까? 비명 소리 하나 들리지 않고 수상한 동작 하나 보이지 않았는데……

잡화점 주인은 자동차 특징을 다음과 같이 말했다. 프종 회사제 24마력 리무진, 차체는 짙푸른색. 혹시나 하여 그랑 가라쥐(자동차 서비스 회사)의 여사장 보브 와토르 부인에게도 물어보았다. 과연 여사장은 금요일 아침 그날 하루 쓰기로 하고 프종 리무진 한 대를 금발의 귀부인에게 빌려주었는데, 금발의 귀부인은 그 뒤 모습을 나타내지 않았다고 말했다.

"운전기사는?"

"그 전날 신원증명서를 보고 채용한 에르네스트라는 사람입니다."

"지금 있습니까?"

"아뇨, 차를 몰고 나간 뒤로 돌아오지 않았습니다."

"신원을 확인할 수 있을까요?"

"할 수 있지요, 소개자를 통하면. 여기 소개자의 이름이 있군요."

소개자를 찾아갔다. 그런데 아무도 에르네스트라는 사나이를 아는 사람은 없었다.

이리하여 암흑에서 빠져나가기 위해 추적하다가 또다른 암흑과 다른 수수께끼에 부딪치게 되었을 뿐이었다.

제르보아 씨는 콧대를 얻어맞고 전투를 계속할 기력을 잃었다. 딸이 실종된 뒤로는 풀이 죽어 후회로 가슴을 죄며 굴복하고 말았다.

〈에코 드 프랑스〉 신문에 게재되어 세상 사람들의 논평을 불러일으킨 세 줄짜리 광고는 그의 무조건 항복을 뜻하는 것이었다.

전쟁은 나흘 만에 아르센 뤼뺑의 승리로 끝났다.

그로부터 이틀 뒤 제르보아 씨는 부동산은행의 안뜰을 가로질러가고 있었다. 은행장 앞으로 간 그는 23조 514번 복권을 내밀었다. 은행장은 깜짝 놀랐다.

"아니, 가지고 있었습니까? 되돌려 받으셨습니까?"

"찾지 못했던 것이 나왔습니다." 제르보아 씨는 대답했다.

"하지만 당신 이야기로는…… 문제는…….''

"그건 모두 거짓말이었습니다."

"그러나 뭔가 증거서류가 필요한데요."

"소령의 편지만으로도 좋습니까?"

"좋지요."

"여기 있습니다."

"됐습니다. 그 서류를 맡겨주십시오. 확인을 위해 15일의 기간이 필요합니다. 현금을 받으러 나오시도록 추후 통지를 해 드리겠습니다. 그때까지는 아무 말씀도 하지 마십시오. 이 사건은 절대로 조용한 가운데 끝내는 것이 당신을 위해 좋으리라고 생각합니다."

"나도 같은 생각입니다."

그리고 제르보아 씨는 더 이상 아무 말도 하지 않았다. 은행장도 마찬가지였다. 그러나 아무리 조심을 해도 비밀은 새어나가기 마련이었다. 아르센 뤼뺑이 대담하게도 23조 514번 복권을 제르보아 씨에게 돌려주었다는 소문이 순식간에 세상에 알려지고 말았다. 이 소식이 전해지자 사람들은 깜짝 놀라며 감탄하였다. 그처럼 소중한 종이, 귀중한 종이를 테이블 위에 내던진 자는 확실히 대단한 노름꾼이다! 하기야 뤼뺑이 그것을 내놓은 것은 그 이상의 대가를 얻어내기 위해서가 아닐까. 그러나 만일 쉬잔 양이 도망쳐 버린다면? 그가 잡고 있는 인질을 경찰에게라도 빼앗긴다면?

경찰은 적의 약점을 알아채고 수사노력을 배가했다. 아르센 뤼뺑은 스스로 무장을 해제한 꼴이며, 자기가 파놓은 함정에 빠져 기대하던 100만 프랑은 단 한푼도 건지지 못하는 것이 아닐까…… 비웃는 자들은 우르르 반대쪽으로 옮겨갔다.

아무튼 쉬잔 양을 찾아내지 않으면 안 되었다. 그러나 어디 있는지 알 도리가 없었다. 그녀가 스스로 도망쳐 나오거나 하는 일은 더욱 기대할 수 없었다.

그렇다——세상사람들은 이렇게 말했다——뤼뺑이 제1회전에서는 이겼을지 모른다. 그러나 난관은 이제부터다. 쉬잔 제르보아 양이 그의 손아귀에 있다는 것은 모두가 인정한다. 50만 프랑과 교환할 수 있기 전에는 뤼뺑은 그녀를 놓아주지 않을 것이다. 그러나 어디서 어떤 식으로 교환이 이루어질 것인가? 이 교환이 행해지기 위해서는 서로 만나야 할 것이고, 그렇게 되면 제르보아 씨는 경찰에 알려 돈을 주지 않고 딸을 찾을 수 있을 것이다.

제르보아 씨는 기자들에게 둘러싸였다. 그는 몹시 풀이 죽어 내내 침묵을 지키며 아무말도 하지 않았다.

"나는 아무것도 할 말이 없소. 기다릴 뿐이오."

"그럼, 제르보아 양은?"

"수사가 계속되고 있소."

"아르센 뤼뺑에게서 편지가 왔겠지요?"
"아니, 오지 않았소."
"맹세할 수 있습니까?"
"싫소!"
"아마도 편지가 온 것 같은데. 그의 생각은 어떻습니까?"
"나는 아무것도 할 이야기가 없소."
사람들은 드티낭 씨와 부딪쳐보았다. 그 역시 말이 없었다.
"아르센 뤼뺑 씨는 나의 고객입니다." 그는 자랑스러운 듯이 대답했다. "내가 신중해야 한다는 건 여러분도 아시겠지요?"

관련 인물들의 사방이 꽉 막힌 비밀이 구경꾼들을 초조하게 만들었다. 암흑 속에서 일이 꾸며지고 있는 것은 분명했다. 아르센 뤼뺑이 그물을 치고 그것을 천천히 당기고 있는 동안, 경찰은 제르보아 씨 신변을 밤낮없이 경계하고 있었다.

세상 사람들은 해결 방법이 세 가지밖에 없다고 생각하고 있었다. 체포, 승리, 아니면 우스꽝스러운 실패.

그러나 대중들의 호기심은 부분적으로밖에 만족되지 않았다. 이제 이 책의 다음 몇 장에서 비로소 정확한 진상이 드러나게 될 것이다.

3월 10일 화요일. 제르보아 씨는 부동산은행으로부터 겉으로 보기에 아무 이상이 없는 봉함편지 한 통을 받았다.

목요일 오후 1시, 그는 파리로 가는 기차를 탔다. 그리고 2시, 1000프랑짜리 지폐 1000장이 정확하게 그에게 건네졌다.

제르보아 씨가 떨면서 이 돈——그것은 쉬잔의 몸값이 아니던가——을 한 장 한 장 세고 있을 때, 정면 현관에서 조금 떨어진 곳에 멈춰선 차 안에서 두 사나이가 이야기를 나누고 있었다. 그 중 한 사람은 반백의 머리털에 값싼 월급쟁이 같은 옷차림이었는데, 태도와는 달리 정력적인 표정을 띠고 있었다. 뤼뺑과 불구대천의 원수인 주임 경감 가니마르였다. 그는 포랑팡 형사에게 말했다.

"이제 곧…… 5분도 채 안 되어 제르보아 씨를 만나게 될 걸세. 준비는 다 되었나?"

"완전합니다."

"우리는 모두 몇 명인가?"

"8명입니다. 그 중 2명은 자동차 안에 있구요."

"내가 세 사람 몫을 하지. 충분한 인원은 아니지만 그만하면 됐네. 무슨 일이 있어도 제르보아 씨를 놓쳐서는 안 되네……. 놓치면 끝장이야. 그는 뤼뺑과 만나기로 약속했을 게 틀림없어. 50만 프랑과 교환하여 딸을 되찾으면 일은 끝나고 마는 걸세."

"그런데 왜 제르보아 씨는 우리와 같이 행동하지 않는 거지요? 그 편이 더 간단할 텐데…… 우리를 끌어들이면 100만 프랑이 고스란히 손에 남게 되는데요."

"맞아. 그렇지만 그는 두려운 걸세. 상대를 잡으려 들면 딸을 되찾을 수 없지 않겠나."

"상대라니요?"

"그 녀석 말일세!"

가니마르는 이 말을 조심스럽게 무거운 말투로 내뱉었다. 마치 한 번 건드렸다가 혼이 났던 무서운 초자연적 존재에 대해 말하듯이.

포랑팡 형사는 올바로 지적했다.

"우리가 이 신사를 본인의 의사와는 반대로 보호해야 한다는 게 좀 우습군요."

"상대가 뤼뺑이다 보니 세상이 요지경으로 돌아가는 걸세."

가니마르 경감은 가만히 한숨을 내쉬었다.

잠시 뒤——.

"저길 봐!"

가니마르 경감이 말했다.

제르보아 씨가 나왔다. 카퓌신 거리 끝에서 그는 큰길 왼쪽으로 옮겨갔다. 상점들의 진열창을 들여다보며 천천히 멀어져가고 있었다.

"이상하게 침착한데." 가니마르 경감이 말했다. "호주머니에 100만 프랑을 넣어가지고 있는 사람이 저렇게 침착할 수 있을까?"

"뭐 이상한 점이라도 있습니까?" 포랑팡 형사가 물었다.

"아니야…… 그저 조심하는 것뿐이야. 상대가 뤼뺑이니까."

그때 제르보아 씨는 신문가판대 쪽으로 가서 신문을 고른 다음 거스름돈을 받고 신문 한 장을 집어들었다. 그는 신문을 펼쳐들고 잰걸음으로 걸어가면서 읽기 시작했다. 그러다가 느닷없이 보도 옆에 멈춰 서 있는 자동차로 뛰어올랐다. 시동은 이미 걸려 있었다. 차는 바람같이 출발하여 마들렌 거리 모퉁이를 돌아 자취를 감추었다.

"빌어먹을!" 가니마르 경감이 외쳤다. "또 그 녀석의 수법이군!"

경감은 달리기 시작했다. 부하들도 동시에 마들렌 거리 모퉁이를 돌아 달렸다.

갑자기 경감이 웃기 시작했다. 자동차는 마르제르브 대로 입구에서 타이어가 터져 멈춰 서 있고 제르보아 씨는 내렸다.

"서두르게, 포랑팡…… 운전기사를 맡아…… 아마 에르네스트란 놈일 거야."

포랑팡 형사는 운전기사를 조사했다. 그는 택시회사에 고용되어 있는 가스통이라는 사나이였다. 그의 말에 따르면, 10분 전쯤에 어떤 신사가 그를 붙들고 한 신사가 올 때까지 신문가판대 옆에서 시동을 걸고 기다리라고 했다는 것이다.

"그러면 방금 탔던 손님은 행선지가 어디라고 했소?" 포랑팡이 물었다.

"가는 곳은 정확히 말하지 않았습니다…… '마르제르브 대로…… 메신 거리…… 팁은 두 배.'……이것뿐이었습니다."

그 동안 제르보아 씨는 일각을 다투어 지나가는 마차에 뛰어올랐다.

"마부, 콩코르드 지하철로!"

제르보아 씨는 팔레 로열 광장에서 지하철을 나와 또 다른 마차로 옮겨타고 거래소 광장으로 달리게 했다. 그리고 다시 지하철을 타고, 빌리에 거리에서 세 번째 마차를 탔다.

"마부, 클라페롱 거리 25번지!"

클라페롱 거리 25번지는 모퉁이 집으로, 바티뇨르 큰거리 맞은편에 있었다. 그는 2층으로 올라가 벨을 울렸다. 한 신사가 안에서 문을 열었다.

"드티낭 선생이 여기 사시지요?"

"접니다. 제르보아 씨이십니까?"

"그렇습니다."

"기다리고 있었습니다."

제르보아 씨가 변호사 사무실로 들어갔을 때, 괘종시계가 3시를 가리키고 있었다. 그는 얼른 말했다.

"지정된 시간입니다. 아직 오지 않았습니까?"

"네, 오지 않았습니다."

제르보아 씨는 의자에 앉아 이마에 땀을 닦았다. 그는 마치 시간을 몰랐던 것처럼 자기 시계를 들여다보더니 걱정스러운 듯이 말했다.

"그는 올까요?"

"그 질문의 해답은 내가 세상에서 가장 알고 싶어하는 겁니다. 나는 이처럼 지루하게 누구를 기다려본 적이 없습니다. 어찌되었든 만일 그가 온다면 대단한 모험을 하는 셈입니다. 이 집은 3주일 전부터 엄중한 경계를 받고 있거든요. 나도 혐의를 받고 있기 때문에…….”
변호사가 대답했다.

"나는 그 이상입니다. 그러므로 나를 감시하고 있던 경관들을 완전히 따돌렸다고 생각할 수 없습니다.”

"그렇다면…….”

"그것은 내 책임이 아닙니다. 나에게는 비난받을 이유가 없습니다. 내가 약속한 게 뭡니까? 그의 명령에 복종하는 겁니다. 자, 나는 그의 명령에 맹목적으로 복종했습니다. 그가 정한 시각에 돈을 받았습니다. 그리고 그가 지정한 방법대로 당신을 찾아온 겁니다. 나는 딸의 불행에 책임이 있기 때문에 충실히 약속을 지켰습니다. 그도 지켜주었으면 합니다.” 제르보아 씨는 무섭게 외쳤다.

잠시 말이 끊어졌다. 이윽고 제르보아 씨는 불안한 목소리로 덧붙였다.

"그는 내 딸을 데리고 오겠지요?”

"그러기를 바랍니다.”

"……당신은 그를 만나보셨습니까?”

"아니, 만나보지 못했습니다. 그는 다만 나에게 편지를 보내 당신을 맞이할 것, 3시 전에 하인들을 밖으로 내보낼 것, 그리고 당신이 도착하고 그가 출발할 때까지 이 방에 아무도 들이지 말 것을 요구했을 뿐입니다. 만일 내가 이 제안에 동의하지 않을 경우에는 〈에코 드 프랑스〉 신문에 두 줄짜리 광고를 내어 알려달라는 것이었습니다. 그러나 나는 아르센 뤼빵에게 그렇게 하겠다고 흔쾌히 동의했습니다.”

"아아! 대체 어떻게 되는 걸까?” 제르보아 씨는 나지막하게 중얼거렸다.

그는 주머니에서 지폐를 꺼내 테이블에 올려놓고, 똑같은 매수로 두 다발을 만들었다. 그러고 나서 두 사람은 잠자코 기다렸다. 이따금 제르보아 씨는 귀를 곤두세웠다…… 누가 벨을 울리지 않을까? 그의 불안은 시시각각 더해갔다. 드티낭 변호사도 거의 고통에 가까운 기분을 느끼고 있는 듯했다.

한순간 변호사는 완전히 냉정을 잃더니 갑자기 벌떡 일어섰다.
"그는 오지 않는 모양입니다…… 어떻게 하시겠습니까? 그가 온다는 것은 미친 짓 아닙니까! 우리는 그를 배신하거나 할 속물은 아니니까요. 그러나 위험한 건 여기뿐이 아닙니다."

그러자 제르보아 씨는 고개를 떨구고 지폐를 두 손으로 움켜잡으며 중얼거렸다.

"아, 제발 그가 와야 하는데, 제발 와야 하는데! 쉬잔을 되찾을 수만 있다면 이 따위 돈 모두 주어도 좋은데."

그때 문이 열렸다.

"반만으로도 충분합니다, 제르보아 씨."

문지방 위에 누군가가 서 있었다. 스마트한 차림의 젊은이로, 제르보아 씨는 곧 그가 베르사유 고물상 옆에서 자기에게 말을 건 젊은 남자임을 알아보았다. 제르보아 씨는 젊은이에게로 달려갔다.

"쉬잔은? 내 딸은 어디 있지요?"

아르센 뤼뺑은 정중히 문을 닫고 아주 침착하게 장갑을 벗으며 변호사에게 말했다.

"드티낭 씨, 나의 권리를 주장하는 데 친절하게도 협조해 주셔서 정말 고맙습니다. 이 은혜는 절대로 잊지 않겠습니다."

드티낭 변호사가 조그맣게 중얼댔다.

"그런데 벨을 울리지 않으셨군요…… 문 열리는 소리가 들리지 않왔습니다……."
 "벨이나 문은 소리를 내지 않고 여닫아야 합니다. 아무튼 내가 지금 여기에 와 있다는…… 이 사실이 중요한 거 아닙니까?"
 "내 딸 쉬잔을 어떻게 했습니까?" 제르보아 씨가 거듭 물었다.
 "꽤 서두르시는군요. 자, 안심하십시오. 조금만 있으면 따님은 당신의 품 안으로 돌아올 테니까요."
 뤼뺑은 방 안을 서성거리며 칭찬의 말을 내리는 영주(領主)와 같은 표정을 짓고 있었다.
 "제르보아 씨, 아까 교묘하게 활약하신 모습은 참으로 훌륭했습니다. 자동차가 뜻밖의 고장만 일으키지 않았으면 에투알 광장에서 만날 수 있게 되어 드티낭 씨에게 이런 폐를 끼치지 않았을 텐데…… 결국 어쩔 수가 없는 운명인가 봅니다."
 그는 두 다발의 지폐를 힐끗 보면서 외쳤다.
 "됐습니다, 100만 프랑이로군요…… 그럼 곧 받아넣을까요?"
 "그러나," 드티낭 변호사가 테이블 앞을 가로막아서며 반대했다. "제르보아 양이 아직 보이지 않는군요."
 "그래서요?"
 "이 자리엔 제르보아 양의 출석이 절대로 필요합니다."
 "옳아! 그러니까 아르센 뤼뺑은 상대적으로밖에 신용을 받을 수 없는 거로군요. 어쩌면 50만 프랑을 집어삼키고 인질을 돌려주지 않을지도 모른다고 말이지요. 여보시오, 나는 몹시 오해를 받고 있는 거요. 운명이 나에게 약간 특수한 행동을 하도록 만들었기 때문에 나 자신의 양심이 의심을 받고 있소. 사실은 세심하고 자상한 사람인데도 말이오! 만일 염려스럽거든 창문을 열고 불러보시오. 큰길에는 수많은 경관이 있습니다."
 "설마!"

아르센 뤼뺑은 커튼을 들어올렸다.

"제르보아 씨로서는 가니마르 경감을 따돌리는 것이 무리였겠지요. 자, 보십시오. 저기 잔뜩 버티고 있지 않습니까!"

"이럴 수가!" 제르보아 씨가 외쳤다. "하지만 나는 제대로……."

"약속을 지켰다는 말씀이시겠지요? 그건 나도 의심하지 않습니다. 그러나 저들은 빈틈이 없습니다. 저기 포랑팡이 보이는군…… 글레옹도…… 그리고 듀지도…… 저런, 우리 친구들 모두가 와 있군!"

드티낭 변호사는 깜짝 놀라 그를 바라보았다. 얼마나 침착한가! 아르센 뤼뺑은 마치 어린아이들이 놀이를 즐기며 어떤 위험에도 놀라지 않는 것처럼 즐거운 미소를 짓고 있었다.

변호사는 경관들을 보았기 때문이 아니라 이 천연스러운 뤼뺑의 태도를 보고 안심했다. 그제서야 그는 지폐가 놓여 있는 테이블 앞에서 비켜섰다.

아르센 뤼뺑은 두 개의 다발을 차례로 집어들고 양쪽에서 각각 25장씩 빼내어 모두 50장을 드티낭 변호사에게 내밀었다.

"드티낭 씨, 제르보아 씨와 아르센 뤼뺑의 사례금입니다. 우리는 이것을 치를 의무가 있습니다."

"나한테 그럴 필요는 없습니다." 드티낭 변호사가 대답했다.

"뭐라고요? 이렇게 수고를 끼치고 있는데도!"

"이런 수고는 나에게 있어 오히려 즐거운 일이지요."

"결국 당신은 아르센 뤼뺑으로부터는 아무것도 받고 싶지 않다는 말씀이시군요? 평판이 나쁘니까…… 이렇게 이해해도 될까요?"

뤼뺑은 한숨을 내쉬었다. 그는 그 5만 프랑을 제르보아 씨에게 내밀었다.

"친하게 된 기념으로 이걸 받아주십시오…… 제르보아 양의 결혼

축하선물입니다."
제르보아 씨는 얼떨결에 돈은 받아들었으나 이렇게 중얼거렸다.
"딸은 결혼하지 않소!"
"아버지가 동의하지 않으면 결혼할 수 없겠지요. 하지만 그녀는 결혼하고 싶어합니다."
"당신이 그걸 어떻게 아시오?"
"젊은 아가씨들이란 자고로 아버지 모르게 결혼에 대한 단꿈을 가지고 있게 마련이지요. 그나마 다행히도 아르센 뤼뺑이라는 이름의 천사가 나타나 낡은 책상 속에 깊이 감추어진 귀여운 아가씨들의 단꿈의 비밀을 발견해 주곤 한답니다."
"그 밖에 발견한 것은 없소?" 드티낭 변호사가 물었다. "말이 나왔으니 말이지만 나는 당신이 어째서 그 책상을 갖고 싶어했는지 무척 알고 싶습니다."
"거기에는 이유가 있습니다…… 제르보아 씨의 생각과는 달리 책상 속에는 복권 말고는 아무 보물도 없었지만 말입니다……. 아무튼 나는 그 책상이 마음에 들어 오래 전부터 찾고 있었습니다. 무화과나무와 마호가니 재료로 만들어지고 아칸서스 잎 장식이 붙은 그 책상은, 마리 와레우스카가 살고 있던 불로뉴의 작은 집에서 발견된 것인데, 서랍 하나에 '프랑스 황제 나폴레옹 1세에게 바침. 폐하의 충실한 신하 망시옹'이라고 적혀 있습니다. 그리고 위쪽에는 작은 칼 끝으로 '마리여, 당신에게'라고 새겨져 있습니다. 그 뒤 나폴레옹은 황후 조제핀을 위해 이것과 똑같은 것을 만들게 했습니다. 그러니까 마르메종(조제핀이 살던 궁전)에서 사람들이 구경한 책상은 이제 내 수집품 속에 더해진 책상의 불완전한 모조품에 지나지 않았던 겁니다."
"아아, 고물상에서 그런 사실을 알았더라면 그 자리에서 당장 양보

했을 텐데!" 제르보아 씨가 부르짖었다.

"그보다도 23조 514번의 복권을 당신 혼자 차지하게 되었을 텐데……." 아르센 뤼뺑은 웃으면서 말했다.

"그랬더라면 당신도 내 딸을 유괴하여 깜짝 놀라게 만들지도 않았을 거고요."

"그게 무슨 뜻이지요?"

"유괴 말입니다."

"아니, 제르보아 씨. 그건 사실과 다릅니다. 제르보아 양은 유괴당한 게 아닙니다."

"내 딸이 유괴당하지 않았다고요?"

"그렇습니다, 유괴라면 폭력이지요. 그런데 따님은 자진해서 인질이 된 겁니다."

"본인이 자진해서!" 제르보아 씨는 당황하는 기색이 역력했다.

"뿐만 아니라 거의 간청하다시피 했지요. 지참금을 손에 넣게 해준다는데 제르보아 양처럼 총명하고 가슴속에 정열을 간직한 처녀가 어떻게 거절할 수 있겠습니까! 아아, 맹세코 말하지만, 당신의 고집을 꺾는 데는 이 방법밖에 달리 방법이 없다는 것을 이해시키는 일은 조금도 어렵지 않았습니다."

드티낭 변호사는 아주 재미있어했다. 그는 다른 의견을 말했다.

"가장 어려운 것은 그녀와 이야기를 시작하는 거였겠지요. 당신이 말을 걸어올 때 제르보아 양이 태연히 대했으리라고는 생각되지 않는군요."

"천만에요! 나는 그런 일을 직접 하지 않았습니다. 나에게는 그녀와 친하게 될 영광조차 주어지지 않았지요. 교섭을 해준 것은 나의 여자친구 가운데 한 사람입니다."

"자동차에 타고 있던 금발의 귀부인이겠지요?" 드티낭 변호사가 참견했다.

"그렇습니다. 제르보아 씨가 재직중인 학교 옆에서 처음 따님을 만나 금방 모든 타합을 보았다고 하더군요. 그 뒤 제르보아 양과 나의 여자친구는 벨기에와 네덜란드——아가씨로서는 다시없이 즐겁고 유익한 방법으로——여행을 했던 것입니다."

현관문에서 계속해서 세 번, 그리고 한 번, 잠깐 사이를 두었다가 다시 한 번 벨이 울렸다.

"제르보아 양이오." 뤼뺑이 말했다. "드티낭 씨, 괜찮으시다면 당신이……"

변호사는 급히 자리를 떴다.

두 젊은 여자가 들어왔다. 그 중 하나가 제르보아 씨의 품에 와락 몸을 던졌다. 또 한 여자는 뤼뺑 옆으로 갔다. 키가 크고 모양 좋은 가슴을 가진 몹시 창백한 얼굴의 여자였다. 반짝반짝 윤기나는 금발이 양옆으로 부드럽게 갈라져 물결치고 있었다. 검은색 옷을 입고 다섯 겹으로 감은 검은 구슬목걸이를 한 것 말고는 아무 꾸밈도 없었으나 세련된 품위를 지니고 있었다.

아르센 뤼뺑은 그녀에게 뭐라고 말하고 나더니 제르보아 양에게 고개를 조금 숙여 보인 다음 사과의 말을 했다.

"아가씨, 걱정을 끼쳐드려서 정말 죄송합니다. 그러나 그다지 불쾌하지는 않았으리라고 생각합니다……."

"불쾌하다니요! 가엾은 아버지 걱정만 없었다면, 난 정말 행복했을 거예요."

"그렇다면 다행입니다. 다시 한 번 아버님을 포옹해 드리시오. 그리고 이 기회를 이용하여——더없이 좋은 기회입니다——당신 사촌오빠에 대한 이야기도 하십시오."

"사촌오빠라고요?······무슨 말씀이지요? 까닭을 모르겠군요."

"아니, 난 압니다. 사촌오빠 필립, 당신이 소중하게 간직해 둔 편지를 보낸 젊은이······."

쉬잔은 얼굴이 빨개지면서 당황하는 빛을 보였다. 그녀는 마침내 뤼뺑이 말한 대로 다시 아버지의 품에 몸을 던졌다. 뤼뺑은 눈을 가늘게 뜨고 부녀를 바라보면서 속으로 중얼거렸다.

'선행을 하면 좋은 보답이 있는 거야. 얼마나 가슴뭉클한 광경인가. 행복한 아버지, 행복한 딸! 그리고 이 행복은 바로 너 뤼뺑이 만들어준 것이다, 아르센 뤼뺑! 이들은 앞으로 영원히 너를 축복하게 되리라. 너의 이름은 거룩하게 그들 자손들에게 전해지겠지······ 아아! 가정! 가정이란 참······.'

뤼뺑은 창가로 다가갔다.

'가니마르 경감이 아직도 거기에 있을까?······그도 이 아름다운 장면을 보고 싶겠지······ 아니, 벌써 없어졌군······ 아무도 없어······ 가니마르 경감도, 다른 녀석들도. 이거 큰일났군. 일이 어렵게 되었어. 그들이 벌써 대문 아래에······ 어쩌면 현관까지······ 아니, 지금쯤 계단을 몰래 올라온다 해도 이상할 건 없지.'

제르보아 씨는 다시 마음을 가라앉혔다. 딸이 돌아온 이제서야 현실감이 되살아났다. 적을 체포하는 것은 그에게 있어서 50만 프랑을 독차지하는 것을 의미했다.

그는 본능적으로 한 걸음 문 쪽으로 내디뎠다······ 그리고 마치 우연인 것처럼 뤼뺑과 부딪쳤다.

"어디로 가십니까, 제르보아 씨? 저들로부터 나를 지켜주시려고요? 정말 고맙군요. 그러나 걱정하실 거 없습니다. 장담하지만, 저들은 나보다 더 당황하고 있을 테니까요."

뤼뺑은 잠시 생각에 잠겼다가 말했다.

"사실 저들이 뭘 알고 있겠습니까? 당신이 여기 있다는 것, 그리고 아마 제르보아 양도 와 있으리라는 것 정도겠지요. 아무튼 저들은 아가씨가 어떤 부인과 같이 오는 것을 보았을 테니까 말입니다. 그러나 나에 대해서는 저들은 꿈에도 생각하고 있지 않을 겁니다. 오늘 아침 지하실에서 다락방까지 뒤진 집 안에 어떻게 내가 숨어 들어올 수 있겠습니까? 아마 저들은 내가 도망치는 것을 체포할 생각이겠지요. 가엾은 친구들이야! 미지의 숙녀가 이곳에 와서 중계역할을 하고 있다는 사실을 알아차리지 못하는 한, 십중팔구 저들은 내가 들이닥치기만 잔뜩 기다리고 있을 겁니다."

벨 소리가 울렸다.

뤼뺑은 느닷없이 제르보아 씨를 힘껏 붙잡았다. 그는 서슴없이 명령조로 말했다.

"움직이면 안 되오. 따님의 일을 생각하여 분별 있게 행동하시오. 그렇지 않으면…… 그리고 드티낭 씨, 당신은 약속을 했지요?"

제르보아 씨는 그 자리에 못박혀버렸다. 변호사도 움직이지 않았다. 뤼뺑은 조금도 서두르지 않고 모자를 집어들었다. 모자에 먼지가 조금 묻어 있었다. 그는 소맷부리로 먼지를 털었다.

"그럼 볼일이 있을 때는 언제든지 나를 불러 주시길 바라며…… 안녕히 계십시오. 쉬잔 양, 당신의 필립 씨에게 안부 전해 주시오."

뤼뺑은 주머니에서 뚜껑이 달린 큰 금시계를 꺼냈다.

"제르보아 씨, 지금 3시 42분입니다. 3시 46분이 되면 이 방에서 나가도 좋습니다…… 46분보다 1분도 빨라서는 안 됩니다."

"그러나 저들은 완력으로 밀고들어올 텐데……" 드티낭 변호사가 말했다.

"법률을 잊으셨군요, 드티낭 씨! 가니마르 경감은 절대로 프랑스 국민의 주거를 침입하는 짓은 하지 않습니다. 우리에게는 브리지를 한 판 할 정도의 시간은 있습니다. 그런데 안됐지만 당신들 세 분은 좀 놀라고 계신 것 같아서요. 그러므로 나는 이만……."

뤼뺑은 회중시계를 테이블 위에 놓았다. 그리고 그는 응접실 문을 열고 금발의 귀부인을 향해 말했다.

"준비 다 되었소?"

뤼뺑은 금발 여인 앞을 지나 제르보아 양에게 아주 정중히 인사를 하고 밖으로 나가서 문을 닫았다. 현관에서 크게 말하는 목소리가 들려왔다.

"안녕하시오, 가니마르 경감? 요즘 경기가 어떻습니까? 부인께 안부 전해 주시오……. 아무튼 머잖아 점심대접을 받으러 갈 겁니다……그럼, 이만 실례하오, 가니마르 경감."

또다시 벨 소리가 요란하게 들렸다. 벨 소리는 계속되었다. 그리고 계단에서 사람의 목소리가 들렸다.

"3시 45분."

제르보아 씨가 중얼거렸다.

조금 뒤 그는 과감하게 현관으로 나갔다. 뤼뺑과 금발의 귀부인은 이미 보이지 않았다.

"아버지…… 안돼요! 기다리세요!"

쉬잔이 외쳤다.

"기다리라고? 무슨 말을 하는 거냐! 그 돼먹잖은 녀석에게 선심을 쓰게 되면 50만 프랑은 어떻게 되지?"

제르보아 씨는 문을 활짝 열었다.

가니마르가 번개처럼 뛰어들어왔다.

"그 여자는 어디 있소? 뤼뺑은?"

"저기…… 저기에 있을 겁니다."

가니마르 경감은 쾌재를 불렀다.

"됐다! 집은 온통 포위되어 있으니!"

"하지만 뒤층계는?" 드티낭 변호사가 재빨리 의견을 말했다.

"뒤층계는 가운데뜰로 연결되어 있고 나가는 곳은 대문밖에 없습니다. 그곳에는 10명이 잠복해 있지요."

"하지만 그는 대문으로 들어오지 않았습니다…… 대문으로 나가지도 않을 겁니다."

"그럼, 대체 어디로 나간다는 거지요?" 가니마르 경감이 되물었다. "하늘을 날아서……?"

그는 커튼을 홱 열었다. 부엌으로 이어진 긴 복도가 보였다. 가니마르 경감은 그곳으로 달려가서 뒤층계의 문이 이중자물쇠로 잠겨 있는 것을 확인했다.

그는 창문에서 경관 한 사람을 불렀다.

"아무도 없나?"

"아무도 없습니다!"

"그렇다면 그들은 집 안에 있네!" 경감이 외쳤다. "어느 방인가에 숨어 있을 걸세. 도망친다는 건 물리적으로 불가능해…… 아르센 뤼뺑, 그대 지난번에는 나를 골탕먹였지만 이번만큼은 단연코 복수를 하리라!"

저녁 7시 보안부장 듀뒤 씨는 아무 보고도 들어오지 않자 궁금한 나머지 직접 클라페롱 거리로 나갔다.

그는 건물을 감시하고 있는 경관들에게 몇 가지 질문을 하고 나서 드티낭 변호사를 찾아갔다. 그의 방으로 안내된 보안부장은 한 남자를, 아니, 바닥 위에서 발버둥치고 있는 두 다리를 보았다. 두 다리에 붙어 있는 몸통은 난로 속으로 들어가 있지 않은가.

"여어이! 여어이!."

난로 속에서 목멘 소리가 발악을 하듯 울려나왔다.

"여어이! 여어이!"

듀뒤 씨가 웃으면서 받아 외쳤다.

"아니, 가니마르 경감, 무엇 때문에 구두질꾼 흉내를 내고 있소?"

경감은 이윽고 난로 속에서 빠져 나왔다. 새까매진 얼굴에 옷은 온통 그을음투성이였으며 눈만 반짝반짝 빛났다. 전혀 딴사람같이 보였다.

"놈을 찾고 있는 겁니다." 경감이 중얼거렸다.

"누구를?"

"아르센 뤼뺑 말입니다…… 아르센 뤼뺑과 그 여자친구를."

"아니 그럼, 그들이 굴뚝 속에 숨어 있단 말입니까?"

가니마르 경감은 일어나 그을음투성이의 다섯 손가락으로 보안부장의 소매를 붙잡으며 성난 듯한 낮은 목소리로 말했다.

"그럼, 어디 있단 말입니까! 그들은 어디엔가 있을 겁니다. 그들도 우리와 마찬가지로 육신을 가진 인간입니다. 연기처럼 사라질 수는 없습니다!"

"사라질 수는 없지만 도망칠 수는 있지."

"어디로? 어떻게? 이 집은 포위되어 있습니다. 지붕 위에도 경관이 지키고 있습니다."

"옆집은?"

"붙어 있지 않습니다."

"다른 층의 방들은?"

"나는 세든 사람을 다 알고 있습니다. 그들은 아무도 보지 못했으며, 아무 소리도 듣지 못했다고 합니다."

"정말 그들을 모두 알고 있소?"

"그렇습니다. 문지기가 보증합니다. 그리고 만일을 위해 각 집마다

한 사람씩 잠복시켜 두었습니다."

"그래도 더 조사할 필요는 있겠지."

"당연한 말씀입니다, 당연하고말고요. 필요가 있습니다. 해보겠습니다. 아무튼 그들은 둘 다 여기에 있을 테니까요…… 없을 리가 없습니다. 부장님, 걱정 마십시오. 오늘 밤 아니면 내일까지 틀림없이 체포할 겁니다. 나는 여기서 묵겠습니다, 여기서 묵겠습니다!"

사실 그는 거기서 묵었다. 이튿날도 그 이튿날도. 그리고 꼬박 사흘 낮 사흘 밤이 지나도 그는 신출귀몰한 뤼뺑과 금발의 귀부인을 찾아낼 수 없을 뿐만 아니라, 조금이라도 짐작할 만한 단서 하나 파악하지 못했다.

그러나 그의 생각은 조금도 달라지지 않았다.

"도망간 흔적이 전혀 없다면 그들은 분명히 여기 있을 거야."

경감은 그래도 마음속으로 그렇게 확신하고 있지는 않았을 것이다. 그러나 그는 그것을 인정하고 싶지 않았다. 아니, 절대로 인정하고 싶지 않았다. 한 사나이와 여자가 동화 속의 마귀할멈처럼 사라지고 말 수는 없다. 그리하여 그는 용기를 잃지 않고 어느 구석에 숨어 있는지 끝까지 찾아내고야 말겠다는 듯 수색과 조사를 계속했다.

푸른 다이아몬드

3월 27일 밤, 제2제정 시대에 베를린 주재 대사를 지낸 노장군 오트레크 남작은 앙리 마르탕 거리 134번지의 작은 저택——그 집은 6개월 전에 그의 형이 물려 준 것이었다——에서 쾌적한 안락의자에 앉아 잠이 들었다. 시중드는 하녀는 그에게 책을 읽어주고 오귀스트 수녀는 침대 램프 준비를 하고 있었다.

"앙트와네트 양, 이제 일이 끝났으니 돌아가 볼게요." 수녀가 말했다.

"그러세요, 마 수르 (수녀를 부르는 말)."

"가정부가 휴가 중이어서 저택에는 당신들과 하인 둘뿐이라는 것을 부디 잊지 말아요."

"남작님에 대한 걱정은 하지 마세요. 내가 옆방에서 방문을 열어두고 잘 테니까요."

수녀는 돌아갔다. 잠시 뒤 하인 샤를이 밤인사를 하러 왔다. 남작은 잠이 깨어 있었다. 그는 직접 대답을 했다.

"언제나 마찬가지라네, 샤를. 자네 방 벨이 제대로 울리는지 어떤지 확인해 두고, 벨이 울리거든 당장 의사를 부르러 가게."

"남작님께서는 언제나 걱정을 하고 계시는군요."

"몸이 좋지 않아…… 도무지 좋지 않네. 자, 앙트와네트 양. 책은 어디까지 읽었지?"

"그럼 남작님은 주무시지 않으실 건가요?"

"아니지, 아니야. 나는 밤이 이슥한 뒤에야 잠자리에 드니까, 나한테 조금도 신경 쓸 것 없소."

20분 뒤 노인은 다시 잠들었다. 그래서 앙트와네트는 발 끝을 세우고 자리를 떠났다.

그때 샤를은 언제나처럼 아래층 덧문을 모두 정성들여 닫고 있었다. 부엌에서 뜰로 통하는 문에 빗장을 지르고, 현관의 양쪽 들창문에 쇠고리를 걸었다. 그러고 나서 샤를은 4층에 있는 자기 다락방으로 돌아가 잠에 빠졌다.

1시간쯤 지났을까, 샤를은 갑자기 침대에서 벌떡 일어났다. 벨이 울렸던 것이다. 오랫동안, 한 7, 8초 동안 계속해서 울렸다.

'그렇지!' 샤를은 정신을 차리면서 생각했다. '또 남작님 변덕이 돋은 게로군.'

샤를은 옷을 걸치고 급히 층계를 내려갔다. 방문 앞에 서서 언제나처럼 노크를 했다. 대답이 없었다. 그는 안으로 들어갔다.

"아니!" 샤를은 놀라 중얼거렸다. "불이 켜져 있지 않군…… 어떻게 된 거지? 일부러 꺼둔 것일까?"

샤를은 낮은 목소리로 불러보았다.

"앙트와네트 양?"

대답이 없었다.

"앙트와네트 양?…… 대체 어떻게 된 거요? 남작님께서 편찮으시오?"

묵묵부답이었다. 무겁고 답답한 침묵은 견딜 수가 없었다. 샤를은 두어 걸음 앞으로 나갔다.

발이 의자에 걸렸다. 더듬어 보니 의자는 쓰러져 있었다. 그와 동시에 그의 손이 바닥 위의 다른 물건에 닿았다. 둥근 탁자와 병풍이었다. 그는 불안한 마음으로 벽 쪽으로 되돌아와서 손으로 더듬어 스위치를 찾아냈다. 그는 곧 스위치를 켰다.

방 한가운데 테이블과 거울이 달린 장롱 사이에 그의 주인 오트레크 남작이 쓰러져 있었다.

"어떻게 된 거지! 이럴 수가……."

샤를은 어떻게 해야 좋을지 몰랐다. 꼼짝도 않은 채 눈을 크게 뜨고 어질러진 방 안을 둘러보았다. 의자가 쓰러지고, 수정으로 된 큰 촛대는 박살났으며, 탁상시계가 난로대리석 위에 넘어져 있었다. 모든 흔적이 무서운 난투극이 벌어졌음을 이야기해 주었다. 시체 옆에서 강철로 만들어진 단검자루가 번쩍였다. 그 칼날에는 피가 묻어 있었다. 침대 시트 옆에는 빨갛게 얼룩진 손수건이 늘어져 있었다.

샤를은 무서워서 소리를 질렀다. 몸은 극도로 긴장되어 얼어붙었다. 두 번인가 세 번 연달아 소리를 질렀다. 그러고는 떨고 있을 뿐

이었다.

그는 몸을 숙였다. 남작의 목에 난 가느다란 상처에서 피가 뿜어나왔다. 그 피가 바닥에 검은 얼룩을 만들었다. 남작의 얼굴에는 공포의 표정이 떠올라 있었다.

"살해되었다, 살해되었어!"

샤를은 또다른 범죄가 있을지도 모른다고 생각하자 전신이 벌벌 떨렸다. 시중드는 하녀가 옆방에 자고 있었으니 남작을 죽인 범인은 그녀까지 죽인 게 아닐까?

샤를은 옆방 문을 열었다. 방이 텅 비어 있었다. 앙트와네트는 유괴를 당했거나, 아니면 범행 전에 밖으로 나갔을 거라고 그는 결론내렸다.

샤를은 다시 남작의 방으로 돌아왔다. 책상이 눈에 띄었다. 그것은 부서져 있지 않았다.

테이블 위에 남작이 매일 밤 놓아두는 열쇠다발과 지갑이 있고 그 옆에는 한줌의 루이 금화가 있었다. 샤를은 지갑을 들고 그 속을 살펴보았다. 지폐가 들어 있었다. 그는 그것을 세었다. 100프랑짜리 13장이었다. 돈을 보자 도저히 참을 수 없는 유혹을 느꼈다. 그는 본능적으로 손을 움직여 그 13장의 지폐를 품 속에 감추고 층계를 뛰어내려갔다. 그리고 빗장을 벗겼다. 쇠고리를 빼고, 문을 닫고, 그는 뜰을 지나 도망쳤다.

샤를은 착실한 사람이었다. 그는 철문을 열기도 전에, 바깥의 찬공기를 쐬고 비가 얼굴에 와닿자 걸음을 멈췄다. 자기가 한 일이 똑똑히 생각나자 갑자기 두려워졌다.

마차가 지나갔다. 그는 마부를 불렀다.

"여보시오. 경찰에 달려가서 경관을 데리고 와주시오…… 아주 급한 일이오! 살인이오!"

마부는 말에 채찍을 더했다. 샤를은 저택 안으로 돌아가려고 했으나 도무지 불가능했다. 그가 손수 철문을 닫아버렸는데, 그 문은 밖에서 열 수 없는 것이었다.

벨을 눌러봐야 헛일이었다. 집 안에는 아무도 없었으니까.

그는 라 뮈에트 쪽 큰길을 따라 예쁘게 다듬어진 푸른 관목이 아름답게 선을 두르고 있는 정원들을 헤매다녔다. 그리하여 1시간이나 기다린 뒤에야 겨우 경관에게 사고의 자세한 내용을 말하고 13장의 지폐를 제출할 수 있었다.

그 사이 자물쇠 수리공이 갖은 고생 끝에 정원의 철문과 현관문을 억지로 열 수가 있었다. 경관은 방 안을 한 번 둘러보고 샤를에게 말했다.

"아니, 당신은 방 안이 엉망이었다고 했잖소!"

경관은 돌아서서 샤를을 보았다. 샤를은 어이가 없어 문지방에 말뚝처럼 서 있었다. 모든 것은 본디대로 놓여 있었다! 둥근 탁자는 두 창문 사이에 놓여 있고, 의자도 얌전히 제자리에 있었으며, 탁상시계는 난로 대리석 한가운데 있었다. 부서진 촛대 조각도 말끔히 치워져 있었다.

"시체가…… 남작님이……." 그는 멍하니 서서 더듬더듬 말했다.

"피해자는 어디 있지요?" 경관이 소리쳤다.

그는 침대 쪽으로 걸어갔다. 큰 담요를 걷어보니, 베를린 주재 프랑스 대사였던 남작 오트레크 장군이 누워 있었다. 몸 위에는 훈장을 단 장군의 외투가 덮여 있었다.

남작의 얼굴은 평온했으며 눈이 감겨져 있었다. 하인은 혼잣말처럼 중얼거렸다.

"누가 왔었군……."

"어디로?"

"모르겠습니다. 그러나 내가 없는 사이에 누군가가 온 겁니다. 저기 바닥에 가느다란 강철로 된 단도가 있었습니다……. 그리고 침대 시트에는 피묻은 손수건이…… 그런데 모두 없어졌습니다. 가지고 가버린 겁니다."

"누가?"

"범인이지요!"

"문은 모두 닫혀 있었소."

"범인은 집 안에 있었을 겁니다."

"지금도 있겠지. 당신은 밖에 서 있었으니까 말이오."

"그렇습니다…… 나는 철문 옆을 떠나지 않았습니다…… 하지만……." 하인은 생각에 잠겨 있더니 천천히 말했다.

"그런데 맨 마지막까지 남작 옆에 있었던 사람은 누구지요?"

"시중드는 하녀 앙트와네트 양입니다."

"그녀는 어떻게 되었지요?"

"내 생각으로는 그녀의 침대가 구겨진 흔적이 없는 것으로 보아, 오귀스트 수녀가 없는 틈을 이용하여 외출하지 않았나 여겨집니다. 그것도 무리는 아니지요. 예쁘고…… 젊고……."

"그러나 어떻게 나갔을까요?"

"현관으로 나갔겠지요."

"당신이 빗장을 지르고 쇠고리까지 걸었는데……."

"밤이 늦은 뒤였습니다. 그 전에 집을 나간 게 틀림없습니다."

"그 여자가 나간 뒤 범행이 있었단 말이지요?"

"물론이지요!"

집 안 위에서 아래까지, 다락방이며 지하실까지 샅샅이 수색했다. 그러나 범인은 없었다. 언제 어떻게 달아났을까? 그리고 범인은 범행 현장으로 되돌아와 증거물을 없애는 게 좋다고 생각한 것일까? 경찰 당국이 생각하는 것은 그런 문제였다.

7시가 되자 시체를 검증하기 위해 검시의가 왔다. 8시에는 보안부장이 왔다. 그리고 그 다음에는 검사와 예심판사가 왔다. 그 밖에 형사, 경관, 신문기자, 오트레크 남작의 조카, 그리고 집안 사람들이 밀어닥쳤다. 저택 안이 북적거렸다.

샤를의 기억을 바탕으로 수사가 진행되고 시체의 위치가 연구되었다. 오귀스트 수녀가 돌아오자마자 그녀도 곧 심문당했다. 그러나 아무것도 발견되지 않았다. 고작 오귀스트 수녀가 앙트와네트 양의 실종에 대해 깜짝 놀랐을 뿐이다. 오귀스트 수녀는 12일 전에 더할 데 없이 확실한 신원증명서를 믿고 그녀를 고용했던 것이다. 앙트와네트가 돌보아야 할 환자를 내버려두고 한밤중에 집을 나갔다고는 도저히 믿어지지 않는 모양이었다.

"그런데," 예심판사가 말을 꺼냈다. "외출했다 하더라도 지금쯤은 벌써 돌아왔어야 할 게 아니오? 그러니까 결국 '그 여자가 어떻게 되있는가?'……하는 점이 문제가 되는 거요."

"내 생각으로는 범인에게 잡혀간 것 같습니다." 샤를이 말했다.

이 추측이 가장 타당하고 상황에 들어맞는 것이었다.

"잡혀갔다고요? 하긴 그럴지도 모르겠군요." 보안부장이 말했다.

"그럴지도 모르다니, 그게 무슨 말입니까?" 누군가가 물었다.

"사실과도, 그리고 조사 결과와도 명백히 배치됩니다."

그것은 거칠고 퉁명스러운 말투였는데, 목소리의 주인공이 가니마르 경감이라는 것을 알자 아무도 뜻밖으로 생각지는 않았다. 이런 난폭한 말을 해도 괜찮은 것은 가니마르 경감뿐이었다.

"아니, 가니마르 경감이었군!" 듀뒤 씨가 소리쳤다. "난 보지 못했었는데."

"2시간 전부터 있었습니다."

"그럼 경감은 23조 514번 복권과, 클라페롱 거리 사건과, 금발의 귀부인과 아르센 뤼뺑 이외의 일에도 흥미가 있는 모양이구려?"

"네, 그렇습니다!" 경감은 차갑게 웃음을 지었다. "이 사건에 뤼뺑이 관계돼 있지 않다고 단정할 수는 없습니다. 그러나 새로운 사실이 나타나기 전까지 복권사건과는 별도로 해두겠습니다. 그리고 이 문제만을 보는 겁니다."

가니마르 경감은 수사방법이 독특하여 한 유파를 이루거나 그 이름이 사법사(司法史)에 남거나 할 위대한 경관은 아니었다. 그에게는 뤼뺑이나 르코크나 셜록 홈즈 같은 탐정들이 갖춘 천재적인 반짝임이 없는 것이다. 그러나 관찰과 총명과 인내, 나아가 날카로운 직관과 어느 정도의 능력은 훌륭히 갖추고 있었다. 그의 진가는 절대적인 독립성을 가지고 활동하는 데 있었다. 아르센 뤼뺑이 그에게 미치는 일종의 현혹 외에는 아무것도 그를 뒤흔들거나 그에게 영향을 미칠 수 없었다.

그건 그렇고, 이날 아침 그의 역할은 빛을 잃지 않았으며 그의 협력은 판사도 칭찬할 정도였다.

"우선 첫째……." 경감은 말하기 시작했다. "당신에게 묻겠는데, 샤를…… 당신이 맨 처음 보았을 때 뒤집혀지고 흐트러져 있던 모든 물건들이 두 번째 보았을 때에는 정확하게 본디 위치에 가 있었다는 말이지요?"

"틀림없이 그렇습니다."

"그럼, 물건이 있던 곳을 전부터 잘 알고 있는 사람이 아니면 그것을 본디대로 해놓을 수 없겠군요?"

그의 지적에 함께 모여 있던 사람들은 깜짝 놀랐다. 가니마르 경감은 말을 이었다.

"또 한 가지…… 당신은 벨 소리에 놀라 잠이 깼다고 했는데, 벨을 누른 것이 누구였다고 생각하오?"
"그야 남작님이었겠지요."
"언제 벨을 울렸을까요?"
"격투가 끝나…… 숨이 끊어지기 직전에……."
"그렇지 않소. 당신이 보았을 때 남작은 초인종에서 4미터도 넘게 떨어진 곳에 쓰러져 있었으니까요."
"그럼 난투를 벌이다 울린 거겠지요."
"아니, 그렇지 않소. 벨 소리가 아주 정상적이었다고 말하지 않았소? 난투 중이었다면 그런 식으로 울릴 여유가 있었겠소?"
"그럼 훨씬 전에, 공격을 당하리라고 짐작되었을 때 울리지 않았을까요?"
"아니, 그렇지도 않소. 당신 이야기에 의하면 벨 소리를 듣고 당신이 이 방에 들어오기까지 겨우 3분이 걸렸소. 그러니까 남작이 미리 벨을 울렸다면 격투, 살해, 몸부림, 도망이 이 3분이라는 짧은 시간에 이루어졌다는 말이 되지요……. 다시 말해서 벨은 격투하기 직전에 울린 게 아니오."
예심판사가 끼어들었다.
"하지만 누군가가 벨을 울렸소. 남작이 아니면 누구겠소?"
"범인입니다."
"무슨 목적으로?"
"목적은 모릅니다. 그러나 적어도 벨을 눌렀다는 사실로 미루어 벨이 하인의 방에 연결되어 있다는 것을 알고 있는 자라는 게 틀림없습니다. 저택 안 사람이 아니면 누가 그런 걸 알고 있겠습니까?"
추정 범위는 차츰 좁혀졌다. 가니마르 경감은 신속하고 명쾌하게 추론해 나갔다. 경감의 생각은 명백했다. 따라서 예심판사는 자연스럽게 다음과 같은 결론을 내렸다.

"결국 한 마디로 말하자면 당신은 앙트와네트 양에게 혐의를 두고 있군요, 가니마르 경감?"

"혐의가 아니라 고발입니다."

"공범이란 말이오?"

"남작 오트레크 장군을 살해한 범인이라는 말입니다."

"아니 경감, 무슨 증거로……?"

"이 한줌의 머리카락이 그 증거입니다. 나는 이것을 피해자의 오른손과 그리고 손톱자국이 파고든 살 속에서 발견했습니다."

그는 머리카락을 보여주었다. 그것은 금실처럼 반짝이는 금발이었다.

"틀림없이 앙트와네트의 머리카락입니다. 틀림없습니다."

샤를이 중얼거리고 나서 덧붙여 말했다.

"그리고…… 또 있습니다. 그 작은 칼도…… 두 번째에는 보이지 않았던 그 작은 칼도 그녀의 것이었다고 생각합니다. 그녀는 책 페이지를 자를 때 그것을 쓰곤 했습니다."

오랫동안 괴로운 침묵이 흘렀다. 범행을 저지른 것이 여자이기 때문에 한층 더 끔찍해진 것처럼. 이윽고 예심판사가 입을 열었다.

"좀더 자세한 사실이 알려질 때까지 남작은 앙트와네트 양에게 살해된 것으로 해둡시다. 그러나 범행을 저지른 뒤 밖으로 나갔다가 하인이 철문을 나선 뒤 되돌아오고 경관이 도착하기 전에 다시 또 밖으로 나가는 데 어떤 통로를 이용했는지, 그 점을 설명하지 않으면 안 될 거요, 가니마르 경감, 거기에 대해서 의견이 있소?"

"없습니다."

"그렇다면?"

가니마르 경감은 기가 막힌다는 표정을 지었다. 마침내 그는 괴로운 듯이 말했다.

"내가 말할 수 있는 것은 23조 514번 복권사건 때와 같은 수법——'실종능력'이라고 말할 수도 있겠지요——과 같은 현상이 여기에서도 일어났다는 것뿐입니다. 앙트와네트 블레아는 아르센 뤼뺑이 드티낭 씨 집에 숨어들었다가 금발의 귀부인과 함께 도망쳤을 때와 똑같이 이 집에서 모습을 감추었습니다."

"그렇다면 그 말의 뜻은?"

"따라서 이 뜻밖의 일치, 적어도 이 괴상한 우연에 대해 생각해 보지 않을 수 없다는 겁니다. 앙트와네트 블레아는 12일 전, 즉 금발의 귀부인이 내 손에서 벗어난 다음날 오귀스트 수녀에 의해 고용되었습니다. 그리고 그 금발의 귀부인 머리카락은 바로 이처럼 강렬한 빛, 여기 이것과 같이 금속적인 광택을 띠고 있었습니다."

"그러니까 당신 생각으로는 앙트와네트 블레아가 바로……."

"그 금발의 귀부인임에 틀림없습니다."

"그러므로 뤼뺑이 이 두 사건을 조종하고 있었다는 말이오, 경감?"

"그랬으리라고 생각합니다."

폭소가 터져 나왔다. 보안부장이 재미있다는 듯 웃음을 터뜨린 것이다.

"또 뤼뺑인가? 역시 뤼뺑이로군! 무슨 일이든 다 뤼뺑이라니까. 뤼뺑은 어디든 가는 곳마다 있는 모양이지."

"뤼뺑은 곳곳에 있습니다."

가니마르 경감은 화를 내며 소리쳤다.

"그렇지만," 듀뒤 씨가 지적했다. "뤼뺑이 이곳을 다녀갔다면 이유가 있어야 할 텐데, 이 경우 나로서는 그 까닭이 애매하게 생각되오. 책상도 부서져 있지 않고 지갑도 도둑맞지 않았소. 테이블 위에는 금화까지 그대로 놓여 있고……."

"그렇습니다." 가니마르 경감이 소리쳤다. "그러나 그 기막힌 다이아몬드는 어디 있지요?"

"다이아몬드?"

"푸른 다이아몬드입니다. 프랑스 왕관에 붙어 있던 유명한 다이아몬드로, A공(公)이 여배우 레오니드 L에게 주었고, 레오니드 L이 세상을 떠나자, 오트레크 남작이 자신이 열렬히 사랑한 유명한 여배우를 위해 산 것입니다. 저 늙은 파리 사람에게는 잊을 수 없는 추억의 하나였지요."

"푸른 다이아몬드가 보이지 않는다면 모든 일은 뻔한 거요! 그런데 어디를 찾아보았었소?" 예심판사가 말을 받았다.

"남작님의 손가락입니다." 샤를이 대답했다. "그 푸른 다이아몬드는 그의 왼손을 떠난 적이 없었습니다."

"나도 그것을 보았지요." 가니마르 경감이 피해자에게로 다가가면서 단호한 어조로 말했다. "보시다시피 지금은 단순한 금반지밖에 없습니다."

"손바닥을 보십시오." 샤를이 말했다.

가니마르 경감은 굳어진 손가락을 펴보았다. 반지가 안쪽으로 돌려져 있고, 그 위에 푸른 다이아몬드가 반짝이고 있었다.

"아니, 이건!" 가니마르 경감은 어이없는 듯 중얼거렸다. "뭐가 뭔지 모르겠군."

"그럼 이제 그 가엾은 뤼뺑에게 혐의를 두는 일은 그만 두어야겠군, 가니마르 경감." 듀뒤 씨가 차갑게 웃으며 말했다.

가니마르 경감은 잠시 생각에 잠겨 있더니 엄숙하게 항의했다.

"까닭을 모를 때일수록 나는 아르센 뤼뺑을 의심합니다."

이 묘한 범행이 일어난 이튿날 당국이 행한 최초의 검증은 이상과 같은 것이었다. 막연하니 알맹이가 없는 검증으로, 그 뒤에 열린 예심에서도 분명해진 것은 전혀 없었다. 앙트와네트 블레아 양의 행동은 전혀 설명이 되지 않았고, 금발 귀부인의 행동도 마찬가지였다. 오트레크 남작을 죽이면서도 프랑스 왕관의 전설적인 다이아몬드를 그의 손가락에서 빼어가지는 않았다. 그 기묘한 금발의 여자가 어떤 사람인지도 역시 알 수 없었다.

 무엇보다도 그 여자에 대한 호기심이 이 범행에 일대 사건이라는 인상을 주었으며, 세상 사람들도 그 점으로 하여 흥분한 것이다.

 오트레크 남작의 상속인들은 이 사건을 광고 대신 이용했다. 그들은 앙리 마르탕 거리의 저택에서, 그리고 나중에는 드루오 회관에서, 팔 예정인 가구와 물품의 전시회를 열었다. 악취미의 현대적인 가구와 시시한 미술품뿐이었다. 그러나 방 한복판에는 경관 두 사람이 지키는 가운데 진홍색 비로드를 깔고 유리덮개를 씌운 푸른 다이아몬드 반지가 빛나고 있었다.

 그 순도높고 아름다운 다이아몬드, 맑은 물이 허공에서 흐르듯 티없이 맑은 푸르름. 하얀 리넨 천에서 느낄 수 있는 그런 푸르름. 사람들은 경탄하고 흥분했다. 그리고 피해자의 방과 시체가 누워 있던 장소, 피묻은 자리를 걷어낸 마룻바닥, 특히 담——범인이 넘어다닌 것이 분명한——을 두려운 생각을 품고 바라보는 것이었다. 아무리 살펴보아도 난로 대리석도 움직여지지 않았고, 경대를 뒤에 거울을 회전시키는 장치가 숨겨져 있을 리가 없다는 것도 확인되었다. 그럼에도 사람들은 방 안을 이리저리 힐끔거리면서 사람이 빠져나갈 만한 큰 구멍이나 터널 입구, 숨겨진 도랑이나 지하묘지로 통하는 길 같은 것을 제멋대로 상상해보는 것이었다.

푸른 다이아몬드의 경매는 드루오 회관에서 행해졌다. 군중들이 숨을 죽인 가운데 경매의 흥분은 거의 광적일 정도로 고조되었다.

파리의 상류층 사람들이 모조리 그 자리에 모였다. 사겠다는 사람들, 살 재력이 있다는 것을 남이 알아주었으면 하고 바라는 사람들, 미술품 중개인, 사교계의 귀부인들, 두 명의 장관, 이탈리아의 테너가수, 망명 중인 국왕 등, 이 국왕은 자신의 신용을 높이기 위해 태연자약한 목소리로 10만 프랑까지 값을 올렸다. 10만 프랑! 그는 그 돈을 부담없이 치를 수 있을 것이다. 이탈리아의 테너 가수는 15만 프랑! 어떤 프랑스 인 여자 주주는 17만 5000프랑까지 끌어올렸다.

급기야 20만 프랑까지 값이 오르자 내로라하는 사람들도 기가 질렸다. 25만 프랑에 이르자 남은 사람은 단 두 사람, 유명한 금융가이며 금광왕인 에르쉬망과 보석수집가로 유명한 미국의 부호 클로종 백작부인이었다.

"26만…… 27만 5000……28만……."

담당직원은 두 경쟁자의 얼굴빛을 번갈아 살피면서 외쳤다.

"부인께선 28만…… 그 밖에 없으십니까?"

"30만"

에르쉬망이 중얼거렸다.

침묵이 흘렀다. 사람들은 클로종 백작부인을 지켜보았다. 부인은 미소를 띠고 서 있었으나 창백한 얼굴이 마음속의 고민을 말해 주었다. 그것은 모여선 사람들 모두가 알 수 있었다. 결과는 의심할 여지가 없었다. 당연히 금융가의 승리로 끝날 것이다.

아무튼 그는 5억 프랑 이상의 재산을 가지고 어떤 변덕스러운 장난이라도 해낼 수 있을 테니까. 드디어 백작부인이 입을 열었다.

"35만."

또다시 장내를 휘감은 침묵. 사람들은 기대를 갖고 금광왕 쪽을 돌아다보았다. 갑작스럽고 결정적인 경쟁가격이 튀어나올 게 틀림없었다. 그러나 그렇지 않았다. 에르쉬망은 오른손에 든 종이 하나를 가만히 바라보면서 태연히 앉아 있었다. 그의 왼손에는 편지봉투가 쥐어져 있었다.

"35만"

직원이 되풀이했다.

"하나······ 둘······아직 시간이 있습니다······ 그 밖에 또 없으십니까? 되풀이합니다······ 하나······ 둘······."

에르쉬망은 꼼짝도 하지 않았다. 마지막 침묵. 마침내 방망이가 떨어졌다.

"40만."

마치 방망이 소리로 꿈에서 깨어난 것처럼 에르쉬망이 별안간 외쳤다.

그러나 이미 늦었다. 낙찰은 돌이킬 수 없다.

사람들이 그의 주위로 몰려들었다. 왜 그는 좀더 일찍 말하지 않았을까?

그는 웃음을 터뜨렸다.

"어떻게 되다니? 글쎄, 나는 아무것도 몰랐소. 잠시 멍해 있을 뿐이오."

"그럴 리가······."

"정말이오. 편지를 받았기 때문에······."

"그럼, 그 편지 때문에······."

"그렇소, 잠시 정신이 어지러워졌던 거요."

가니마르 경감도 그 자리에 있었다. 그는 반지 경매를 구경하기 위해 와 있었던 것이다. 그는 한 종업원 옆으로 다가갔다.

"자네였지, 에르쉬망 씨에게 편지를 건네준 것은?"

"그렇습니다……."

"누가 부탁했나?"

"어느 부인께서요."

"그 부인이 지금 어디 있지?"

"어디 있느냐고요? 아아, 저기…… 저기 제비꽃을 달고 있는 부인입니다."

"저기 가는 저 부인 말인가?"

"그렇습니다."

가니마르 경감은 급히 문 쪽으로 가서 부인이 층계를 내려가는 모습을 찾아냈다. 그는 달렸다. 그러나 문 앞에서 북적거리는 많은 사람들로 인해 방해를 받았다. 밖으로 나왔을 때 그녀의 모습은 이미 보이지 않았다.

그는 홀로 되돌아와서 에르쉬망에게 신분을 밝힌 다음 편지에 대해 물었다. 에르쉬망은 그 편지를 경감에게 보여주었다. 편지는 연필로 휘갈겨 쓴 것으로, 이 금융가로서는 알지 못하는 필적이었다. 내용은 간단했다.

푸른 다이아몬드에는 재난의 귀신이 붙어 있다. 오트레크 남작의 일을 생각해 보라.

이로써 푸른 다이아몬드는 오트레크 남작 살해와 드루오 회관 사건으로 세상에 널리 알려졌으며, 6개월 뒤 다시 사람들을 깜짝 놀라게 했다. 즉 그해 여름 클로종 백작부인이 그토록 애써서 손에 넣은 귀중한 보석을 도둑맞았던 것이다.

사람들은 그 극적인 사건 전개에 열광했으며, 나는 마침내 그 사건

개요를 얼마쯤 설명할 수 있게 되었다. 그럼, 이 괴상한 사건을 요약해 보겠다.

8월 10일 밤, 클로종 씨 댁에 초대된 손님들은 솜 강이 흘러드는 강어귀를 굽어보는 호화롭고 장엄한 성채의 응접실에 모여 있었다. 음악이 연주되었다. 피아노 앞에 앉은 부인은 오트레크 남작의 반지와 그 밖의 장신구를 옆에 있는 탁자 위에 벗어놓았다.

1시간쯤 뒤 백작은 사촌 앙데르 부부와 부인의 친한 친구인 드 레알 부인과 함께 자리를 떴다. 클로종 백작부인은 블라이헨 오스트리아 영사 부부와 남게 되었다.

그들은 이야기를 나누고 있었다. 백작부인이 객실 테이블 위의 큰 램프를 껐다. 그와 동시에 블라이헨 씨가 피아노 위에 놓인 두 개의 램프를 껐기 때문에 잠시 어두워졌다. 곧 영사가 촛불을 밝혔고, 세 사람은 저마다 자기 방으로 돌아갔다. 그러나 백작부인은 자기방으로 들어가기 전에 문득 보석이 생각나서 하녀를 시켜 그것을 가져오도록 했다. 하녀는 곧 보석을 가지고 와서 난로 위에 놓았는데 부인은 확인해 보지도 않았다. 이튿날 아침 클로종 부인은 반지, 푸른 다이아몬드 반지가 없어진 것을 알게 되었다.

부인은 백작에게 알렸다. 두 사람은 곧 결론을 내렸다. 하녀에게는 혐의가 없으므로 범인은 블라이헨 씨임에 틀림없다고.

백작은 아미앙 경찰서에 신고했다. 경찰은 조사를 시작하여 오스트리아 영사가 반지를 팔 수도, 다른 데로 보낼 수도 없도록 극비리에 엄중한 경계를 했다.

경찰관은 밤낮없이 성을 둘러싸고 있었다.

아무 단서도 발견하지 못한 채 2주일이 지났다. 블라이헨 씨가 떠나겠다고 말했다. 그러자 곧 영사에게 이의가 전해졌다. 서장이 정식으로 나타나 영사의 짐을 조사하도록 명령했다. 영사가 늘 열쇠를 넣어두고 있는 가방 속에서 가루치약 병이 발견되었다. 그 병 속에 문제의 반지가 들어 있었다.

블라이헨 부인은 정신을 잃고 쓰러졌다. 그녀의 남편은 체포되었다.

영사가 택한 변호 방법은 세상 사람의 기억 속에 아직 남아 있으리라. 반지가 가루치약 병에 들어 있던 것은 클로종 백작의 복수라고밖에 할 수 없다고 그는 주장했던 것이다.

백작은 난폭한 사람으로서 아내를 불행하게 하고 있다, 나는 부인과 오래 이야기하면서 열심히 이혼을 하도록 권했다, 그것을 안 백작이 반지를 가지고 있다가 우리들이 떠날 즈음 나의 일용품 속에 넣어 복수를 한 것이라고.

백작부부는 강경하게 그것을 부정했다. 두 사람의 설명과 영사의 주장은 어느 쪽이나 다 그럴 듯했다. 사람들은 둘 중 어느 한쪽을 택하지 않으면 안 되었다. 천칭을 한쪽으로 기울게 할 만한 새로운 사실은 아무것도 나오지 않았다. 한 달에 걸친 변론과 추측과 조사도 확실한 진상을 하나도 밝혀내지 못했다.

클로종 부부는 이 소동에 진력이 난 데다 자기들의 고소를 정당화해줄 만한 범행의 확증을 찾아낼 수가 없자, 이 곤란한 사건을 해결할 수 있는 경시청 직원을 파리에서 보내주도록 요청했다.

가니마르 경감이 파견되어 왔다. 노경감은 나흘 동안에 걸쳐 샅샅이 수사하고, 뜰 안을 돌아다니며 유모와 운전기사와 정원사와 가까운 우체국 직원들을 오랫동안 심문했으며, 블라이헨 영사의 집을 방문했다. 앙데르 부부와 드 레알 부인에게도 여러 가지로 물어보았다. 그리고 나서 그는 어느 날 아침 사람들에게 인사도 하지 않고 자취를 감추었다.

1주일쯤 지나서 백작부부는 다음과 같은 전보를 받았다.

내일 금요일 오후 5시, 보아시 당글라 거리에 있는 일본 찻집으로 나와주시기 바랍니다——가니마르.

금요일 정각 5시 보아시 당글라 거리 6번지 앞에 자동차가 멈췄다. 보도에서 기다리고 있던 노경감은 한 마디 설명도 없이 백작부부를 일본 찻집 2층으로 안내했다.

한 방에 들어가자 두 사람이 있었다. 가니마르 경감이 소개했다.

"베르사유 고등학교 교사인 제르보아 씨입니다. 이분이 아르센 뤼뺑에게 50만 프랑을 빼앗긴 이야기는 알고 계시지요? 그리고 이쪽은 레옹스 오트레크 씨, 오트레크 남작의 조카로 유산상속인입니다."

네 사람은 의자에 앉았다. 몇 분 뒤 다섯 번째 사람이 나타났다. 보안부장이었다.

뒤뒤 보안부장은 상당히 언짢은 기색이었다. 그는 인사를 하고 나서 말했다.

"대체 무슨 일이오? 경시청에서 당신이 전화했다는 말을 들었소. 큰 사건이오?"

"아주 중대한 일입니다, 부장님. 1시간 안에 내가 전력을 기울인 사건의 결말을 이곳에서 보게 될 것입니다. 부장님의 참석이 절대로 필요할 것 같아서……"

"아래층 현관 근처에서 보았는데, 뒤지와 포랑팡 형사도 같이 참석하는 거요?"

"네, 부장님."

"그래서 누구를 체포하겠단 말이오? 웬 난리를 이렇게 피우지? 자, 그럼, 가니마르 경감의 이야기를 들어보도록 할까."

가니마르 경감은 잠시 망설였다. 이윽고 그는 듣는 사람들에게 강

한 인상을 주려는 의도를 노골적으로 나타내보이면서 말했다.

"첫째, 나는 블라이헨 씨가 반지 도난사건과 아무 관계가 없다는 것을 단언합니다."

"아니!" 듀뒤 보안부장이 말했다. "그건 단순한 추정이겠지…… 매우 중대한……."

"그 발견이 곧 당신이 수고하신 결과입니까?" 백작이 이어서 물었다.

"아니, 그렇지 않습니다. 다이아몬드 반지를 도난당한 이틀 뒤, 댁의 손님 세 분이 자동차로 클레시 마을까지 갔습니다. 그 중 한 사람이 저 유명한 옛싸움터를 구경하러 간 사이에 남은 한 사람이 급히 우체국으로 가서 규격에 맞도록 꾸린 작은 상자를 내용가격 100프랑으로 신고하여 발송했다고 합니다."

"예사로운 일이지요." 클로종 백작이 아무렇지 않은 듯 중얼거렸다.

"그 사람이 자기의 본디 이름을 쓰지 않고 루소라는 가명으로 소포를 부쳤다는 것, 그리고 수신인인 파리의 브르 씨가 그 작은 상자, 즉 반지를 받은 그날 밤 이사를 가버렸다는 것은 당신도 예사로운 일이라고 생각하지는 않겠지요?"

"내 사촌인 앙데르 부부 가운데 한 사람입니까?" 백작이 물었다.

"그분들은 아닙니다."

"그럼, 드 레알 부인?"

"그렇습니다."

"당신은 내 친구인 드 레알 부인을 범인으로 생각하시는 건가요?" 백작부인이 어이없다는 듯이 소리쳤다.

"좀 묻겠습니다만, 부인." 가니마르 경감이 말했다. "드 레알 부인은 푸른 다이아몬드 경매에 갔었습니까?"

"네, 하지만 같이 가지는 않았어요."
"그 부인이 당신에게 반지를 사라고 권했습니까?"
백작부인은 생각을 더듬었다.
"네…… 정말…… 그녀 쪽에서 먼저 반지 이야기를 꺼낸 것으로 생각돼요……."
"그건 중요한 대답입니다, 부인. 드 레알 부인이 먼저 반지 이야기를 꺼내고 그것을 사도록 당신에게 권했다는 것은 분명해졌습니다."
"하지만 설마 내 친구가 그런……."
"실례지만 드 레알 부인은 우연히 알게 된 사이로, 신문에 난 것처럼 절친한 친구는 아니겠지요? 그 부인은 친한 친구라는 구실로 혐의에서 벗어났던 겁니다. 당신은 지난 겨울부터 그녀와 알게 되었습니다. 그런데 나는 단언합니다만, 드 레알 부인이 자기의 신분과 과거와 친구에 대해 당신에게 말한 것은 모두 거짓말입니다. '블랑쉬 드 레알 부인'이란 당신을 만나기 이전에도 없었고, 지금도 존재하지 않습니다."
"그러면 앞으로는?"
"앞으로는……." 가니마르 경감이 말 끝을 흐렸다.
"저어, 이 이야기는 아주 재미있군요. 하지만 이번 사건과 무슨 관계가 있지요? 드 레알 부인이 반지를 가져갔다 하더라도, 거기에는 아무 증거가 없어요. 그리고 무엇 때문에 블라이헨 씨의 가루치약병 속에 숨겨두었을까요? 말도 안 돼요! 애써 푸른 다이아몬드를 훔쳤으면 소중히 가지고 있었을 거예요. 이 점에 대해서 당신은 어떻게 설명하시겠어요?"
"나로서는 뭐라고 말할 수가 없군요. 하지만 드 레알 부인이 직접 대답해 주겠지요."

"그럼 부인은 존재하고 있는 거로군요?"

"존재하고 있으면서…… 존재하지 않는 겁니다. 간단히 설명하자면 이렇습니다. 나는 사흘 전에 신문을 읽다가 트루빌에 묵고 있는 외국인 명단 첫머리에서 '볼리바쥐 호텔──드 레알 부인, 그 밖에──'라는 기사를 보았습니다. 나는 그날 밤 곧 트루빌로 가서 볼리바쥐 호텔 지배인을 만났습니다. 인상과 단서들을 조사해 보니 드 레알 부인은 바로 내가 찾고 있던 사람이었습니다. 그러나 그녀는 주소를 파리 콜리제 거리 3번지로 일러주고 이미 호텔을 떠난 뒤였습니다. 나는 그저께 그 주소로 찾아가 드 레알 부인이 아니라 그냥 레알 부인(드는 귀족의 뜻)이 3층에 살고 있다는 것과, 그녀는 다이아몬드 중개인으로 집을 비우는 일이 잦다는 것을 알아냈습니다. 어제 나는 그 여자의 방 벨을 누르고 거짓이름을 댄 다음, 원한다면 보석을 사는 사람들을 소개해 줄 수 있다고 말해 보았습니다. 오늘이 그 첫 번째 회담입니다."

"뭐라고요! 그럼, 지금 그녀를 기다리고 있는 건가요?"

"5시 30분쯤에 올 겁니다."

"틀림없이 오리라고 생각하세요?"

"클로종 저택의 레알 부인이 말입니까? 나는 부인할 수 없는 증거를 가지고 있습니다. 그러나…… 들어보십시오…… 포랑팡 형사의 신호가……."

휘파람 소리가 울리자 가니마르 경감이 벌떡 일어났다.

"우물쭈물하고 있어서는 안 됩니다. 클로종 백작과 부인께서는 옆방에 가 있어 주십시오. 오트레크 씨 당신도…… 그리고 제르보아 씨, 당신은 문은 열어둘 테니까 신호를 보내거든 곧 나와주십시오. 부장님은 여기 계셔 주십시오."

듀뒤 보안부장이 주의를 주었다.

"그러나 혹시 다른 사람이 오면?"
"아닙니다. 이 건물은 새로 지은 데다 주인이 나의 친구이기 때문에 아무도 올려보내지 않을 겁니다…… 금발의 귀부인 말고는."
"금발의 귀부인? 어떻게 된 거요, 경감!"
"금발의 귀부인…… 바로 그 여자입니다, 부장님. 아르센 뤼뺑의 친구이며 공범자인 수수께끼의 금발의 귀부인. 나는 확실한 증거를 가지고 있지만, 그보다도 여러분이 보는 앞에서 그녀에게 피해를 입은 모든 사람의 증언을 모으고 싶은 겁니다."
가니마르 경감은 창문 밖을 내다보았다.
"왔군…… 이제 안으로 들어올 겁니다…… 도망칠 수는 없습니다. 포랑팡과 듀지 형사가 현관문을 지키고 있으니까요…… 금발의 귀부인은 이제 우리들의 손아귀에 있습니다, 부장님!"

바로 그때 한 여자가 문 앞에 멈춰섰다. 키가 크고 여위었으며 얼굴빛이 몹시 창백했다. 그녀의 머리칼은 완전히 금발이었다.
가니마르 경감은 굉장히 흥분하여 아무 말도 못하고 서 있었다. 여자는 지금 경감의 눈앞에 다소곳이 서서 그의 처분에 맡겨져 있다. 아르센 뤼뺑에 대한 기막힌 승리가 아닌가! 통쾌한 복수다! 동시에 이 승리가 너무도 쉽게 얻어진 듯하여, 이번에도 역시 뤼뺑이 자랑하는 기적 같은 속임수로 금발의 귀부인이 빠져나가지나 않을까 의심스러울 정도였다.
그동안 여자는 주위가 너무도 조용하여 놀란 듯 멍하니 선 채 불안한 마음을 감추지 못하고 둘레를 살펴보았다.
'가버릴 것이다! 사라져버릴지도 모른다!' 가니마르 경감은 당황했다.
그는 얼른 여자와 문 사이에 비집고 들어섰다. 여자는 몸을 돌려

나가려고 했다.

"아니, 안됩니다!" 경감이 말했다. "왜 돌아가려고 하십니까?"

"정말 까닭을 알 수 없군요. 돌아가게 해주세요……."

"돌아갈 이유는 하나도 없습니다, 부인. 그러나 당신이 돌아갈 수 없는 이유는 많습니다."

"하지만……."

"나가서는 안됩니다."

"어떻게 하시려는 거지요?" 여자는 파랗게 질려 의자에 털썩 주저앉으며 중얼거렸다.

가니마르 경감이 이겼다. 금발의 귀부인을 잡은 것이다. 그는 흥분을 누르며 말했다.

"전에 말씀드린 친구를 소개하겠습니다. 이 친구는 보석을, 특히 다이아몬드를 사고 싶어하지요. 약속한 다이아몬드는 가지고 오셨습니까?"

"아니…… 아니오……. 난 몰라요……. 나는 그런 이야기를 한 기억이 없어요."

"아니, 그렇지 않습니다. 잘 생각해 보십시오. '당신 친구가 색깔이 든 다이아몬드를 건네주었을 겁니다. 푸른 다이아몬드와 같은 것을' 하고 내가 웃으면서 말하자, 당신이 '알았습니다, 아마 도움이 될 수 있을 거예요'라고 대답하셨지요. 생각나십니까?"

여자는 잠자코 있었다. 작은 핸드백이 손에서 떨어졌다. 그녀는 얼른 핸드백을 집어들어 가슴에 껴안았다. 손가락이 조금 떨리고 있었다. 가니마르 경감이 말했다.

"그럼, 당신은 나를 신용하지 않는 거로군요, 드 레알 부인. 좋은 견본을 보여드리지요. 내가 가지고 있는 것을 보여드리겠습니다."

그는 가방에서 종이를 한 장 꺼내 펴더니 머리카락을 몇 가닥 내밀었다.

"먼저 앙트와네트 블레아 양의 머리카락입니다. 죽은 오트레크 남작이 쥐어뜯어 손에 쥐고 있었던 것이지요. 제르보아 양에게 보였더니 틀림없이 귀부인의 금발과 똑같은 빛이라고 말했습니다. 이것은 당신 머리와 같은 빛입니다…… 틀림없이 같은 빛입니다."

금발의 귀부인은 멍청히 쳐다보고 있었는데, 도무지 그의 말뜻을 이해하지 못하는 듯한 태도였다. 경감은 설명을 계속했다.

"그리고 이번에는 향수병이 두 개 있습니다. 라벨도 없는 빈 병이지만 냄새가 아직 충분히 배어 있습니다. 제르보아 양은 오늘 아침 이 병을 보고 2주일 동안이나 같이 여행한 그 금발 귀부인의 향수임에 틀림없다고 말했습니다. 그런데 이 병 한 개는 클로종 저택의 드 레알 부인이 묵었던 방에서, 또 다른 한 개는 당신이 볼리바쥐 호텔에서 묵었던 방에서 나온 겁니다."

"무슨 말씀이지요?…… 금발의 귀부인이니…… 클로종 저택이니 하는 것은……."

경감은 아무 대답도 하지 않고 대신 테이블 위에 종이 넉 장을 늘어놓았다.

"여기 넉 장의 종이에 네 사람의 필적견본이 있습니다. 앙트와네트 블레아 양의 것, 푸른 다이아몬드 경매 때 에르쉬망 씨에게 보낸 편지의 필적, 클로종 저택에 묵고 있는 동안 드 레알 부인이 쓴 필적, 그리고 네 번째는…… 부인, 당신의 것입니다. 이것은 당신이 트루빌에서 볼리바쥐 호텔 카운터에 써준 당신의 주소와 이름입니다. 그런데 이 네 개의 필적을 비교해 보십시오, 모두 똑같습니다."

"정말 어이가 없군요! 이런 것들이 무슨 의미가 있다는 거지요?"

"그건 말입니다, 부인." 가니마르 경감이 신이 나서 외쳤다. "아르센 뤼뺑의 친구요 공범자인 금발의 귀부인이 다름아닌 바로 당신이라는 뜻입니다!"

경감은 옆방 문을 열고 제르보아 씨에게로 달려가서 그의 어깨를 붙잡아 돌려세우더니 그녀 앞으로 끌고 왔다.

"제르보아 씨, 당신 따님을 유괴한 여자, 드티낭 변호사 댁에서 본 여자입니다."

"아닌데요!"

순간, 모두 충격을 받았다. 가니마르 경감은 맥이 탁 풀렸다.

"아니라니, 그럴 리가! 다시 한 번 생각해 봐요."

"자세히 생각해 보았습니다……. 부인은 금발의 귀부인과 똑같은 금발이며 얼굴빛이 창백한 것까지도 같습니다……. 그러나 조금도 비슷하지 않습니다."

"믿어지지 않아…… 그런 실수는 있을 수 없는 일이지…… 오트레크 씨, 앙트와네트 블레아 양에 대해서 잘 알고 있겠지요?"

"앙트와네트 블레아 양은 아저씨 댁에서 본 일이 있지만…… 이 사람은 아닙니다."

"이분은 드 레알 부인이 아니에요." 클로종 백작부인이 잘라 말했다.

이것은 결정적인 일격이었다. 가니마르 경감은 어이가 없어 꼼짝도 하지 못했다. 머리를 떨어뜨리고 겁먹은 눈이 되었다. 그의 모든 계획은 수포로 돌아간 것이다. 이제까지 쌓아올린 것이 완전히 허물어졌다. 듀뒤 보안부장이 일어나며 말했다.

"부인, 용서하십시오. 터무니없는 실수를 저질렀습니다. 부디 없었던 일로 해주십시오. 그러나 한 가지 나로서 이해할 수 없는 것은, 당신의 불안한 태도…… 여기 온 뒤에 보인 그 이상한 태도입니다."

"나는 무서웠던 거예요. 내 핸드백 속에는 10만 프랑이 넘는 보석이 들어 있고, 이분의 태도가 좀 이상했기 때문에……."
"당신은 자주 집을 비우신다고요?"
"장사를 위해 할 수 없이 비우지요."
뒤뒤 보안부장은 대답할 말이 없었다. 그는 경감을 돌아보았다.
"안됐지만 경솔하게 정보를 수집한 모양이오, 가니마르 경감. 게다가 당신은 이 부인에 대해 몹시 서투른 행동을 했소. 내 방으로 와서 해명해 주시오."
회견은 끝났다. 그런데 보안부장이 떠나려는 바로 그때 참으로 뜻밖의 일이 일어났다. 레알 부인이 경감 옆으로 다가서며 불쑥 말했던 것이다.
"성함이 가니마르 씨라고요?…… 틀림없지요?"
"그렇소."
"그럼 이 편지는 당신에게 보내는 걸 거예요. 오늘 아침에 받은 것인데, 보시다시피 수신인이 '레알 부인 앞, 쥐스탕 가니마르 씨'라고 되어 있어요. 나는 누가 장난친 것이라고 생각했었어요. 당신을 몰랐으니까요. 이 편지를 보낸 사람은 우리가 만난다는 걸 알고 있었던 모양이에요."
가니마르 경감은 이상한 직감으로 그 편지를 낚아채 갈기갈기 찢어버리고 싶었다. 그러나 상관 앞에서 그럴 수는 없어 겉봉을 뜯어보았다. 경감은 낮은 목소리로 편지를 읽었다. 다음과 같은 내용이었다.

옛날 옛적 어느 곳에 금발의 귀부인과 뤼빵과 가니마르라는 사람이 살고 있었소. 그런데 나쁜 사람인 가니마르는 아름다운 금발의 귀부인을 괴롭혀주려고 했고, 마음씨 착한 뤼빵은 그걸 원치 않았소. 그래서 착한 뤼빵은 금발의 귀부인을 클로종 백작부인과 친하게 만들 생각으로 그녀에게 '드 레알 부인'이라는 이름을 붙여주었소. 이것은 금발이며 얼굴빛이 창백하고 착실한 여자 보석 중개인의 이름과 같은 것이었지. 그리고 착한 뤼뺑은 이렇게 생각했소. '나쁜 가니마르가 금발 귀부인의 뒤를 귀찮게 쫓아다니니 착실한 여자 보석 중개인의 흔적을 조금 흘려놓으면 아주 재미있는 일이 벌어질 것이다'라고 말이오. 이 현명한 배려는 효과를 올렸소. 악한 가니마르가 읽은 신문에 실린 작은 기사, 진짜 금발의 귀부인이 볼리바쥐 호텔에 일부러 두고 온 향수병과 호텔 숙박부에 적은 레알 부인의 주소와 이름, 이것으로 연극은 끝난 셈이오.

 어떻소, 가니마르 경감? 나는 이 모험을 자세히 말하고 싶었소. 아무튼 당신 재주를 보고 누구보다 먼저 웃음을 터뜨리는 것은 당신 자신일 테니까 말이오. 사실 이건 재치 있는 일이었소. 솔직히 말해 나로서도 다시없이 즐거웠소. 그럼, 고맙소.

 친애하는 친구여. 듀뒤 씨에게도 안부를 전해주기 바라며.

아르센 뤼뺑

"뤼뺑은 무엇이든 알고 있군!"
가니마르 경감이 중얼거렸다. 웃을 처지가 아니었다.
"그는 내가 아무에게도 말하지 않은 일까지 알고 있습니다, 부장님. 내가 부장님에게 나와달라고 부탁한 것을 그가 어떻게 알았을까요? 내가 향수병을 발견한 사실을 어떻게 알았을까요? 대체 어떻게……."
그는 발을 쾅쾅 구르고 머리를 쥐어뜯었다. 듀뒤 보안부장은 가엾은 생각이 들었다.
"자, 가니마르 경감. 기운을 내시오. 이 다음에 더 멋있게 해보구려."

그러고 나서 보안부장은 레알 부인과 함께 나갔다.

10분이 지나도록 가니마르 경감은 뤼뺑의 편지를 되풀이해서 읽고 있었다. 방 한구석에서는 클로종 백작부부와 오트레크 씨와 제르보아 씨 네 사람이 열심히 이야기를 나누고 있었다. 마침내 백작이 경감 쪽으로 다가와 말했다.
"아무래도 우리는 한 걸음도 진전하지 못한 것 같군요."
"그렇지 않습니다. 내 조사 결과 금발의 귀부인이 이 사건의 의심할 여지없는 주인공이고, 뤼뺑이 뒤에서 조종하고 있다는 사실이 증명되었습니다. 이것은 참으로 커다란 진전입니다."
"그러나 아무 소용 없는 진전입니다. 문제는 이전보다 더 갈피를 잡을 수 없게 되었습니다. 금발의 귀부인은 푸른 다이아몬드를 훔치기 위해 살인까지 했는데, 정작 물건에는 손도 대지 않다가 나중에는 그걸 훔쳐서 엉뚱한 사람한테 넘겨 버렸으니 말입니다."
"도무지 알 수가 없군요."
"네, 그렇습니다. 그러나 누군가가 나선다면……."
"무슨 뜻이지요?"
백작은 망설였다.
그러자 부인이 분명히 잘라 말했다.
"내 생각으로는 뤼뺑을 상대로 하여 해치울 수 있는 사람은 당신 말고 꼭 한 사람 더 있어요, 가니마르 씨. 우리가 셜록 홈즈 씨에게 도움을 청한다면 당신은 언짢아하시겠지요?"
"아니…… 그렇지 않습니다……. 다만 잘 알 수 없는 것은……."
경감은 당황해했다.
"나는 미궁에 빠진 이 사건에 이제 그만 질리고 말았어요. 그래서 확실히 해두고 싶은 거예요. 제르보아 씨와 오트레크 씨도 같은 생각이며, 우리 부부도 그 영국의 명탐정에게 부탁하기로 의견일치를 보았어요."

"당연한 말씀입니다, 부인." 경감은 용감하게도 공정한 의견을 말했다. "지당한 말씀입니다. 나 가니마르로서는 아르센 뤼뺑과 겨룰 힘이 없습니다. 셜록 홈즈라면 성공할 수 있을지도 모르겠군요. 나는 그렇게 되기를 바랍니다. 아무튼 나도 그를 굉장히 존경하고 있기 때문에…… 하지만, 경우에 따라서는……."

"잘되지 않을지도 모른다는 말씀이지요?"

"나로서는 셜록 홈즈와 아르센 뤼뺑의 대결은 이미 승부가 결정되어 있다고 여겨집니다. 영국 사람이 지게 마련이지요."

"아무튼 당신도 계속 협조해 주시겠지요?"

"물론입니다, 부인. 나는 무조건 협력하겠습니다."

"셜록 홈즈 씨의 주소를 아세요?"

"네, 베이커 거리 219번지입니다."

그날 밤 클로종 백작부부는 블라이헨 영사에 대한 고소를 곧 취하했다. 그리고 몇몇 사람의 서명이 든 편지가 셜록 홈즈에게 보내졌다.

셜록 홈즈의 전투 개시

"무얼 드시겠습니까?"

"아무거라도 좋네."

아르센 뤼뺑은 음식에는 조금도 관심이 없는 듯 대답했다.

"먹음직스러운 것으로 갖다주게. 그러나 술과 고기는 안 되네."

종업원은 경멸하는 태도로 물러갔다.

"아니, 지금도 채식주의인가?" 나는 큰소리로 말했다.

그러자 그는 "더 철저하다네" 하고 말하며 고개를 끄덕였다.

"왜? 취미로? 종교 때문에? 아니면 습관인가?"

"건강을 위해서."

"그래서 절대로 깨뜨리지 않겠다는 건가?"

"아니, 가끔 깨뜨리기도 하지, 교제상 어쩔 수 없는 경우에는…… 이상한 사람으로 보이지 않기 위해서."

우리는 아르센 뤼뺑이 나를 불러낸 북부역 가까이 있는 작은 레스토랑의 안쪽 깊숙한 곳에서 식사를 하고 있었다. 뤼뺑은 이런 식으로 가끔 아침에 전보를 보내어 파리 어느 구석진 곳에서 나와 만나기를 좋아했다. 그런 때의 뤼뺑은 쉴새없이 지껄이며 생활을 즐기는 천진하고 착한 어린아이 같았다. 그리고 반드시 뜻밖의 이야기라든가, 추억이라든가, 내가 알지 못하는 모험담 등을 들려주는 것이었다.

그날 저녁 그는 여느 때보다 생기 있어 보였다. 유난히 밝은 표정으로 미소지으며 떠들어대는 것이었다. 독특하고 세련된 익살, 악의 없는 가볍고 자연스러운 농담이 튀어나오기도 했다. 그런 그를 보는 것은 유쾌한 일이었기 때문에 나는 만족스러움을 드러내지 않을 수 없었다.

"그렇지." 뤼뺑은 소리쳤다. "나는 요즈음 무엇이든 다 즐겁게 생각된다네. 나의 내부에 있는 생명은 마치 무진장한 보물과도 같아. 나는 그 생명을 아낌없이 소모하고 있다네."

"소모가 아니라 낭비라고 하는 편이 낫겠지."

"보물은 무한하다네, 여보게! 나는 마음껏 자신을 소모하고 낭비할 수가 있는 걸세. 내 힘과 젊음을 얼마든지 발산시킬 수 있어. 내 생활은 정말 멋있지 않나? 바라기만 하면 오늘이든 내일이든 웅변가, 공장주, 정치가, 무엇이든 될 수 있으니까……. 그런데 맹세코 말하지만 나는 결코 그런 걸 바라지 않는다네. 나는 아르센 뤼뺑으로서 남게 될 걸세. 나는 역사상 내 운명보다 더 충실하고 더 강력한 운명을 찾아보았지만 헛일이었네. 나폴레옹 정도라면 모를까. 하지만 그 나폴레옹조차 황제 말기에는 전투가 있을 때마다 이것이 마지막이 아닐까 전전긍긍했다지 않은가. 문제는 그걸세…… 위험이라는 것! 쉴새없는 위험이라는 것, 나는 공기처럼 위험을 호흡하고 있네. 주위에 휘몰아치고, 짖어대고, 엿보고, 뒤쫓아 오는 위험을 판단하는 거지. 그리고 폭풍우 속에서도 냉정을 유지하여 꺾이지 않는다네! 그렇지 못하면 파멸이지. 여기에 필적할 만큼 위험한 자는 자동차경주 중인 선수밖에 없네. 그러나 자동차 경주는 낮에만 벌어지지만, 나의 경주는 평생 계속되는 걸세!"
"대단히 낭만적이로군."
뤼뺑은 미소지었다.
"역시 자네는 예리해. 사람의 마음을 꿰뚫어본다니까. 실은 사건이 생겼다네."
그는 커다란 잔에 찬물을 따라 한 번에 다 마셨다.
"오늘 〈르 탕〉 신문을 읽어보았나?"
"아니, 아직 못 읽었네."
"셜록 홈즈가 오늘 오후 도버 해협을 건너 6시쯤 도착했을 걸세."
"아니, 어째서?"
"클로종 부부와 오트레크 남작의 조카와 제르보아 씨의 부탁을 받은 짧은 여행이지. 그들은 북부에서 모여 가니마르 경감에게 갔다네. 지금쯤 6명이 모여 이야기를 나누고 있을 거야."
나는 아르센 뤼뺑에 대해 무척 호기심을 가지고 있지만, 그가 직접 말하지 않는 한 결코 그의 사생활에 대해 묻는 일은 없었다. 이것은 나로서는 아주 조심스러운 문제였고, 이 점에서 나는 한 번도 원칙을 깨뜨리지 않았다. 그리고 이때는 푸른 다이아몬드 사건에 대해 그의 이름이——적어도 정식으로는——아직 등장하지 않았을 때였다. 그러므로 나는 참고 있었다. 뤼뺑은 이야기를 계속했다.

"〈르 탕〉에는 그 뛰어난 가니마르 경감의 회견기사도 실려 있더군. 그 기사에 의하면, 내 친구라는 금발의 귀부인이 오트레크 남작을 죽이고 클로종 부인에게서 문제의 유명한 반지를 훔치려고 했다는 걸세. 그리고 가니마르 경감은 나를 이 큰 범죄의 조종자로서 비난하고 있다네."

나는 오싹 소름이 끼쳤다. 정말일까? 하긴 그의 도벽 기질과 생활방식, 사건이 돌아가는 맥락을 따져볼 때 그를 범죄사건과 연류시켜 보는 건 얼마든지 가능한 추측이었다. 나는 그를 살펴보았다. 그는 아주 침착했으며, 그의 눈은 천연스럽게 나를 마주 바라보고 있었다. 나는 그의 두 손을 바라보았다. 그 손은 우아하고 아름다웠으며 참된 예술가의 손이었다.

"가니마르 경감이 돌았군." 나는 중얼거렸다.

"아니, 그렇지 않네. 가니마르 경감을 무시할 수는 없어……. 이따금 그는 천재적인 면을 발휘하거든." 뤼뺑이 경감을 두둔했다.

"천재적인 면?"

"그렇다네. 예를 들면 그 회견기사는 하나의 걸작품일세. 첫째, 나에게 경고하여 일을 어렵게 만들기 위해 경쟁상대인 영국인의 도착을 알리고 있네. 둘째, 셜록 홈즈가 직접 사건의 해결에 힘쓰지 않으면 안 되게끔 사건의 정확한 상황을 분명히 해두었네. 멋진 경쟁이지……."

"어찌되었든 자네는 두 사람을 상대하게 되겠군. 더욱이 바로 그 상대가……!"

"아니, 한 사람은 문제없네."

"또 한 사람은?"

"홈즈 말인가? 그래, 그 사나이는 좀 맹랑하지. 그러나 그렇기 때문에 나는 불끈 힘이 솟아나고 이렇게 기분이 좋은 걸세. 첫째, 자존심 문제가 아닌가? 사람들은 나를 이기기 위해 저 유명한 영국인을 불러오는 것은 당연한 일이라고 생각하고 있네. 자, 셜록 홈즈와 맞붙을 생각만 해도 유쾌해지는 즐거움을 생각해 보게. 물론 나도 있는 힘을 다하지 않으면 안 되겠지! 그도 아마 한 발자국도 물러서지 않을 걸세."

"생각보다 그는 강할 걸세."

"굉장히 강하지. 탐정으로서 그에 필적할 만한 사람은 일찍이 없었고 지금도 없다고 생각하네. 그러나 나에게는 한 가지 유리한 점이 있네. 그가 공격인데 비해 나는 수비라는 점일세! 수비가 훨씬 수월한 셈이지. 그리고……."

뤼뺑은 보일 듯 말 듯 미소지었다. 그는 결론을 내렸다.

"게다가 나는 그의 전술법을 알고 있지만, 그는 나의 수법을 모르고 있네. 나는 숨겨진 비법을 써서 그를 골탕먹일 생각이네……."

그는 손가락으로 테이블을 똑똑 두드리면서 도취된 듯 토막토막 말을 이어갔다.

"아르센 뤼뺑 대 셜록 홈즈…… 프랑스 대 영국…… 드디어 트라팔가해전에 대한 복수전이로군! 아, 가엾은 녀석!…… 내가 준비가 다 되어 있다는 것을 그는 꿈에도 생각지 못하겠지…… 뤼뺑이 각오를 했다고 하면……."

그는 갑자기 말을 끊고 마치 목구멍이 막히기라도 한 것처럼 기침을 하며 냅킨에 얼굴을 묻었다.

"빵이라도 걸렸나? 그럼, 물을 좀 마시게."

"아니, 그렇지 않네." 뤼뺑은 목소리를 죽여서 말했다.

"그럼, 왜 그러나?"

"기분이 나쁘군."

"창문을 열까?"

"아니, 밖으로 나가세……. 빨리 내 외투와 모자를 주게."

"아니, 어떻게 된 일인가?"

"지금 들어온 저 두 신사 중 키가 큰 사나이를 보게……. 밖으로 나가거든 내가 보이지 않도록 내 왼쪽에서 걸어주게."

"자네 뒤에 앉아 있는 저 사람 말인가?"

"그렇네. 특별한 사정이 있으니 밖에 나가서 이야기해주겠네."

"저 사람이 누군가?"

"셜록 홈즈."

뤼뺑은 자신의 동요가 부끄러웠는지 억지로 침착해지려고 애썼다. 그는 냅킨을 내려놓고 물을 한 잔 마신 다음 완전히 냉정해져 미소를 지으며 말했다.

"내가 이처럼 당황하니 이상하겠지? 그러나 이렇게 뜻밖에 나타나다니……."

"뭐가 그리 무서운가? 그렇게 변장하고 있으면 아무도 자네를 알아보지 못할 텐데. 나도 자네를 만날 때마다 다른 사람으로 착각할 정도이니까."

"셜록 홈즈라면 알아볼 수 있다네." 아르센 뤼뺑이 말했다. "저 사나이는 나를 꼭 한 번밖에 보지 못했네 (《괴도신사 뤼뺑》의 〈한발 늦은 홈즈〉참조). 그러나 한평생 잊지 않을 걸세. 내가 변장하고 있는 겉모습이 아니라 내 존재 그 자체를 본 것이라고 나는 느꼈네. 그리고…… 그리고…… 이런 일은 정말 뜻밖이 아닌가! 이 무슨 괴상한 우연이람!……이 작은 레스토랑에서……."

"그건 그렇고……." 나는 서둘러 말했다. "나가지 않겠나?"

"아니, 나가지 않겠네."

"어떻게 할 텐가?"

"가장 좋은 방법은 솔직히 행동하는 거겠지. 저자에게 몸을 내맡기는 거야……."

"설마……?"

"아니, 그런 생각이 드네……. 그에게 물어 그가 알고 있는 것을 알아낸다는 이익이 있지……. 아아, 여보게, 그의 시선이 내 목덜미며 어깨에 멈춰 있는 듯한 느낌이 드는군……. 그는 깊이 생각하고…… 알아낸다네……."

뤼뺑은 잠시 생각에 잠겼다. 나는 그의 입가에 떠오른 익살스러운 미소를 보았다.

그는 그 자리에서 필요성이라기보다는 오히려 충동적인 본능에 의해 힘차게 벌떡 일어났다. 그러고는 몸을 뒤로 휙 돌리더니 아주 쾌활하게 몸을 숙였다. 그리고 결연하게 말하기 시작했다.

"어, 이 무슨 우연입니까? 정말 우연이군요! 실례지만 여기 내 친구 한 사람을 소개하겠습니다."

영국인은 한순간 어리둥절했으나 이윽고 아르센 뤼뺑에게 덤벼들 자세를 취했다. 뤼뺑은 머리를 내저었다.

"그건 안 됩니다…… 보기에도 좋지 않고…… 또 그래봐야 헛일입니다!"

영국인은 도움이라도 청하듯 좌우를 둘러보았다.

"그것도 헛일입니다." 뤼뺑은 말했다. "그리고 당신은 나에게 손을 댈 자격이 있다고 생각하십니까? 자, 신사다운 태도를 보여주십시오."

이 경우 '신사다운 태도'를 보이는 것은 그다지 좋은 일은 못된다. 그래도 그편이 낫다고 생각했는지 홈즈는 몸을 반쯤 일으켜 무뚝뚝하게 소개했다.

"내 친구이며 협력자인 왓슨 박사…… 이쪽은 아르센 뤼뺑일세."

왓슨 씨의 놀라는 모습이란 정말 볼 만했다. 크게 뜬 눈과 입이 윤기 흐르는 얼굴에 두 가닥 줄을 그리고 있었다. 얼굴 주위에는 깎아 올린 머리털과 짧은 턱수염이 억센 잡초줄기처럼 늘어서 있었다.

"왓슨, 자네는 더없이 자연스러운 사건 앞에서 왜 이리 당황하는가!"

셜록 홈즈는 좀 놀리는 투로 말했다.

"어째서 체포하지 않는 건가?" 왓슨이 중얼거렸다.

"아직 모르겠나, 왓슨? 이 신사는 문과 나 사이에 있고, 문까지는 겨우 두 걸음일세. 내가 새끼손가락 하나라도 까딱하면 이 신사는 벌써 밖에 나가 있을걸세."

"그런 건 아무래도 상관없소." 뤼뺑이 말했다.

뤼뺑은 테이블을 돌아 영국인이 문 쪽에 위치하도록 앉았다. 이것은 상대방이 바라는 바였다.

왓슨은 이 대담한 행동에 감탄해도 좋을지 어떨지 몰라 홈즈를 바라보았다. 영국인은 태연자약했다.

잠시 뒤 홈즈가 종업원을 불렀다.

"소다수, 맥주, 위스키."

화친이 성립되었다. 일시적인 화친이. 네 사람은 곧 한 테이블에 마주 앉아 조용히 웃으면서 이야기를 나누었다.

셜록 홈즈도 인간이었다. 날마다 어디서나 볼 수 있는 여느 인간이었다. 나이는 50살 전후로 사무용 책상을 앞에 놓고 장부를 기록하며 일생을 보낸 듯한 의리 있는 시민 같은 타입이었다. 갈색 콧수염, 깨끗이 면도한 턱, 조금 둔해보이는 풍채, 하나에서 열까지 런던의 보통 시민과 똑같은 모습이었다. 다만 무섭게 날카롭고 생기 있으며 찌르는 듯한 눈을 제외하고는.

그러나 어쨌든 그는 셜록 홈즈다. 직관과 관찰과 명민과 총명의 천재인 것이다. 자연은 상상력이 만들어낸 탐정 중 가장 색다른 두 타입을 가지고 장난을 친 것 같다. 에드거 앨런 포의 오귀스트 뒤팽과 가보리오의 르코크를 가지고 보다 색다르고 비현실적인 독특한 타입을 만든 것이다. 그리하여 사람들은 그를 세계적으로 유명하게 만든 숱한 그의 무용담을 들을 때마다 셜록 홈즈도 대소설가, 이를테면 코난 도일 같은 작가의 머릿속에서 생겨난 허구적인 인물, 즉 전설 속의 영웅이 아닌가 의심하게 되는 것이다.

아르센 뤼뺑이 얼마나 머무를 예정이냐고 묻자 홈즈는 얼른 본론으로 들어갔다.

"내가 얼마나 머무를 것인가 하는 문제는 당신에게 달려 있소, 뤼뺑 씨."

"아아, 그래요?" 뤼뺑은 웃으면서 소리쳤다. "나에게 달렸다면 오늘 밤에라도 배로 돌아가십시오."

"오늘 밤은 좀 이르고, 1주일이나 열흘 뒤라면……."

"그렇게 급하시오?"

"사건이 많이 밀려 있습니다. 영국 중국은행 사건, 에클레스턴 부인 유괴사건 등…… 뤼뺑 씨, 1주일이면 충분하지 않을까요?"

"그 정도면 충분하지요. 푸른 다이아몬드를 둘러싼 두 가지 사건만이 문제라면. 하지만 당신이 두 사건을 해결하여 나보다 유리한 입장이 되고, 나의 안전이 위협받게 될 경우를 대비해서 나로서도 내 나름의 준비를 해야 하니 시간이 더 필요하지 않겠소?"

"그래서 2, 3일간 더 늦추어 잡은 겁니다. 1주일에서 열흘쯤으로." 영국인이 말했다.

"그래서 11일째 되는 날 나를 체포하겠다는 말씀이오?"

"열흘째 날에."

뤼뺑은 생각에 잠기더니 곧 머리를 저으면서 중얼거렸다.

"무리요……그건 무리입니다."

"무리한 일이지만 가능하지요. 따라서 확실……."

"절대로 확실합니다!" 왓슨이 끼어들었다. 마치 그 자신이 홈즈의 예정된 성과로 인도해주는 각각의 단계를 똑똑히 보고 있기라도 한 것처럼.

셜록 홈즈는 빙긋 웃었다.

"수완 좋은 내 친구 왓슨이 당신에게 증언하고 있소. 물론 나에게 좋은 패만 있는 건 아니오. 아무튼 벌써 몇 달 전에 있었던 사건 아닙니까? 게다가 내가 늘 조사의 기초로 삼고 있는 요소며 단서 같은 것이 전혀 없거든요."

"이를테면 진흙 얼룩이라든가 담뱃재 같은……." 왓슨이 또 맞장구쳤다.

"그러나 가니마르 경감의 훌륭한 결론 외에 나는 이 사건에 대한 모든 기사와 관찰 기록, 그 결과로 사건에 대해 갖게 된 약간의 개인적인 견해를 사용할 수 있지요."

"분석과 가설에 의해 도출된 견해라고나 할까요." 왓슨이 거드름 부리며 또 덧붙였다.

"실례입니다만," 아르센 뤼뺑은 홈즈에게 깍듯이 정중한 말투로 말했다. "당신이 갖게 된 의견을 대충 들려주실 수 없겠습니까?"

두 사람이 테이블에 팔꿈치를 짚고 마치 어려운 문제를 풀거나 쟁점에 대해 의견의 일치를 보기 위해 이야기를 나누듯 마주 앉아 있는 장면은 참으로 극적이었다. 그것은 한편 아주 익살스럽기도 했다. 두 사람 다 그 익살을 호사가 또는 예술가로서 크게 즐겼으며, 왓슨도 아주 마음을 놓고 있었다.

셜록 홈즈는 천천히 파이프를 채우고 나서 불을 붙이며 말했다.

"나는 이 사건을 처음 보았을 때보다 훨씬 간단한 것으로 생각하니다."

"네, 아주 간단하지요." 왓슨이 같은 말을 되풀이했다.

"이 사건은 다만 하나의 사건이기 때문이지요. 오트레크 남작의 죽음과 반지 이야기, 그리고 잊어서는 안 될 23조 514번 복권의 비밀은 금발의 귀부인의 수수께끼를 가지고 풀 수 있는 사건의 여러 가지 양상에 지나지 않습니다. 그런데 나는 같은 사건의 세 가지 에피소드를 연결하는 줄과, 세 가지 방법의 공통된 특징을 증명해 줄 사실을 발견하는 것이 문제라고 생각합니다. 가니마르 경감은 약간 피상적으로 판단하여 자유자재로 출몰하는 능력을 이 사건들의 공통된 특징으로 보고 있습니다. 그러나 나는 이러한 기적을 대조 비교하는 것으로 만족할 수는 없습니다."

"그래서요?"

"이 사건들의 공통된 특징은," 홈즈는 또박또박 말했다. "당신이 미리 선택해둔 장소에서 사건이 일어났다는 것이지요. 그것은 당신에게 있어 계획 이상으로 필요한 것이었고, 또한 성공을 위한 필수조건이었습니다."

"좀더 자세히 설명해 주실 수 있겠습니까?"

"쉬운 일입니다. 예를 들면 제르보아 씨와 분쟁이 있었던 때부터 당신은 사람들이 모여야 할 장소로 드티낭 변호사의 집을 선택해 두었습니다. 금발의 귀부인과 제르보아 양을 공공연히 만날 수 있을 만큼 안전하다고 생각되는 장소는 그곳밖에 없었습니다."

"제르보아 씨의 딸 말이죠." 왓슨이 설명을 덧붙였다.

"이번에는 푸른 다이아몬드의 이야기입니다. 당신은 오트레크 남작이 가지고 있을 때부터 그것을 차지하려고 했었습니까? 그렇지는 않습니다. 남작이 형의 저택으로 옮기고 6개월 뒤 앙트와네트 블레아가 나타났고, 이어서 최초의 시도가 있었습니다. 그러나 다이아몬드는 당신 손에 들어가지 않았고 드루오 회관에서 야단스러운 경매에 붙여졌지요. 경매는 공개될 것인가? 가장 돈 많은 호사가가 그 보석을 손에 넣을 수 있을 것인가? 물론 그렇지요. 금융가 에르쉬망 씨가 그것을 차지하려는 순간 어떤 부인이 경고장을 건네주었습니다. 그리고 다이아몬드를 산 것은 바로 그 똑같은 부인에게 조종을 받은 클로종 백작부인이었습니다……. 다이아몬드는 금방 사라져버렸을까요? 아닙니다. 당신은 방법이 없었습니다. 그래서 막간의 희극을 연출했지요. 이윽고 백작부인은 성 안에 들어앉게 되었습니다. 그거야말로 당신이 바라는 바였지요. 그리고 반지가 없어졌습니다."

"그것이 블라이헨 영사의 가루치약 병 속에서 나왔다는 건 이상하고도 색다른 일인데요." 뤼빵이 이의를 제기했다.

"그럴까요!" 셜록 홈즈는 테이블을 치며 외쳤다. "내게는 그런 터무니없는 이야기를 들을 귀가 없습니다. 바보라면 속을 수도 있겠지만 나같이 늙은 여우에게는 헛일이오."

"그렇다면?"

"그것은 즉……."

홈즈는 자기 말이 가져다줄 효과를 가늠해보기라도 하듯 잠시 입을 다물었다. 마침내 그는 다시 입을 열었다.

"가루치약 병 속에서 발견된 푸른 다이아몬드는 가짜였소. 진짜는 당신이 가지고 있지요."

아르센 뤼빵은 잠시 말없이 있더니 영국인을 보며 솔직하게 감탄했다.

"당신의 솜씨는 정말 놀랍소."

"놀라운 솜씨지요!" 왓슨이 존경의 뜻을 표했다.

"그렇소." 뤼빵은 고개를 끄덕였다. "모든 것이 명백해지고 진실이 밝혀졌군요. 이 사건에 열중한 예심판사나 기자 중 거기까지 파고든 사람은 아무도 없었습니다. 정말 직관과 논리의 기적입니다."

"대단한 것도 아니오!" 전문가로부터 이런 칭찬을 받자 영국인은 우쭐해서 말했다. "생각만 잘하면 되는 거요."

"생각하는 방법을 알고 있으면 그렇지요. 그런데 그 방법을 아는 사람이 아주 드물단 말입니다! 그러나 추측의 범위가 좁혀지고 윤곽이 드러난 지금으로서는……"

"지금으로서는 세 가지 사건이 무엇 때문에 클라페롱 거리 25번지, 앙리 마르탕 거리 134번지, 클로종 성에서 일어났는가 하는 것을 알아내면 되는 거요. 문제는 바로 거기에 달려 있지요. 그 밖의 것은 공연한 이야기와 어린아이의 속임수에 지나지 않소. 그렇게 생각지 않습니까?"

"나도 그렇게 생각합니다."

"그렇다면 내 일이 열흘 뒤에 끝나리라고 되풀이 말해도 되지 않겠소?"

"글쎄요……열흘 뒤에는 아마 사건의 전모를 알 수 있겠지요."

"그리고 당신은 체포될 거요."

"아니, 그렇지 않습니다."

"아니라고요?"

"내가 체포되려면 여러 상황과 불운이 겹쳐야 할 텐데, 나는 그런 일이 일어나리라고 보지 않소."

"상황도 운도 해낼 수 없는 일을, 한 인간의 의지와 끈질김이 끝내 해낼 거요, 뤼뺑 씨."

"만일 또 다른 사람의 의지와 끈질김이, 결코 깨뜨릴 수 없는 장애를 가지고 그 의도에 대항하지 않는다면 말이지요, 홈즈 씨."

"깨뜨릴 수 없는 장애란 존재하지 않소."

두 사람이 주고받는 시선은 심각했으나, 어느 쪽에도 도전의 빛은 없었다. 그 눈길은 조용하고 결연한 것이었다. 두 자루의 칼이 마주치는 것 같았다. 그것은 맑은 소리로 울렸다.

"내 뜻은 이루어졌소!" 뤼뺑이 외쳤다. "당신은 나의 상대로서 부족함이 없소! 호적수로서 더없이 뛰어난 인물, 바로 셜록 홈즈…… 당신이오!"

"무섭지도 않은 모양이지요?" 왓슨이 물었다.

"글쎄요, 왓슨 씨. 그 증거로써……." 뤼뺑이 일어나면서 말했다. "나는 지금 퇴각작전을 서두르겠소. 그렇지 않으면 싸우지도 못하고 붙잡힐 위험이 있으니까요. 그럼 열흘입니다, 홈즈 씨?"

"그렇소, 열흘. 오늘이 일요일이니까 다음 주 수요일에는 모든 일이 끝날 거요."

"그리고 나는 체포될까요?"

"물론!"

"제기랄! 평온한 생활을 즐기고 있는 내가…… 근심걱정도 없고, 경기도 나쁘지 않으며, 경찰 따위와는 아무 볼일도 없고, 주위 사람들로부터 호감을 받고 있다고 생각했었는데…… 그것이 모두 헛일이 되어버리다니! 그러나 그것도 인생의 일면이겠지요. 맑은 날이 있으면 흐린 날도 있는 법…… 이제 웃을 일이 아닌 것 같군요. 그럼, 안녕히!"

"서두르시오." 홈즈에게 경의를 품고 있는 사람을 위해서 왓슨이 아주 친절하게 말했다. "1분이라도 헛되이 보내서는 안 되오."

"1분이라도. 그런데 내가 이 우연한 만남을 얼마나 기뻐하고 있는지, 또 당신처럼 훌륭한 협력자를 가진 홈즈 씨를 얼마나 부러워하고 있는지 그것만은 말씀드려 두고 싶소."

그들은 정중하게 인사를 나누었다. 마치 서로 조금도 미워하고 있지 않으나 운명에 의해 무자비하게 싸워야 하는 경기장의 두 선수와도 같았다. 뤼뺑은 곧 내 팔을 잡고 밖으로 끌고 나왔다.

"어떻게 생각하나? 식사 중에 있었던 일은 자네가 오늘 저녁 쓰려는 나의 전기(傳記) 속에서 효과를 발휘하게 되겠지?"

뤼뺑은 레스토랑의 문을 닫고 천천히 걷다가 발길을 멈추었다.

"담배 피우려나?"

"아니, 그런데 자네도 피울 생각이 없는 것 같군."

"그렇다네."

뤼뺑은 성냥으로 궐련에 불을 붙이자마자 곧 궐련을 내던지고 찻길을 달려 건너더니, 마치 신호로 부른 것처럼 어둠 속에서 나타난 두 사나이 옆으로 갔다. 뤼뺑은 반대쪽 보도에 서서 잠시 이야기를 나눈 뒤 곧 내 쪽으로 되돌아왔다.

"실례했네. 그 홈즈란 자가 이미 조사에 착수했군. 그러나 단언하지만 아르센 뤼뺑은 마음대로 안 될걸! 에이, 빌어먹을! 내가 어떤 인물인지 똑똑히 보여줄 테다…… 잘 가게, 친절한 왓슨 씨의 말처럼 1분 1초라도 지체해서는 안 되네."

뤼뺑은 곧 사라져버렸다.

그 이상야릇한 밤은, 적어도 밤의 일부분은 이렇게 끝났다. 왜냐하면 그 뒤 몇 시간 동안 다른 여러 가지 사건이 일어났기 때문이다. 거기에 대해서는 그날 밤 그곳에 함께 있었던 사람들이 나중에 자세히 이야기해 주었다.

뤼뺑이 나와 헤어질 무렵 셜록 홈즈는 회중시계를 꺼내보며 자리에서 일어났다.

"9시 20분 전이군. 9시에 역에서 백작부부를 만나야 하네."

"그럼, 나가세!"

왓슨이 위스키를 두 잔 연거푸 마시면서 말했다.

두 사람은 나갔다.

"왓슨, 뒤를 돌아보지 말게. 미행당하고 있을지도 모르니까. 미행당해도 태연한 척해야 하네. 왓슨, 뤼뼁이 왜 그 레스토랑에 있었을까? 자네 의견은 어떤가?"

"아마 식사를 하려고 들렀겠지." 왓슨이 바로 대답했다.

"왓슨, 우리가 함께 일을 해나갈수록 자네가 차츰 발전해 가는 것을 느낄 수 있네. 아니, 정말 자네는 기막힌 사람이야."

어둠 속에서 왓슨은 기뻐 얼굴을 붉혔다. 홈즈가 계속해서 말했다.

"식사 때문이라……물론이야. 그리고 아마 가니마르 경감이 회견에서 발표한 대로 내가 클로종 부부의 성에 가는지 어떤지 확인하기 위해서였을 걸세. 따라서 나는 그 기대에 어긋나지 않기 위해 시간을 맞춰 나온 거라네. 그러나 그를 앞지르지 않으면 안 되므로 가지 않기로 하겠네.

 자네는 이 길을 빠져 달아나게. 두 대고 세 대고 마차를 바꿔타는 걸세. 그러고 나서 짐 맡기는 곳에 둔 가방을 찾아가지고 서둘러 엘리제 팔레스로 가게나."

"엘리제 팔레스에서는?"

"방을 얻어 그곳에서 자고 있게. 푹 쉬며 내 지시를 기다리게."

왓슨은 자신에게 중요한 일이 맡겨졌으므로 의기양양해하며 떠났다. 홈즈는 차표를 사서 아미앙행 급행열차에 올랐다. 클로종 백작부부는 이미 자리에 앉아 있었다.

 홈즈는 두 사람에게 인사를 하고 나서 파이프에 불을 붙여 물고 복도에 선 채 조용히 연기를 내뿜고 있었다.

 열차가 움직이기 시작했다. 10분쯤 지나자 홈즈는 백작부인 옆으로 가서 앉으며 말을 꺼냈다.

"반지를 가지고 계시지요, 부인?"
"네."
"잠시 보여주시겠습니까?"
홈즈는 반지를 들고 조사해 보았다.
"생각했던 대로 재생 다이아몬드입니다."
"재생 다이아몬드라니요?"
"최신식 방법으로 다이아몬드 가루에 높은 열을 가해 그것을 녹인 다음……돌에 입혀 만든 거지요."
"뭐라고요! 내 것은 진짜예요!"
"당신의 것은 진짜였습니다. 그러나 이건 당신 것이 아닙니다."
"그럼, 내 것은 어디 있지요?"
"아르센 뤼뺑의 손에."
"그럼, 이건?"
"이건 당신의 반지와 바꿔치기하여 블라이헨 씨의 가루치약 병 속에 넣어두었던 것입니다."
"그럼, 가짜로군요?"
"네, 가짜입니다."
백작부인은 기가 막혔다. 아무 말도 하지 못했다. 백작은 믿어지지 않는 듯이 보석을 이리저리 돌려가며 살펴보고 있었다. 백작부인이 중얼거렸다.
"그럴 수가! 그런데 왜 굳이 바꿔치기를 했을까요? 그리고 어떻게 훔쳐갔을까요?"
"그것이 바로 내가 분명히 알아내고 싶은 점입니다."
"클로종 성에서 말이지요?"
"아닙니다. 나는 클레유에서 내려 파리로 돌아갈 생각입니다. 아르센 뤼뺑과 나의 결전은 파리에서 벌어집니다. 어디서든 마찬가지지

만 뤼뺑에게는 내가 여행 중인 것으로 해두는 편이 좋겠지요."
"하지만……."
"그런 건 관계없습니다, 부인. 중요한 것은 부인의 다이아몬드가 아닙니까?"
"네, 그래요."
"그렇다면 안심하십시오. 셜록 홈즈의 명예를 걸고, 나는 부인에게 진짜 다이아몬드를 찾아서 돌려드리겠습니다."
 열차는 천천히 달렸다. 홈즈는 가짜 다이아몬드를 호주머니에 넣고 승강구의 문을 열었다. 백작이 소리쳤다.
"아니, 도중에 뛰어내리려고요?"
"이렇게 해야 혹시 뤼뺑이 미행하고 있어도 따돌릴 수가 있습니다. 그럼, 안녕히들 가십시오."
 역직원이 항의했으나 헛일이었다. 영국인은 역장실 쪽으로 갔다가 50분쯤 뒤 다른 열차에 뛰어올라 자정 전에 파리로 돌아왔다.
 홈즈는 뛰어서 역을 빠져나와 식당으로 들어갔다가 다른 문으로 나왔다. 그러고는 곧 마차에 뛰어올랐다.
"마부, 클라페롱 거리로!"
 미행당하지 않는 것을 확인하자 그는 마차를 거리 입구에 세우고, 드티낭 변호사의 집과 양쪽 이웃집을 면밀히 조사했다. 보통 걸음으로 주위의 거리를 재고, 수첩에 여러 가지 사항과 숫자를 적어넣었다.
"마부, 앙리 마르탕 거리로."
 그 거리와 퐁프 거리 모퉁이에서 마차삯을 치르고 134번지까지 걸어가 오트레크 남작의 저택과 주위의 큰 셋집 두 채 앞에서 아까와 같은 일을 시작하여 집 정면의 너비와 그 정면까지의 작은 뜰 길이를 적어 넣었다.
 그 거리에는 사람 그림자가 없었고, 네 줄로 늘어선 가로수 밑이라

어두컴컴했다. 가로수가 있는 곳에선 가스등이 깊은 어둠을 상대로 헛된 싸움을 하고 있는 것 같았다. 가스등 하나가 집 한쪽에 엷은 빛을 던져주었다. 철문에 '세놓음'이라는 팻말이 붙어 있었다. 다듬지 않아 거칠어진 두 줄기 길이 작은 잔디밭 사이로 나 있었으며, 커다란 창문들이 빈집답게 썰렁했다. 홈즈는 생각했다.

'남작이 죽은 후로 아무도 세든 사람이 없는 모양이군……. 안에 들어가서 조사해 보고 싶은데.'

이런 생각이 들자 그는 곧 행동으로 옮기고 싶었다. 그러나 어떻게 해야 할까? 철문은 높아서 도저히 뛰어넘을 수 없었다. 그는 호주머니에서 손전등과 늘 몸에 지니고 다니는 만능열쇠를 꺼냈다. 그런데 홈즈는 두 쪽으로 된 대문의 한쪽이 조금 열려 있어 깜짝 놀랐다. 그는 그 문이 닫히지 않도록 조심하며 가만히 들어갔다. 그러나 세 걸음도 채 못 가서 그는 우뚝 멈춰섰다. 3층 창문 하나에 언뜻 빛이 스쳐지나갔던 것이다.

그 빛은 두 번째, 세 번째 창문으로 옮겨갔다. 방 벽에 비친 그림자 말고는 아무것도 보이지 않았다. 그리고 나서 빛은 3층에서 2층으로 내려와 오랫동안 이 방 저 방을 돌아다녔다.

도대체 누가 한밤중인 새벽 1시에 오트레크 남작이 살해된 집에서 돌아다니고 있는 것일까? 셜록 홈즈는 이상한 호기심이 솟아났다.

그것을 아는 방법은 한 가지밖에 없다. 직접 들어가 보는 것이다. 그는 망설이지 않았다. 그러나 그가 층계 쪽으로 가려고 가스등 아래를 가로지르는 순간, 상대방이 알아차린 게 틀림없었다. 집 안에서 갑자기 빛이 사라지고 그 사람 그림자도 자취를 감추었다.

셜록 홈즈는 층계 쪽으로 나 있는 방문을 살그머니 밀어보았다. 그것도 열려 있었다. 아무 소리도 들리지 않았다. 그는 과감하게 어둠 속으로 들어갔다. 층계 난간에 부딪쳤다. 그는 2층으로 올라갔다. 그

곳도 역시 조용하고 캄캄했다.

층계참으로 나왔다. 이윽고 한 방으로 들어가서 희미한 창문 옆으로 다가갔다. 그때 현관문 밖에 서 있는 사나이의 모습이 보였다. 사나이는 분명 다른 층계로 내려가서 다른 문을 통해 밖으로 나갔음에 틀림없다. 사나이는 양쪽 뜰을 갈라놓은 담 옆의 관목을 따라 왼쪽으로 도망쳤다.

"빌어먹을! 놓치고 말았군!"

홈즈는 소리쳤다.

그는 구르듯이 층계를 내려갔다. 발판을 뛰어넘어 달아나는 길목을 막으려고 했다. 그러나 이미 그림자도 보이지 않았다. 그리고 몇 초가 지난 뒤에야 비로소 관목덤불 속에서 어렴풋이 움직이는 검은 그림자를 알아볼 수 있었다.

영국인은 생각했다.

'저 사나이는 쉽게 도망칠 수 있었을 텐데, 어째서 달아나지 않았을까? 몰래 숨어들어와 자신의 일을 방해한 사람을 감시하려는 것이었을까? 어찌되었든 사나이는 뤼뺑은 아니었다. 뤼뺑은 훨씬 더 교묘하게 움직일 것이다. 같은 패거리이겠지.'

꽤 긴 시간이 흘렀다. 셜록 홈즈는 자기를 엿보는 상대를 지켜보며 가만히 있었다. 상대방도 움직이지 않았다. 영국인은 우유부단한 성격이 아니었다. 그는 권총의 탄창이 움직이는지 어떤지 확인한 다음 단도를 빼들고 상대를 향해 똑바로 나아갔다. 냉정한 대담성과 무분별함을 가지고.

바스락거리는 소리가 났다. 상대방 사나이가 권총을 잡는 듯했다. 셜록 홈즈는 비호같이 덤불 속으로 뛰어들었다. 상대방은 반격할 겨를도 없었다. 영국인이 재빨리 그 사나이를 덮쳐버린 것이다. 필사적인 난투였다.

셜록 홈즈는 사나이가 단도를 빼려고 애쓰는 것을 알아차렸다. 그러나 승패는 정해져 있었다. 첫 싸움부터 아르센 뤼뺑의 공범을 사로잡고 싶은 욕망으로 홈즈에게는 힘이 넘쳤다. 상대방 사나이를 넘어뜨리고 몸전체로 내리누른 다음, 가엾은 사나이의 목을 맹수의 발톱이나 엄니처럼 손가락으로 죄었다. 한편 다른 한쪽 손으로는 손전등을 찾아 포로의 얼굴을 비추어 보았다.
 홈즈가 놀라서 외쳤다.
 "앗, 왓슨!"
 "셔, 셜록 홈즈!"
 목쉰 소리가 괴로운 듯 중얼거렸다.

 두 사람은 한 마디도 하지 않고 오랫동안 가만히 있었다. 두 사람 다 축 늘어졌으며 머릿속은 텅 비어 있었다. 자동차 경적이 밤공기를 갈랐다. 미풍이 나뭇잎을 흔들었다. 홈즈는 다섯 손가락을 여전히 왓슨의 목에 댄 채 꼼짝도 않고 있었다. 왓슨의 숨결이 차츰 더 가빠졌다.
 별안간, 셜록 홈즈는 화가 치밀어 협력자를 밀어붙이더니 곧 다시 그 어깨를 움켜잡고 무섭게 흔들어댔다.
 "이런 곳에서 도대체 뭘 하고 있었나? 대답해 보게. 내가 자네에게 덤불에 숨어서 나를 감시하라고 이르던가?"
 "자네를 감시하다니!" 왓슨이 신음 소리를 내며 말했다. "나는 자네인 줄을 몰랐네."
 "그럼, 뭔가? 뭘 하고 있었나? 호텔에서 자고 있으라고 하지 않았나!"
 "잠자리에 들었었지."
 "그대로 자지 않았나!"

"잠을 잤지."
"잠이 깨지 않았더라면 좋았을걸 그랬군."
"편지가……."
"내 편지가?"
"그렇네, 심부름꾼이 자네가 보냈다면서 편지를 호텔로 가지고 왔어."
"내가 보냈다고? 자네, 미치지 않았나?"
"정말일세."
"그 편지가 어디 있나?"
왓슨은 편지 한 장을 꺼냈다.
손전등을 비춰가며 홈즈는 어이가 없는 표정으로 읽어내려갔다.

 왓슨, 곧 일어나서 앙리 마르탕 거리로 가게. 집은 비어 있네. 안으로 들어가 조사하여 정확한 약도를 만들어가지고 돌아와주게.
                                         셜록 홈즈

"내가 방을 조사하고 있는데……." 왓슨이 설명했다. "뜰에 사람 그림자가 보이더군. 그래서 곧 생각한 것은……."
"그 사람 그림자를 확인하려던 거였군…… 그 생각은 좋았네. 하지만……." 홈즈는 협력자를 부축해 일으켜세우면서 말했다. "앞으로 만일 내 편지를 받거든 우선 내 필적인지 아닌지 확인해 보게."
왓슨은 그제야 진상을 알아차린 듯이 말했다.
"그렇다면 그 편지는 자네가 보낸 게 아니었나?"
"유감스럽지만 그렇네."
"그럼 누가 보낸 것일까?"
"아르센 뤼뺑."

"하지만 그가 무슨 목적으로 그런 편지를 보냈을까?"
"그거야 알 수 없지. 그게 문제일세. 대체 무엇 때문에 일부러 자네를 이리로 보냈을까? 나라면 또 모르지만…… 자네를 부른 까닭이 무엇일까? 무슨 이로움이 있다고……."
"나는 호텔로 돌아가야겠네."
"같이 가세, 왓슨."
두 사람은 이윽고 철책문 앞까지 왔다. 앞서가던 왓슨이 빗장을 잡아당기며 말했다.
"어? 자네 이 문 닫아 놓았나?"
"한쪽 문은 열어두었는데."
이번에는 셜록 홈즈가 잡아당겨 보았다. 그는 이내 깜짝 놀라며 자물쇠를 조사해 보았다. 그러고는 화가 나서 소리쳤다.
"빌어먹을! 잠겨버렸어! 자물쇠가 걸려 있네!"
홈즈는 힘껏 문을 잡아 흔들었다. 그러나 소용이 없었다. 그는 팔을 내리고 재빠른 목소리로 말했다.
"이제야 알았네. 바로 그자의 소행이야! 내가 클레유에서 기차를 내리는 것을 보고 오늘 밤으로 곧장 조사를 시작하러 올 것을 간파한 거야. 그리고 멋진 함정을 만들어둔 걸세. 게다가 친절하게도 친구까지 보내준 셈이로군. 온전히 나의 하루를 밀지게 하기 위한 짓이네. 게다가 자기 일에 손대지 않는 게 좋다는 것을 보여주기 위한 행위이기도 하고."
"결국 우리는 그의 포로가 된 셈이로군."
"그렇네. 셜록 홈즈와 왓슨은 아르센 뤼뺑의 포로가 되었네. 모험은 마침내 아름다운 경지에 이르렀군……. 아니, 그렇지 않아. 이런 짓은 용서할 수 없어……."
"저기 위를 보게. 불이 켜져 있군." 왓슨이 홈즈의 어깨를 두들기며 말했다.
 과연 2층 창문 하나에 불이 켜져 있었다. 두 사람은 저마다 다른 층계로 서둘러 뛰어올라갔다. 그리고 거의 동시에 불이 켜져 있는 방문 앞에 이르렀다. 방 한가운데 초 한 자루가 타고 있었다. 그 옆에 바구니가 하나 있고, 그 속에 병 주둥이와 닭다리와 빵 반쪽이 삐죽이 내밀어져 나와 있었다.
 홈즈는 웃음을 터뜨렸다.
 "훌륭한 저녁대접이로군. 이건 마술의 궁궐일세! 진짜 신선이 사는 곳이야. 자, 왓슨. 그런 시무룩한 표정은 짓지 말게. 정말 재미있군."
 "재미있다고?" 왓슨이 침통하게 투덜댔다.
 "물론이지." 홈즈가 얼마쯤 부자연스럽게 수선을 떨며 소리쳤다. "결국 이처럼 재미있는 일은 당한 적이 없다는 말일세. 재치 있는 희극이 아닌가. 아르센 뤼뺑은 그야말로 익살꾼이로군! 그는 사람을 아주 그럴 듯하게 놀려댄단 말이야. 나는 이 세상 모든 금덩이를 준다 해도 이 대접을 잊을 수는 없네. 왓슨, 나의 둘도 없는 친구여. 그렇게 상상하지 말게. 내가 엉뚱한 생각을 하고 있는 걸까? 그리고 자네는 불운을 참고 견디는 데 도움이 될 그 훌륭한 성질을 갖고 있지 않은가! 뭘 우물쭈물하고 있나, 왓슨? 지금쯤 자네는 목에 내 단도를 맞았거나 아니면 자네 단도가 내 목에 찔려 있거나 했을지도 모르네. 자네는 그렇게 하려고 했으니까 말일세, 이 고약한 친구!"
 홈즈는 유머와 익살로 가엾은 왓슨의 기운을 북돋아주며 닭다리와 포도주 한 잔을 뱃속에 넣게 하는 데 성공했다. 그러나 촛불이 다 타버렸다. 잠을 자기 위해 침대에 누웠으나 벽을 베개 대신 베어야 했다. 이 사태는 그들에게 있어 안타깝기도 하고 어이없게 여겨지기도 했다. 그리하여 그들에게는 처량한 잠자리가 되었다.

아침이 되자 왓슨은 뼈가 쑤시고 추워서 잠이 깼다. 뭔가 어렴풋한 소리에 정신이 쏠렸다. 셜록 홈즈가 무릎을 꿇고 몸을 잔뜩 구부린 채 확대경으로 휴지조각을 살펴보기도 하고, 거의 다 지워져가는 백묵 자국의 숫자를 다시 그려넣어 가며 수첩에 무언가를 적어넣고 있었다.

이런 일에 특별한 흥미를 가진 왓슨은 홈즈와 함께 각 방을 돌아보았다. 그 밖에도 두 개의 방에서 백묵으로 씌어진 똑같은 기호를 발견했다. 또 떡갈나무 판자에서 두 개의 동그라미를, 벽돌 위에서 화살표를, 층계판자 넉 장에서 네 개의 숫자를 발견했다.

1시간 뒤 왓슨이 말을 꺼냈다.

"숫자는 정확하지?"

"정확한지 어떤지 모르겠군." 셜록 홈즈가 대답했다. 그는 이 발견으로 인해 다시 기분이 좋아졌다.

"아무튼 뭔가 뜻이 있겠지."

"아주 확실하네." 왓슨이 말했다. "마루판자의 숫자를 나타낸 걸세."

"호오!"

"맞네. 두 개의 동그라미는 널빤지의 속이 비어 울린다는 것을 뜻하지. 이것은 시험해보면 알 수 있어. 그리고 화살표는 접시 운반하는 틀이 올라오는 방향을 가리키고 있는 걸세.

셜록 홈즈는 깜짝 놀라 그를 바라보았다.

"아니, 왓슨. 자네가 어떻게 그걸 알았지? 자네의 통찰력이 참 놀랍군!"

"뭐, 아주 간단하네!" 왓슨은 크게 기뻐하며 대답했다. "이 표시는 내가 자네의…… 아니, 저어, 뤼빵의 지시에 의해 어젯밤 내가 그린 거니까. 아무튼 그 편지는 뤼빵이 보낸 거였으니까 말일세."

왓슨은 이 순간 어젯밤 덤불 속에서 홈즈와 격투를 벌였을 때보다 더 호된 곤욕을 치를 수도 있다는 것을 생각지 못하고 있었다. 홈즈는 당장에라도 이 어리석은 친구의 목을 조르고 싶은 게 솔직한 심정이었다. 그러나 그는 자신의 억센 감정을 억누르고 찡그린 얼굴에 미소를 떠올리며 말했다.

"좋아, 왓슨! 이 멋진 일이 크게 도움이 될 걸세. 자네의 그 뛰어난 분석과 관찰력을 다른 점에서도 발휘해 보겠나? 그 성과가 꽤 도움이 될 텐데."

"안됐지만 거기까지가 전부일세."

"유감스럽군! 출발은 좋았는데 말일세. 그렇다면 이제 떠나는 수밖에 없겠군."

"떠나다니! 어떻게 나가지?"

"정상적인 사람이 나갈 때처럼 문으로 나가는 거지."

"문은 잠겼잖나?"

"열 수 있네."

"누가?"

"큰길을 서성거리고 있는 저 두 경관을 불러주게."

"하지만……."

"하지만, 뭔가?"

"아무래도 이건 수치스러운 일이 아닌가. 셜록 홈즈와 왓슨이 아르센 뤼뺑의 포로가 되었다는 것을 알면 사람들이 뭐라고 하겠나?"

"여보게, 하는 수 없지 않나! 사람들은 배를 붙잡고 웃겠지." 홈즈는 얼굴을 찡그리며 흥분된 목소리로 대답했다. "그러나 이 집에서 살 수는 없네."

"그래도 자네는 아무렇지도 않잖은가?"

"아무렇지도 않네."

"그런데 음식 바구니를 가져다 놓은 사람은 올 때도 갈 때도 뜰을 지나지 않았네. 달리 나가는 길이 있을 걸세. 그걸 찾아내면 경관에게 도움을 부탁할 필요도 없겠지."

"당연한 이야기야. 그러나 그 나가는 길은 파리의 전 경찰이 6개월 전부터 찾고 있었다는 것, 그리고 자네가 자고 있는 동안 나도 이 집 안을 샅샅이 뒤져보았다는 것을 알고 있나? 아아, 여보게. 왓슨…… 아르센 뤼뺑은 밧줄 하나만으로는 잡을 수 없는 상대일세. 그는 아무런 증거도 남겨두지 않았어."

오전 11시에 셜록 홈즈와 왓슨은 드디어 해방되었다. 그러나 그들 둘은 가까운 경찰서로 연행되었다. 경찰은 두 사람에게 엄중한 심문과 까다로운 조사를 한 끝에 동정의 말과 함께 풀어주었다.

"정말 딱한 일입니다. 프랑스의 대우에 대해 좋지 않은 인상을 가지게 되셨겠군요. 아주 기막힌 밤을 보내셨습니다. 아아, 뤼뺑은 정말 당신들에게 실례되는 일을 했군요."

두 사람은 마차를 타고 엘리제 팔레스로 갔다. 프런트에서 왓슨은 방 열쇠를 달라고 했다. 직원은 잠시 찾아보더니 몹시 놀라며 말했다.

"하지만 손님, 그 방은 이미 해약하셨군요."

"해약했다고요?"

"오늘 아침, 손님 친구분께서 손님 편지를 가지고 와서……."

"어떤 친구지요?"

"편지를 가지고 온 분은……아 참, 아직 손님 명함이 붙어 있습니다. 이겁니다."

왓슨은 그것을 받아들었다. 그것은 틀림없이 그의 명함이었고 편지도 분명 그의 필적이었다.

"어떻게 된 일이지……? 또 걸려들었군."
왓슨은 중얼거렸다. 그는 불안한 듯이 덧붙였다
"그럼, 짐은?"
"친구분이 가지고 갔습니다."
"당신이 내주었소?"
"그렇습니다. 명함이 있기 때문에."
"알았소."
두 사람은 잠자코 나와서 샹젤리제 거리를 정처없이 터벅터벅 걸어갔다. 아름다운 가을 해가 가로수 길을 눈부시게 비추어주었다. 공기는 맑고 상쾌했다.
네거리에서 홈즈는 파이프에 불을 붙여 물고 다시 걷기 시작했다. 왓슨이 소리쳤다.
"홈즈, 나로서는 알 수가 없네……. 자네가 이처럼 태연자약한 것이. 자네는 고양이가 쥐를 놀리듯 놀림받고 있는 걸세……. 그런데 한 마디 말도 없다니!"
홈즈는 걸음을 멈추고 말했다.
"왓슨, 나는 자네 명함에 대해서 생각하고 있었네."
"그래서?"
"우리와의 투쟁을 미리 예견하고, 자네와 내 필적 견본을 입수했으며 지갑 속에 자네의 명함까지 준비해 둔 자가 있었네. 이것이 얼마나 세심하고 날카로운 의지와 방법과 조직력을 보여주는 일인지 생각해 보았나?"
"대체 뭘 말하고 싶은 건가?"
"결국 이처럼 무장하고 훌륭하게 준비를 갖춘 적과 싸워 이길 사람은 나밖에 없다는 거지. 그러나 왓슨, 자네도 알다시피……."
홈즈는 웃으면서 덧붙였다.

"하지만 단번에 성공할 수는 없을 걸세!"

6시가 되자 〈에코 드 프랑스〉 신문이 다음 기사를 실었다.

오늘 아침 제16지구 경찰서장 테나르 씨는 셜록 홈즈와 왓슨 씨를 석방했다. 두 사람은 아르센 뤼뺑의 술책에 의해 고(故) 오트레크 남작의 저택에 갇혀, 거기서 멋진 하룻밤을 보냈던 것이다.
게다가 두 사람은 여행가방마저 빼앗겼기 때문에 아르센 뤼뺑을 고소했다.
아르센 뤼뺑은 단지 두 신사에 대해 교훈을 조금 준 것뿐이므로 너무 가혹한 조치를 취하지 말아주도록 두 사람에게 부탁하는 바이다.

"빌어먹을!" 셜록 홈즈는 신문을 구기면서 말했다. "이 자는 장난을 치고 있군! 내가 뤼뺑에 대해 못마땅하게 생각하는 것은 이 점일세. 장난에도 정도가 있지…… 그는 관중을 의식하고 있는 걸세……. 엉터리 같은 녀석!"
"홈즈, 그래도 여전히 태연하게 있을 건가?"
"태연하지 않으면……? 흥분해서 뭐하겠나? 나는 최후의 승리를 확신하고 있네."
홈즈는 가까스로 분을 삭이는 말투로 대답했다.

어둠 속의 희미한 빛
아무리 단련된 성격의 소유자라도——홈즈는 불운에 굴복하지 않는 강인한 사람이지만——새로 전투를 시작하는 마당에서는 기력을 불러일으킬 필요를 느낄 때가 있다.

"오늘은 좀 쉬어야겠네." 홈즈가 말했다.

"나는 어떻게 할까?"

"자네는 옷과 속옷을 사가지고 오게. 그동안 나는 좀 쉬어야겠네."

"그럼 쉬게나, 홈즈. 내가 알아서 처리하겠네."

왓슨은 이 마지막 말을 마치 최악의 위험 속에 보초를 서게 된 사람처럼 심각하게 말했다. 그는 가슴을 내밀고 근육을 긴장시켰다. 그러고는 날카로운 눈초리로 두 사람이 묵고 있는 호텔의 좁은 방 안을 쏘아보았다.

"부탁하네, 왓슨. 그 틈을 이용해서 나는 우리가 싸워야 할 상대에 대해 보다 적절한 작전계획을 세우겠네. 우리는 뤼뺑에 대해 잘못 계산했어. 출발점에서부터 다시 시작하지 않으면 안 되겠네."

"가능하다면 출발점보다 더 거슬러올라가야 할 테지. 하지만 시간이 있을까?"

"아흐레나 남았네, 이 사람아…… 닷새도 많을 정도인데!"

영국인은 오후내내 담배를 피우기도 하고 잠을 자기도 하며 보냈다. 작전을 시작한 것은 이튿날이었다.

"왓슨. 자, 준비가 되었네. 출발하세."

"출발!"

왓슨도 용기가 넘쳐 외쳤다.

"나는 도무지 좀이 쑤셔서 견딜 수가 없다네."

홈즈는 세 차례의 긴 회견을 끝냈다. 맨 먼저 드티낭 변호사를 만났다. 홈즈는 그의 집을 샅샅이 조사했다. 다음에 쉬잔 제르보아 양, 그녀를 전보로 불러다가 금발의 귀부인에 대해 질문했다. 마지막으로 오귀스트 수녀. 이 여자는 오트레크 남작이 살해된 뒤 '성모방문회' 수녀원에 돌아가 있었다.

왓슨은 홈즈가 그들을 만날 때마다 문 밖에서 기다리고 있다가 물었다.

"만족스러운가?"

"아주 만족스럽네."

"그렇겠지. 잘 되어가고 있군. 자, 가세."

두 사람은 한참 걸었다. 앙리 마르탕 대로에 있는 저택의 양쪽 이웃을 조사하고, 다시 클라페롱 거리까지 갔다. 그리고 25번지 집 정면을 조사하면서 홈즈가 말했다.

"이 집들 사이에 틀림없이 비밀통로가 있네. 그러나 알 수 없는 것은……."

왓슨은 마음속으로 그의 천재적인 친구의 재능을 처음으로 의심했다. 어째서 저렇게 말만 하고 행동은 하지 않는 것일까?

"내가 왜 이러느냐고?"

홈즈는 왓슨의 마음속 생각에 대답하듯 외쳤다.

"상대가 뤼뺑 같은 사나이일 경우에는 구체적인 사실보다도 먼저 자기 머릿속에서 진상을 밝혀낸 다음, 그것이 사건과 들어맞는지 어떤지를 확인해 보지 않으면 안 되기 때문일세."

"그러나 비밀통로는?"

"그걸 찾아내어 어쩌겠다는 건가? 뤼뺑이 변호사의 집으로 들어가기도 하고, 오트레크 남작을 살해한 뒤 금발의 귀부인이 달아나기도 한 비밀통로를 알아낸다 하더라도, 그것이 어떤 진전을 가져오겠나? 뤼뺑을 공격하기 위한 무기라도 될 것 같은가?"

"시도는 해보아야지." 왓슨이 소리쳤다.

그 말이 채 끝나기도 전에 왓슨은 깜짝 놀라 소리를 지르며 뒤로 물러섰다. 뭔가가 두 사람의 발 밑에 털썩 떨어졌던 것이다. 반쯤 모래를 담은 자루로, 하마터면 둘 다 함께 중상을 입을 뻔했다.

홈즈가 올려다보니, 머리 위 6층 발코니의 얽어맨 발판에서 인부들

이 일을 하고 있었다.

"아니, 이런! 운이 좋았군!" 홈즈는 외쳤다. "한 발만 더 앞에서 있었더라면 그 건방진 녀석의 자루를 머리에 맞을 뻔했어……."

홈즈는 말을 하다 말고 곧 그 집으로 달려가 6층으로 올라가더니 벨을 누르고 안으로 뛰어들었다. 하인이 깜짝 놀란 표정을 지었으나 그는 아랑곳하지 않고 발코니로 나갔다. 아무도 없었다.

"여기 있던 인부는?" 홈즈가 하인에게 물었다.

"돌아갔습니다."

"어디로?"

"뒷층계로요."

홈즈가 몸을 내밀고 보니 두 사나이가 자전거를 끌고 집에서 나가고 있는 참이었다. 그들은 자전거를 타고 사라졌다.

"전부터 여기서 일하고 있었소?"

"저 사람들 말입니까? 아니오, 오늘 아침부터 왔습니다. 처음 보는 얼굴입니다."

홈즈는 왓슨이 있는 곳으로 돌아왔다.

두 사람은 우울한 표정으로 호텔로 돌아왔다. 이틀째인 이 날도 음울한 침묵 속에서 보냈다.

다음날도 같았다. 두 사람은 앙리 마르탕 대로 벤치에 앉았다. 그런데 홈즈가 바로 앞의 건물 세 채만을 언제까지나 지켜보고 앉아 있어서 부지런한 성격의 왓슨은 깜짝 놀랐다.

"뭘 기다리고 있는 건가, 홈즈? 뤼뺑이 나오기를 기다리고 있나?"

"아니."

"그러면 금발의 귀부인이라도?"

"아니."

"그럼, 뭔가?"
"나는 지금 무슨 일이라도 일어나기를 기대하고 있네. 뭔가 단서가 될 만한 일이."
"만일 아무 일도 일어나지 않으면?"
"그때는 내 속에서 무슨 일이 일어나겠지. 마치 화약에 불을 붙이는 불티처럼 말이지."
꼭 한 가지 사건이 이날 아침의 단조로움을 깨뜨렸다. 그러나 그것은 오히려 불유쾌한 돌발사태였다.
대로의 두 가닥 찻길 사이로 난 마찻길을 지나가던 신사의 말이 옆길로 꺾어들며 두 사람이 앉아 있는 벤치에 부딪친 것이다. 말엉덩이가 홈즈의 어깨를 스쳤다.
"아니, 이런!" 홈즈는 쓴웃음을 지었다. "하마터면 어깨가 부서질 뻔했군."
신사는 말과 실랑이를 하고 있었다. 영국인은 권총을 꺼내들었다. 그러자 왓슨이 거칠게 홈즈의 팔을 잡았다.
"어찌된 건가, 홈즈. 왜 이러나! 저 신사를 죽이겠단 말인가!"
"놓게 왓슨, 놓아!"
그들이 옥신각신하는 동안 신사는 말을 달래고 박차를 가하여 가버렸다. 말탄 사람이 멀어지자 왓슨이 의기양양하게 외쳤다.
"자, 이제 쏘아도 괜찮네."
"참 어리석군! 저 사나이가 아르센 뤼뺑의 한패라는 것을 모르나?"
홈즈는 분을 못 이겨 떨고 있었다. 왓슨은 기가 죽어 투덜거렸다.
"뭐라고? 저 신사가?"
"뤼뺑과 한패라네. 자루를 우리 머리에 던지려던 인부들과 마찬가지로."

"그럴 리가……?"

"사실이든 아니든 증거를 손에 넣을 수 있었는데……."

"그 신사를 죽이고 말인가?"

"아니지, 그 말을 죽이고. 자네가 말리지만 않았으면 뤼뺑의 무리 가운데 한 사람을 붙잡을 수 있었는데 서투른 짓을 하고 말았네, 알았나?"

그날 오후는 우울했다. 두 사람은 거의 아무 말도 하지 않았다. 5시, 두 사람은 처마 밑에 가까이 가지 않도록 조심하면서 클라페롱 거리에서 감시를 하고 있었다. 팔짱을 낀 노동자 3명이 노래를 부르며 지나치다가 두 사람과 부딪치고 그대로 지나가려 했다. 속이 상해 있던 홈즈가 앞을 가로막았다.

곧 옥신각신 몸싸움이 벌어졌다. 홈즈는 곧 권투 자세를 취했다. 그러고는 한 사나이의 가슴을 치고 또 다른 사나이의 얼굴을 쥐어박았다. 세 사나이 중 두 사람은 더 이상 대항하지 못했다. 세 사나이는 함께 도망쳐 버렸다.

"아아!" 홈즈가 외쳤다. "이제 좀 기분이 좋아지는군. 울적하던 참이었는데…… 한바탕 몸을 풀었어……."

그런데 벽에 기대 서 있는 왓슨을 보자 그는 깜짝 놀랐다.

"아니 어떻게 된 건가, 왓슨? 얼굴이 왜 새파래졌지?"

"어찌된 일인지…… 이쪽 팔이 아파!"

"팔이 아파? 심한가?"

"응…… 응…… 오른팔이…….."

왓슨은 도무지 팔을 움직일 수가 없었다. 홈즈는 처음에는 살짝 다음에는 힘을 주어서 만져보았다. 통증이 너무 심한 듯했으므로 홈즈는 왓슨을 가까운 약국으로 데리고 갔다.

왓슨은 약국에서 까무러칠 것만 같았다. 약제사와 조수가 애를 썼다. 살펴보니 팔뼈가 부러져 있었다. 당장 수술받을 필요가 있었다. 응급조치를 하기 위해 환자의 옷을 벗기자 왓슨은 아픔을 못 이겨 비명을 질렀다.

"자…… 됐네…… 괜찮아." 팔을 눌러주며 홈즈가 말했다. "조금만 참으면 되네. 5, 6주일만 지나면 완쾌될 걸세. 아무튼 돼먹잖은 녀석들에게 본때를 보여주어야겠군! 알겠나, 왓슨? 특히 그 녀석이야말로…… 이 일격은 뤼뺑이 친 거니까……. 맹세해 두지만, 만일……."

그는 갑자기 말을 끊고 팔을 놓았다. 그러자 왓슨은 아파서 펄쩍 뛰어오르며 다시 정신을 잃고 말았다. 홈즈는 이마를 치며 말했다.

"왓슨, 좋은 생각이 떠올랐네……어쩌면……."

홈즈는 눈을 똑바로 뜨고 꼼짝도 하지 않은 채 중얼거렸다.

"으음, 그래……모든 게 밝혀질 거야. 등잔 밑이 어두웠군. 에잇, 빌어먹을! 조금만 생각하면 되는 건데…… 아아, 왓슨! 자네도 아마 만족할 걸세!"

그리하여 홈즈는 둘도 없는 친구를 버려둔 채 대로로 뛰어나가 25번지로 달려갔다.

문 위쪽 오른편 돌에 '1875년, 건축가 데탕쥐'라고 새겨져 있었다.

23번지에도 똑같이 새겨져 있었다.

거기까지는 이상할 게 없었다. 그러나 저쪽 앙리 마르탕 대로에는 뭐라고 씌어 있을까?

마차가 한 대 지나갔다.

"마부, 앙리 마르탕 거리 24번지로, 빨리!"

마차 안에서 우뚝 선 채 홈즈는 말을 재촉하며 마부에게 팁을 쥐어 주었다.

"더 빨리…… 좀더 빨리!"

퐁프 거리 모퉁이에서 그는 가슴이 설레었다. 사건의 진상이 어느 정도 드러날 것인가? 24번지 저택 돌에도 '1874년, 건축가 데탕쥐'라고 새겨져 있었다.

근처 집들에도 똑같이 새겨진 글자——'1874년, 건축가 데탕쥐'…….

이 놀라운 발견에 홈즈는 마차 안에서 기쁨으로 몸을 떨며 잠시 축 늘어져 있었다. 마침내 깜깜한 암흑 속에 한 가닥 빛이 가물거리기 시작했다. 무수한 작은 길이 얽히고설킨 광대한 숲 속에서 그는 적의 발자취를 발견한 것이다!

홈즈는 우체국에서 클로종 백작 저택으로 전화를 신청했다. 백작부인이 직접 받았다.

"여보세요…… 부인이시군요?"

"홈즈 씨인가요? 별일 없으시지요?"

"네, 없습니다. 다만 급히 여쭤볼 게 있어서…… 여보세요…….."

"네."

"클로종 성은 언제쯤 세워진 겁니까?"

"30년 전에 불에 타서 다시 지었어요."

"건축가는? 지은 연대는?"

"'1877년 건축가 뤼시앙 데탕쥐'라고 씌어 있더군요."

"고맙습니다. 부인, 실례하겠습니다."

홈즈는 중얼거리며 우체국을 나왔다.

"데탕쥐…… 뤼시앙 데탕쥐…… 들은 기억이 있는 이름인데……."

홈즈는 도서관으로 가서 근대인명사전을 빌려 베꼈다. '뤼시앙 데탕쥐——1840년에 태어남. 로마 대상(大賞) 수상. 레종 도뇌르 훈장 수령. 건축에 대한 많은 저서 있음…….'

이윽고 홈즈는 약국으로 갔다가 왓슨이 실려간 병원으로 갔다. 친한 친구는 팔에 깁스를 하고 누워 있었다. 환자는 열에 들떠 몸을 떨면서 헛소리를 하고 있었다.

"승리다, 승리!" 홈즈가 외쳤다. "실마리를 찾았네. 단서를 잡았어!"

"무슨?"

"목표에 이르는 단서! 앞길은 이제 탄탄대로라네."

"담뱃재 같은 단서 말인가?" 왓슨은 흥미로운 사태의 진전에 겨우 기운을 차리며 물었다.

"그 밖에도 많지. 생각해 보게, 왓슨. 금발의 귀부인이 등장하는 갖가지 사건을 연결짓는 비밀의 실마리를 찾아냈다네. 뤼뺑이 어째서 그 세 가지 사건의 무대로 그 세 집을 택했을까?"

"글쎄, 어째서인가?"

"왓슨, 그 세 집은 같은 건축가가 지은 집일세. 아무것도 짐작되는 바가 없단 말인가? 확실히…… 그러니까 아무도 생각해 내지 못했던 거지."

"자네 말고는 아무도."

"같은 건축가가 비슷하게 설계했기 때문에 겉으로 보기에는 신기하게 보이는 일을 아주 간단하게 해치울 수 있었던 걸세."

"정말 잘 됐군."

"그리고 여보게, 왓슨, 나는 더 이상 참을 수가 없게 되었네……. 벌써 나흘째니까 말일세."

"열흘 안에……."

"그러나 지금부터는……." 홈즈는 전에 없이 들떠 가만히 있지 못했다. "아까 거리에서 그 건달녀석들이 자네 팔뿐만 아니라 내 팔까지 부러뜨렸을지도 모른다고 생각하면…… 왓슨, 어떻게 생각하나?"

왓슨은 이 무서운 가정에 몸을 떨 뿐이었다.

그러자 홈즈가 다시 이야기를 계속했다.

"이것을 교훈삼지 않으면 안되네! 여보게, 왓슨, 우리가 정면으로 뤼뺑과 대결했던 게 큰 잘못이었네. 그래도 자네만 당했으니 다행이지만 말일세……."

"그리고 한쪽 팔만으로 끝났고……." 왓슨이 신음했다.

"두 팔 모두 부러졌을지도 몰라. 우리가 괜한 허세를 부렸던 걸세. 환한 대낮에 그들의 감시를 받으면서 그들을 이길 수는 없겠지. 어두운 곳에서 자유로이 행동할 수 있으면 적이 아무리 강해도 내가 이길 가능성이 많은데……."

"가니마르 경감이 도와줄 걸세."

"물론! 아르센 뤼뺑이 저기 있다, 이것이 그의 집이다, 지금 쳐들어가면 그를 잡을 수 있다고 말할 수 있을 때가 되면 나는 가니마르 경감을 앞세우고 가겠네. 주소는 두 군데 있지. 페르골레즈 거리에 있는 그의 집과 샤트레 광장의 스위스 술집. 그때까지는 나 혼자 행동할 걸세."

홈즈는 침대 옆으로 다가가서 한쪽 손으로 왓슨의 어깨——물론 아픈 쪽 어깨——를 만지며 애정을 담아 말했다.

"몸조리 잘하게, 친구. 앞으로 자네가 할 일은, 내 행적을 찾아내기 위해 내가 자네에게로 문병오기를 기다리는 뤼뺑의 부하 두세 명의 눈을 어둡게 만드는 것일세. 이건 중요한 역할이네."

"중요한 역할이라니 고맙게 생각하네." 왓슨은 진심으로 고마워하며 대답했다. "나는 온힘을 다하여 양심적으로 그 역할을 수행하겠네. 그런데 자네는 이제 오지 않을 모양이군?"

"내가 와서 무슨 도움이 되겠나?"

"알았네…… 나도…… 순조롭게 회복되어 가고 있으니까. 홈즈, 마실 것을 좀 주지 않겠나?"

"마실 것?"

"응, 목이 타서 견딜 수가 없군. 열이 있어서 그런가 봐……."

"그렇겠지."

홈즈는 두세 개의 병을 흔들어보더니 담뱃상자를 발견하고는 담배를 피워 물었다. 그리고 나서 그는 친구의 부탁은 듣지도 못한 것처럼 횡하니 나가버렸다. 아연해진 친구는 손이 닿지 않는 물컵을 원망스러운 듯이 바라보았다.

"데탕쥐 씨 계시오?"

저택 문을 여는 순간 집사가 이쪽을 뚫어지게 바라보았다. 그 훌륭한 저택은 마르제르브 광장과 몽샤낭 거리 모퉁이에 있었다. 희끗희끗한 머리털에 텁석부리 수염, 기다란 검은 프록코트에 때가 묻은 볼품없는 풍채와 잘 어울리는 이 작은 사나이를 보자 집사는 경멸하는 태도로 대답했다.

"데탕쥐 씨가 집에 계시는지 안 계시는지 함부로 말할 수는 없소. 명함을 가지고 계시오?"

작은 사나이는 명함은 없지만 소개장을 가지고 있다고 대답했다. 집사는 그 소개장을 데탕쥐 씨에게로 가지고 갔다. 그러자 데탕쥐 씨는 손님을 안내하도록 지시했다.

작은 사나이는 본관 한쪽 날개를 차지하고 있는 원형의 커다란 방으로 안내되었다. 그 벽은 책으로 가득 차 있었다.

"스티크만 씨군요?" 건축가가 말했다.

"네, 그렇습니다."

"비서가 병이 났기 때문에 그가 하던 장서목록…… 특히 독일책의 목록에 대한 일을 계속하기 위해 당신을 부른 겁니다. 이런 일에 경험이 있습니까?"

"네, 오랜 경험이 있습니다."

스티크만 씨는 특유의 강한 독일어 사투리로 대답했다.

이리하여 이야기는 금방 끝나고, 뤼시앙 데탕쥐 씨는 곧 새로운 비서와 함께 일을 시작했다.

이로써 셜록 홈즈는 성공리에 현장 잠입에 성공하게 되었다.

이 명탐정은 뤼뺑의 감시를 벗어나, 뤼시앙 데탕쥐 씨가 딸 클로틸드와 살고 있는 저택으로 숨어들어가기 위해 미지의 세계로 뛰어드는 전략을 세우고, 무수한 거짓이름을 사용하여 많은 사람들로부터 호의를 사고 비밀 이야기를 얻어들었다. 요컨대 48시간 동안 가장 복잡한 생활을 하지 않으면 안 되었던 것이다.

그는 다음과 같은 정보를 수집했다. 즉 데탕쥐 씨는 건강이 좋지 않아 휴양을 할 생각으로 사업에서 손을 떼고 건축에 관해 모아둔 장서에 묻혀 살고 있다. 연극 구경을 하거나 때묻은 옛날책을 뒤적이는 것 말고 그가 흥미를 보이는 일은 없다. 딸 클로틸드도 색다른 생활을 하고 있다. 아버지와 마찬가지로 저택 반대쪽 방에 틀어박혀 절대로 외출하는 일이 없다.

홈즈는 데탕쥐 씨가 불러주는 책의 제목을 장부에 기록하면서 생각했다. '이런 건 아직 결정적인 일이 아니지만, 그러나 한 발자국 전진한 셈이다! 내가 어려운 문제에 대한 해결책을 발견하지 못할 리가 없다. 데탕쥐 씨는 아르센 뤼뺑과 한패일까? 뤼뺑과 지금도 연락을 하고 있을까? 세 채의 집을 지은 관계서류가 아직도 있을까? 그 서류를 보면 똑같은 구조로 지은 다른 건물의 소재지를 알 수 있지 않을까? 뤼뺑이 같은 패들을 위해 사용하고 있는 건물의 소재지를?'

데탕쥐 씨가 아르센 뤼뺑의 공범일 리가 없다! 레종 도뇌르 훈장을 받은 이 존경할 만한 신사가 강도와 함께 일을 하리라고 가정하기는 어렵다. 공범 사실을 인정한다 하더라도 30년이나 전에, 그때쯤엔 젖먹이였을 아르센 뤼뺑이 달아날 길을 데탕쥐 씨가 어떻게 미리 내다볼 수 있었겠는가? 그런 것이 무슨 상관 있는가!

영국인은 열심히 일했다. 그는 놀라운 감각과 자신의 독특한 본능을 가지고, 주위에 풍기고 있는 비밀을 냄새맡았다. 별로 뚜렷하지는 않지만 여러 가지 자잘한 일들로 대충 짐작이 되었으며, 그는 이 저택에 들어왔을 때부터 그것을 느끼고 있었다.

이틀째 되는 날 아침 그는 아직 이렇다 할 만한 일을 발견하지 못했다. 2시에 서재로 책을 찾으러 온 클로틸드 양을 처음 보았다. 30살쯤 된 밤색 머리털을 가진 여자로 차분하고 말수가 적었으며, 고독하게 살고 있는 사람다운 무관심한 표정이 얼굴에 떠올라 있었다. 여자는 데탕쥐와 몇 마디 말을 나누었을 뿐 홈즈는 쳐다보지도 않은 채 나가버렸다.

오후는 단조롭게 지나갔다. 5시에 데탕쥐 씨가 외출하겠다고 말했다. 홈즈는 그 둥근 모양의 방 한가운데 둥글게 만들어 붙인 열람석에 혼자 남게 되었다. 해가 저물기 시작했다. 홈즈가 돌아갈 준비를 하고 있는데 어디선가 귀에 익은 소리가 들렸다. 방 안에 누군가가 있는 듯한 느낌이 들었다. 오랫동안 그런 상태가 계속되었다. 갑자기 그는 몸을 떨었다. 발코니 위, 그가 있는 바로 옆의 어두컴컴한 곳에 사람 그림자가 떠올랐다. 이런 일이 있을 수 있을까? 이 수수께끼의 인물은 언제부터 그의 옆에 있었을까? 어디로 들어온 것일까?

사나이는 층계를 내려와서 떡갈나무 장롱 쪽으로 걸어왔다. 열람석 난간에 드리워진 장막 뒤에 숨어서 홈즈는 무릎을 꿇고 지켜보았다. 그러자 사나이는 장롱 속의 서류를 뒤지기 시작했다. 무엇을 찾고 있는 것일까?

그때 갑자기 방문이 열리고, 데탕쥐 양이 뒤에서 따라오는 누군가에게 이야기를 하며 활기차게 들어왔다.

"그럼, 아버지는 나가시지 않은 거로군요? 불을 켜겠어요. 잠깐만 가만히 계세요."

사나이는 장롱의 여닫이문을 닫고 큰 창문의 커튼을 잡아당겨 그 뒤에 숨었다. 데탕쥐 양은 그것을 보지 못했을까? 그 소리를 듣지 못했을까? 여자는 아주 침착하게 전등 스위치를 켜고 아버지를 들어오게 했다. 두 사람은 나란히 앉았다. 여자는 가지고 온 책을 펴들고 읽기 시작했다.

"비서는 벌써 갔나요?" 잠시 뒤 여자가 물었다.

"응…… 보다시피……."

"여전히 믿고 계시나요?" 그녀는 계속해서 말했다.

비서가 병이 나 스티크만이라는 자가 대신 와 있다는 것을 아직 모르는 것 같았다.

"언제까지…… 언제까지나."

데탕쥐 씨의 머리가 좌우로 흔들렸다. 잠이 든 것이다.

한참 지났는데도 그녀는 여전히 책을 읽고 있었다. 이윽고 창문 커튼이 한쪽 열리며 사나이가 벽을 따라 가만히 방문 쪽으로 갔다. 데탕쥐 씨의 뒤, 즉 클로틸드 양의 눈앞이었다. 그래서 홈즈는 사나이를 똑똑히 볼 수가 있었다. 그것은 아르센 뤼뺑이었다.

영국인은 기뻐서 몸을 떨었다. 그의 계산은 옳았다. 기묘한 사건의 중심으로 뛰어들자 뤼뺑은 바로 그가 예상한 곳에 나타났던 것이다.

이 사나이의 동작을 알아차리지 못했을 리가 없는데, 클로틸드 양은 꼼짝도 하지 않았다. 뤼뺑이 거의 문 옆까지 가서 손잡이에 손을 뻗는 순간 옷이 스쳐 테이블에서 뭔가가 떨어졌다. 데탕쥐 씨가 깜짝 놀라 눈을 떴다. 아르센 뤼뺑은 어느 틈에 모자를 손에 들고 미소띤 얼굴로 다가왔다.
 "막심 베르몽!" 데탕쥐 씨가 기쁜 듯이 외쳤다. "오오, 막심, 무슨 바람이 불어 여기까지 나타났소?"
 "당신과 따님을 뵈올까 해서요."
 "그럼, 여행에서 돌아오신 거로구먼?"
 "어제 왔습니다."
 "저녁이라도 같이 들겠소?"
 "아닙니다, 친구들과 식당에 모여서 먹기로 되어 있습니다."
 "그럼, 내일은? 클로틸드, 내일 와달라고 부탁드리렴, 아아, 친절한 막심!…… 요즘 당신 생각을 하고 있었던 참이오."
 "정말입니까?"
 "그렇소. 옛날 서류를 이 장롱에 넣어두었는데, 마지막 부분을 찾아냈소."
 "어떤 건데요?"
 "앙리 마르탕 거리의 저택."
 "뭐라고요? 그런 휴지쪽이 무슨 소용 있습니까!"
 세 사람은 둥근 모양의 방에 붙어 있는 작은 응접실로 가 앉았다.
 '뤼뺑일까?'
 홈즈는 갑자기 의심스러워졌다.
 그래, 틀림없이 그다. 그러나 어느 면에서는 아르센 뤼뺑과 닮았으면서도 또 다른 개성과 특징 및 독특한 시선과 머릿빛을 지닌 딴사람일 수도 있었다.
 연미복에 흰 넥타이, 부드러운 셔츠를 입은 뤼뺑은 가슴을 펴고 쾌활하게 이야기했다. 그의 이야기를 들으며 데탕쥐 씨는 속으로 웃었고, 클로틸드 양은 이를 보이며 미소지었다. 그럴 때마다 뤼뺑은 마치 무슨 보상이라도 받은 듯 의기양양해져 더욱 얘기에 열을 올렸다.

뤼뺑은 점점 재치와 쾌활함을 발휘했으며, 클로틸드 양의 얼굴은 이 행복하고 밝은 목소리에 자신도 모르게 활기를 띠어 그다지 인상이 좋지 않았던 쌀쌀한 표정이 가셔져 있었다.

 '두 사람은 서로 사랑하고 있구나' 홈즈는 생각했다. '그러나 대체 클로틸드 데탕쥐 양과 막심 베르몽과 어떤 공통점이 있는 것일까? 클로틸드 양은 막심 베르몽이 아르센 뤼뺑이라는 것을 알고 있을까?'

 홈즈는 7시까지 열심히 귀를 기울여 단어 하나까지 빠뜨리지 않고

모두 들었다. 그리고 나서 아주 조심조심 아래로 내려와 응접실에서 보이지 않도록 방 옆을 지나갔다.

 밖으로 나온 홈즈는 자동차도 마차도 없는 것을 확인하자 마르제르브 대로를 뚜벅뚜벅 걸어갔다. 그러나 옆거리까지 오자, 그때까지 팔에 걸치고 있던 외투를 입고, 모자 모양을 바꾸고, 몸을 곧바로 세워 변장한 다음 광장 쪽으로 다시 돌아왔다. 거기서 그는 데탕쥐 저택 현관을 바라보며 기다렸다.

 얼마 안 있어 아르센 뤼뼁이 나왔다. 그리고 콘스탄티노플 거리와

롱도르 거리를 지나 파리 중심가를 향해 걸어갔다. 그 100미터쯤 뒤에서 셜록 홈즈가 걸어가고 있었다.

 영국인에게 있어 참으로 즐거운 순간이었다! 그는 마치 금방 지나간 사냥감의 발자취를 냄새맡는 사냥개처럼 코를 킁킁거리며 신선한 공기를 마냥 들이마셨다. 적을 미행하는 일이 그로서는 무한히 즐거웠다. 감시를 받고 있는 것은 이제 자신이 아니라 아르센 뤼뺑, 신출귀몰하는 아르센 뤼뺑인 것이다. 홈즈는 마치 끊을 수 없는 밧줄로 묶어놓은 것처럼 뤼뺑을 시선 끝에 잡아두고 있었다. 그리고 산책하는 사람들 틈에 섞여 손아귀에 들어온 이 사냥감을 느긋하게 바라보며 즐겼다.
 그러나 곧 이상한 현상이 그를 깜짝 놀라게 했다. 셜록 홈즈와 아르센 뤼뺑 사이에, 다른 사람들이 역시 같은 방향으로 걸어가고 있었기 때문이다. 그중 실크해트를 쓴 키가 큰 두 사람은 왼쪽 보도에서, 베레모를 쓴 다른 두 사람은 오른쪽 보도에서 엽궐련을 입에 물고 걷고 있었다.
 아마 단순한 우연인지도 모른다. 그러나 홈즈는 뤼뺑이 담뱃가게에 들어가자 네 사람이 멈춰 서는 것을 보고 놀랐고, 또 그 네 사람이 동시에 각각 떨어져 뤼뺑과 다시 거리를 걷기 시작하자 더한층 놀랐다.
 '큰일이다. 뤼뺑은 미행당하고 있다!' 홈즈는 생각했다.
 다른 사람이 아르센 뤼뺑을 미행하고 있다. 다른 사람에게 명예를 빼앗기는 일은 없겠지만——홈즈는 그런 걱정은 하지도 않았다——큰 즐거움을 빼앗기고 만다. 지금까지 마주친 가장 무서운 적을 자기 혼자서 해치우는 그 쾌감을 빼앗긴다. 그는 이 생각에 골몰했다. 그러나 틀림없었다. 그 네 사나이는 자기들의 걸음걸이를 다른 한 사람의 걸음걸이에 맞추면서도 그것을 눈치채지 못하도록 하려고 애쓰며 태연한 태도와 아주 자연스러운 모습을 꾸미고 있었다.

"가니마르 경감은 자신이 말한 것보다 더 많은 것을 알고 있는 걸까?" 홈즈는 중얼거렸다. "나를 놀리고 있는 걸까?"

그는 네 사나이 중 한 사람에게 말을 걸어서 상의해 볼까 생각했다. 그러나 큰거리에 가까워지자 사람의 혼잡이 점점 심해졌기 때문에 그는 뤼뺑을 놓칠까봐 겁이 나 걸음을 빨리했다. 큰거리로 나오자 뤼뺑은 에르델 거리 모퉁이에 있는 헝가리 레스토랑의 층계를 올라갔다. 출입문이 활짝 열려 있었으므로 홈즈가 큰길 맞은쪽 벤치에 앉아서 보니 뤼뺑은 꽃을 장식한 호화스러운 식탁에 앉았다. 거기에는 이미 연미복을 입은 3명의 신사와 2명의 점잖은 부인이 앉아 있다가 정답게 그를 맞았다.

셜록 홈즈가 아까 그 네 사람을 찾으니, 그들은 옆 카페의 집시들의 연주를 듣는 군중들 틈에 섞여 있었다. 이상하게도 그들은 아르센 뤼뺑에게는 관심이 없는 듯, 오히려 둘레 사람들에게 주의를 기울이고 있는 것 같았다.

그때 갑자기 네 사람 중 한 사나이가 호주머니에서 궐련 한 개비를 꺼내들고 프록코트에 실크해트를 쓴 어느 신사에게 말을 걸었다. 신사는 엽궐련을 내밀었다. 홈즈는 두 사람이 이야기를 하고 있다고 생각했다. 담배에 불을 붙이기 위해서만이라면 이야기가 너무 긴 듯했다. 마침내 신사는 층계를 올라가 레스토랑 홀을 한 바퀴 둘러보았다. 그는 뤼뺑을 발견하자 다가가 그와 잠시 이야기를 나눈 다음 옆 테이블로 가서 앉았다. 그때 홈즈는 그 신사가 앙리 마르탕 거리에서 말을 타고 있던 사나이임에 틀림없다는 것을 확인했다.

그제야 홈즈는 깨달았다. 아르센 뤼뺑은 미행당하고 있었던 게 아니다. 이 사나이들은 그의 한패였던 것이다! 이들은 그를 호위하고 있었다. 그들은 뤼뺑의 경비대요, 위병대요, 호위대인 것이다. 한패는 주인이 위험에 처할 경우 반드시 근처에 있다가 그것을 경고하고, 그를 보호할 준비를 갖추고 있다. 저 녀석도, 프록코트의 신사도 같은 패다!

영국인은 몸을 떨었다. 이 신출귀몰한 존재를 파악하는 데 과연 성공할 수 있을 것인가? 이런 우두머리에 의해 지휘되고 있는 조직은 얼마나 무한한 힘을 가지고 있을까?

홈즈는 수첩을 한 장 뜯어 연필로 갈겨쓴 다음 그것을 봉투에 넣어 벤치에 누워 있는 12살쯤 된 소년에게 건네주며 말했다.

"얘, 빨리 마차를 타고 이 편지를 샤트레 광장 스위스 술집 카운터에 전해다오. 지금 곧."

그는 소년에게 5프랑짜리를 한 장 쥐어주었다. 소년은 떠났다.

30분이 지났다. 사람들의 혼잡은 더욱 심해져 홈즈에게는 뤼뺑의 부하들이 가끔씩밖에 보이지 않았다. 그런데 누군가가 그를 건드리며 귀에 속삭였다.

"어떻습니까? 뭔가 있습니까, 홈즈 씨?"

"가니마르 씨로군요."

"네, 술집에서 편지를 받았습니다. 뭔가 있습니까?"

"그가 있습니다."

"뭐라고요?"

"저기…… 가게 구석…… 오른쪽에…… 몸을 구부리고…… 보시오…… 보이지요?"

"안 보이는데요."

"옆에 있는 여자에게 샴페인을 따라주고 있군요."

"하지만 저 사나이는 뤼뺑이 아닙니다."

"아니, 그가 맞습니다."

"절대로…… 아니…… 옳아, 경우에 따라서는…… 아아, 나쁜 녀석, 아주 비슷하군!"

가니마르는 솔직하게 말했다.

"그리고 다른 사람들도 한패입니까?"

"아니오. 옆에 앉은 여자는 클라이브뎅 부인, 또 한 사람은 클리스 후작부인, 마주 앉아 있는 남자는 런던 주재 스페인 대사입니다."

가니마르 경감은 한 발 앞으로 내디뎠다.

"어림도 없소! 당신은 혼자요!" 셜록 홈즈가 말했다.

"녀석도 혼자입니다."

"아닙니다, 그의 부하가 큰길에서 경계하고 있습니다. 게다가 가게 안에도 있지요."

"그러나 내가 아르센 뤼뺑의 목덜미를 잡고 그의 이름을 외치면, 안에 있는 손님들이며 종업원들이 한편이 되어줄 겁니다."

"경찰을 부르는 편이 좋을 텐데요."

"그렇게 되면 아르센 뤼뺑의 패들이 눈치챌 겁니다. 안 됩니다, 홈즈 씨, 망설이고 있을 때가 아닙니다."

옳은 말이었다. 홈즈도 그렇게 생각되었다. 위험을 무릅쓰고 이 절호의 기회를 놓쳐서는 안 된다. 그는 가니마르 경감에게 한 마디 충고했다.

"될 수 있으면 눈치채지 않도록 조심해 주시오······."

그리고 그 자신은 신문가판대 뒤에 몸을 숨기고 뤼뺑을 지켜보았다. 뤼뺑은 옆에 앉은 여자 쪽으로 몸을 숙여 미소짓고 있었다.

가니마르 경감은 목적을 향해 돌진하는 사나이답게 두 손을 호주머니에 찌르고 큰길을 가로질렀다. 그리고 건너쪽 보도에 닿자마자 기세좋게 디딤대 위로 뛰어올랐다.

요란한 휘파람 소리가 들렸다. 가니마르 경감은 문 앞을 가로막는 지배인과 마주쳤다. 지배인은 수상한 옷차림으로 고급 레스토랑의 분위기를 망친 침입자를 대하듯 화를 내며 경감을 밖으로 밀쳐냈다. 가니마르 경감은 비틀거렸다. 그때 프록코트의 신사가 나타났다. 신사는 경감 편을 들어 지배인과 심한 말다툼을 벌였다. 신사는 가니마르 경감을 억누르며 지배인을 밀쳐냈기 때문에, 경감은 있는 힘을 다해 버티었으나 결국 디딤대 아래로 밀려나고 말았다.

곧 사람들이 모여들었다. 시끄러운 소리에 달려온 두 경관이 사람들을 비집고 들어가려고 했으나 꼼짝도 할 수가 없었다. 어깨로 밀어붙이고 등으로 길을 막는 바람에 뚫고 들어갈 수가 없었던 것이다. 그때 갑자기 마술에 걸린 듯 길이 열렸다.

지배인은 오해한 것을 깨닫고 미안해하며 변명하기에 바빴고, 프록코트의 신사도 경감의 편을 드는 것을 그만두었다. 군중들이 흩어지고 경관도 돌아갔다. 가니마르 경감은 여섯 사람이 식사하고 있던 테이블로 달려갔다. 그러나 다섯 사람밖에 없었다! 그는 주위를 둘러보았다. 현관 말고는 나가는 문이 없었다.

"이 자리에 있던 사람은?" 가니마르 경감은 넋을 잃고 있는 다섯 손님에게 외쳤다. "당신들은 여섯 분이었습니다. 한 사람은 어디에 있지요?"

"데트로 씨 말인가요?"

"아니, 아르센 뤼뺑이오!"

"그분은 가운데 2층으로 가셨습니다." 종업원이 다가왔다.

가니마르는 서둘러 층계를 올라갔다. 가운데 2층은 특별실이었으며, 큰길 쪽으로 뒷문이 나 있었다!

가니마르 경감은 부르짖었다.

"이런, 또 놓치고 말았군!"

멀리 달아나지는 못했다. 고작 200미터 앞에서 마들렌과 바스티유 사이를 오가는 마차에 타고 있었다. 세 마리의 말이 마차를 끌었는데, 아무 일도 없는 듯이 달려 오페라 광장을 거쳐 카퓌신 큰거리를 지나가고 있었다. 승강구에는 실크해트를 쓴 두 사나이가 이야기를 나누고 있었고 2층석 층계 맨 앞에 몸집이 작은 늙수그레한 노인이 앉아 졸고 있었다. 셜록 홈즈다!

마차의 움직임에 흔들려 머리를 건들거리면서 영국인은 혼자 중얼거렸다.

"용감한 왓슨이 이것을 보았다면 나를 자랑스럽게 생각했을 텐데! 정말 딱한 가니마르……! 휘파람 소리가 들렸을 때 이미 싸움에 졌다는 걸 왜 몰라! 나처럼 레스토랑 주위를 감시하는 편이 더 좋았으리라는 것을 알았어야지. 사실 아르센 뤼뺑의 경우는 간단하지가 않거든!"

홈즈가 종점에서 아래를 내려다보니 아르센 뤼뺑이 두 호위 앞을 지나 마차에서 내리는 것이 눈에 띄었다. 그리고 이렇게 말하는 소리가 들렸다.

"에트와르로!"

"에트와르? 좋아, 거기서 만나는 거로군. 나도 가자. 그가 택시로 달아나는 것은 내버려두고, 저 두 부하를 마차로 미행하자."

두 사나이는 걷기 시작하였다. 그들은 에트와르로 가서 샤르그랑 거리 40번지 좁은 집 현관에서 벨을 눌렀다. 사람의 왕래가 적은 이 좁은 거리 모퉁이에서 홈즈는 그들이 들어간 집의 벽 뒤 그늘에 몸을 숨길 수 있었다.

아래층의 두 창문 가운데 하나가 열렸다. 실크해트 사나이가 들어가고 덧문을 닫았다. 덧문 위로 좁은 창문이 환해졌다.

10분쯤 지나자 한 신사가 역시 그 현관에 와서 벨을 눌렀다. 그리고 바로 이어서 또 한 사람이 왔다. 이번에는 한 대의 택시가 멈춰

서더니 두 사람이 내리는 것을 홈즈는 보았다. 그것은 아르센 뤼뺑과 망토와 두꺼운 베일로 몸을 감싼 부인이었다.

'금발의 귀부인임에 틀림없다.' 홈즈는 택시가 사라져가는 것을 보며 생각했다.

그는 잠시 기다렸다가 그 집으로 다가가 창틀로 올라갔다. 발돋움을 하여 좁은 창문으로 안을 들여다보았다.

아르센 뤼뺑은 난로에 기대서서 무언가 힘주어 이야기를 하고 다른 사람들은 그를 둘러싸고 선 채 열심히 귀를 기울이고 있었다. 그들 속에서 홈즈는 프록코트의 신사를 확인했다. 레스토랑의 지배인도 있는 것 같았다. 금발의 귀부인은 홈즈 쪽으로 등을 돌리고 안락의자에 앉아 있었다.

'회의 중이로군. 오늘 밤 일로 걱정이 되어 회의할 필요를 느낀 모양이지. 아아! 저 녀석들을 일망타진하고 싶다!'

그들 중 한 사람이 움직이는 바람에 홈즈는 땅바닥으로 뛰어내려 어둠 속에 몸을 숨겼다. 프록코트의 신사와 지배인이 집에서 나왔다. 이윽고 2층에 불이 켜지고 누군가가 창의 덧문을 닫았다. 그리고 위층도 아래층도 깜깜해졌다.

'금발의 귀부인과 뤼뺑은 아래층에 있다. 그리고 두 사나이는 2층에서 사는 모양이다.'

홈즈는 자기가 없는 동안 아르센 뤼뺑을 놓칠까봐 걱정이 되어 밤늦게까지 꼼짝도 하지 않고 기다렸다. 4시쯤 거리에서 경관 두 명을 발견하자 급히 달려가 사정 이야기를 한 다음 집을 감시하도록 부탁했다.

그러고 나서 그는 페르골레즈 거리에 있는 가니마르 경감의 집으로 가서 잠든 그를 깨웠다.

"아직 그 자를 감시하고 있소."

"아르센 뤼뺑을?"

"그렇소."

"감시하고 있다면 나는 더 자도 되겠지만, 어쨌든 경찰서로 갑시다."

두 사람은 메니르 거리에 있는 서장 드코앙토르 씨 집으로 갔다. 그러고 나서 두 사람은 경관 6명을 데리고 샤르그랑 거리로 돌아갔다.

홈즈는 감시 중인 두 경관에게 물었다.

"별일 없었소?"

"없었습니다."

하늘이 훤해지기 시작했다. 그때 모든 수배를 끝낸 서장이 벨을 울리고 문지기가 있는 방 쪽으로 갔다. 문지기 여자는 뜻밖에 경관들이 들이닥치자 겁을 먹고 떨면서 아래층에는 아무도 살지 않는다고 대답했다.

"사는 사람이 없다고요!" 가니마르 경감이 외쳤다.

"없어요. 이것은 2층에 사는 르루 부부의 집이랍니다. 시골 친척들을 위해 아래층에 세간을 차려두었지요."

"친척이라면…… 신사와 부인?"

"네."

"어젯밤에 누가 왔지요?"

"글쎄요…… 나는 잠이 들어 있어서…… 하지만 누가 왔으리라고 생각되지는 않아요. 여기에 열쇠가 있어요…… 내가 늘 가지고 있거든요."

서장은 그 열쇠로 현관과 반대쪽 문을 열었다. 아래층은 방이 두 개뿐이었는데, 모두 빈방이었다.

"이럴 수가! 나는 두 사람을 분명히 보았소!" 홈즈가 소리쳤다.

"그야 보셨겠지요. 그런데 없군요." 서장이 차갑게 웃었다.
"2층으로 올라가봅시다. 틀림없이 2층에 있을 겁니다."
"2층에는 르루 씨 부부뿐입니다."

그들은 층계를 올라갔다. 서장이 벨을 눌렀다. 두 번 눌렀을 때 뤼뺑의 경호원 한 사람이 와이셔츠 차림으로 나타나 크게 화를 냈다.
"대체 무슨 일이오! 시끄럽게 사람을 깨우고……."
그러나 그는 곧 당황하며 말투를 바꾸었다.
"실례했습니다. 꿈이 아니었군요. 드코앙토르 서장님…… 그리고 가니마르 경감님도. 그런데 무슨 일이시지요?"

떠들썩한 폭소가 터져나왔다. 가니마르 경감은 크게 웃음을 터뜨리며 배를 붙잡고 허리를 구부리는 바람에 얼굴이 빨갛게 되었다.
"르루, 자네인가?" 경감은 더듬더듬 말했다. "아아, 우습군…… 르루가 아르센 뤼뺑의 공범이라니…… 아아, 정말 우습군. 그런데 자네 아우는 집에 있나?"
"에드몽, 안에 있니? 가니마르 씨가 오셨다."

또 한 사나이가 나왔는데, 그를 보자 가니마르 경감은 더욱 떠들어댔다.
"나참, 이런 일이 있을 줄은 꿈에도 몰랐지. 자네들은 호된 변을 만났다네. 이런 생각지도 못한 일이 일어났으니…… 그러나 운좋게 이 가니마르가 버티고 있고, 또 친구의 도움이 있어."
경감은 홈즈 쪽을 돌아보며 두 사람을 소개했다.
"빅토르 르루, 보안부 형사로 유능한 친구지요. 그리고 여기는 인체측정과 계장 에드몽 르루……."

납치

그래도 셜록 홈즈는 꺾이지 않았다. 항의해 볼까? 이 두 사나이를 고발할까? 그러나 소용없을 것이다. 증거도 없고, 또 그것을 찾을 시간도 없다. 누구도 믿어주지 않을 것이다.

그는 의기양양한 가니마르 경감 앞에서 속이 끓어올라 주먹을 불끈 쥔 채 자신의 분노와 실망을 겉으로 나타내지 않으려고 애쓰고 있었다. 그리하여 홈즈는 사회의 지팡이인 르루 형제에게 공손히 인사한 뒤 물러나왔다.

현관에서 그는 지하실 입구인 듯한 낮은 문 쪽으로 급히 돌아갔다. 그리고 빨간빛이 도는 작은 돌을 집어들었다. 석류석이었다.

밖으로 나오자 홈즈는 뒤돌아 40번지 집 문패 옆에 새겨진 글씨를 읽었다. '1877년, 건축가 뤼시앙 데탕쥐'.

42번지에도 같은 글이 새겨져 있었다. 홈즈는 생각했다.

'틀림없이 이중 출입문이 있을 것이다. 40번지와 42번지는 붙어 있다. 어째서 진작 이것을 생각하지 못했을까? 어젯밤 두 경관과 함께 감시하고 있었어야 했는데.'

홈즈는 두 경관에게 물었다.

"나 없는 사이 이 집 현관에서 두 사람이 나왔지요?"

홈즈는 이웃집 현관을 가리켰다.

"네, 남자와 여자였습니다."

"가니마르 씨, 당신은 내가 귀찮게 군 것이 원망스러워 크게 웃었지요?" 홈즈는 노경감의 팔을 잡아끌면서 말했다.

"아니, 조금도 원망하지는 않습니다."

"그렇겠지요. 그러나 농담은 이따금 하라는 말이 있습니다. 이제 농담은 그만두지 않으면 안 된다고 생각합니다."

"동감입니다."

"오늘이 이레쩨입니다. 나는 무슨 일이 있어도 사흘 뒤 런던으로 돌아가야 합니다."

"아니, 어째서요?"
"나는 돌아가야 합니다. 그러므로 화요일에서 수요일에 걸친 밤에 대기하고 있어 주었으면 합니다."
"오늘과 같은 원정을 위해서 말입니까?" 가니마르 경감은 농담투로 말했다.
"그렇소, 이번과 비슷할 겁니다."
"결과가 어떻게 되리라고 생각하십니까?"
"뤼뺑을 체포하게 될 겁니다."
"정말입니까?"
"명예를 걸고 맹세합니다."
홈즈는 인사를 한 뒤 가장 가까운 호텔로 잠시 쉬러 갔다. 쉬고 나서 생기를 되찾은 다음 홈즈는 자신에 넘쳐 샤르그랑 거리로 되돌아갔다. 문지기 여자에게 루이 금화 두 닢을 쥐어주고 르루 형제가 외출한 것을 확인한 다음, 집주인이 아르망자라는 사람임을 알아냈다. 촛불을 들고 아까 석류석을 주웠던 작은 문에서 지하실로 내려갔다.
 층계 아래쪽에서 그는 또 한 개, 같은 모양의 석류석을 주웠다.
 '생각했던 대로군. 여기로 연결되어 있어. 내 만능열쇠로 아래층에 사는 사람이 쓰는 창고가 열릴까? 열리는군…… 됐다. 포도주 선반을 조사해 봐야겠군. 옳지, 여기는 먼지가 닦여 없군…… 바닥에는 발자국이 있고…….'
어렴풋한 소리가 들려 그는 귀를 기울였다. 얼른 문을 닫고 촛불을 끈 다음 빈 술통 뒤에 숨었다. 잠시 뒤 철제 선반이 하나 조심스럽게 돌아가는 것이 보였다. 그와 동시에 그 뒤쪽의 벽도 돌아갔다. 램프 불빛이 비쳤다. 팔 하나가 나타났다. 그리고 한 사나이가 들어왔다.
 사나이는 무엇을 찾는 것처럼 몸을 낮게 굽히고 있었다. 손가락 끝으로 먼지를 문지르고, 몇 번이나 몸을 일으켜 왼손에 들고 있는 종이상자에 뭔가를 집어넣었다. 그리고는 자기 발자국을 없애고 뤼뺑과 금발의 귀부인이 남긴 발자국도 지워 없앤 다음 선반으로 가까이 다가갔다.

그때 사나이는 소리를 지르고 쓰러졌다. 홈즈가 덮친 것이다. 그것은 한순간이었다. 사나이는 바닥에 나동그라져 금세 발목과 손목이 다 묶이었다.

영국인은 사나이를 들여다보았다.

"얼마면 털어놓겠나? 얼마면 알고 있는 것을 모두 말하겠나?"

사나이가 비웃는 듯한 미소로 대답을 대신하자 홈즈는 자신의 질문이 헛된 것임을 깨달았다.

홈즈는 포로의 호주머니를 뒤져보았다. 조사 결과는 열쇠다발과 손수건과 사나이가 들고 있던 작은 종이상자뿐이었다. 그 상자 속에는 홈즈가 주운 것과 똑같은 석류석이 12개쯤 들어 있었다. 보잘것없는 수확이 아닌가!

홈즈는 이 사나이를 어떻게 할까 망설였다. 지원 경관이 오기를 기다려 모두 그들에게 넘겨줄 것인가? 그러나 그것이 무슨 소용 있겠는가? 뤼뺑에 대해서 그런 것이 무슨 소용이 되겠는가?

홈즈는 망설이고 있었으나 상자를 뒤진 다음 마음을 결정했다. 상자에는 주소가 적혀 있었다.

'평화거리 보석상 레오나르.'

홈즈는 깨끗이 사나이를 풀어주기로 결심했다. 선반을 본대로 해두고 지하실문을 닫은 다음 집을 나왔다. 우체국에서 데탕쥐 씨에게 속달을 보내, 내일이나 갈 수 있게 됐다고 연락했다. 그러고 나서 그는 보석상으로 가 석류석을 건네주었다.

"마님 심부름으로 이것을 가지고 왔습니다. 이것은 마님이 여기서 사신 보석에서 떨어진 겁니다."

홈즈의 짐작은 들어맞았다. 가게주인이 대답했다.
"네……마님으로부터 전화가 있었습니다. 곧 오실 겁니다."

  길거리에서 기다리던 홈즈는 5시에야 겨우 두꺼운 베일을 쓴 부인을 확인했다. 그녀의 태도는 어딘지 수상해 보였다. 유리창 너머로 보고 있노라니 여자는 카운터 위에 석류석이 붙은 낡은 보석을 꺼내 놓았다.
  여자는 곧 빠른 걸음으로 가게를 나와 클리시 쪽으로 올라가 영국인이 알지 못하는 큰길로 꼬부라져 들었다. 날이 어두운 틈을 타서 홈즈는 그 뒤를 쫓아 문지기 여자가 눈치채지 못하도록 6층 건물 안으로 들어갔다. 그 건물은 두 동으로 나뉘어져 여러 사람들이 세 들어 살고 있었다. 여자는 3층에서 걸음을 멈추고 방으로 들어갔다. 2분쯤 뒤 홈즈는 기회를 틈타, 가지고 있는 열쇠다발로 조심해서 차례차례 시험해 보았다. 네 번째 열쇠로 자물쇠가 움직였다.
  어둠 속에서 보니 방은 빈집처럼 텅 비어 있었다. 문마다 모두 열려 있었다. 그러나 복도 끝에서 램프 불빛이 새어나오고 있어, 살금살금 다가가보니 객실과 옆 거실을 칸막이한 고풍스러운 거울에 베일을 두른 여자의 모습이 비쳤다. 여자는 옷과 모자를 벗어 방 안에 하나밖에 없는 의자 위에 올려놓고 비로드 실내복으로 갈아입었다.
  홈즈가 지켜보고 있는 동안 여자는 난로 쪽으로 걸어가 벨을 눌렀다. 그러자 난로 오른쪽 널빤지 반쪽이 움직이며 벽과 나란히 되게 미끄러져 옆 널빤지 속으로 들어가면서 난데없는 출입구가 열리는 것이었다.
  여자는 몸을 굽히고 그곳으로 들어갔다. 그녀는 램프를 든 채 모습을 감추어버렸다.
  방법은 간단했다. 홈즈도 같은 방법을 썼다.

그는 어둠 속을 손으로 더듬어 나아갔다. 뭔가 부드러운 것이 금방 얼굴에 와 닿았다. 허겁지겁 성냥을 켜보았다. 옷걸이에 걸린 양복과 부인복들로 가득찬 작은 장롱 속에 와 있음을 알았다. 그것을 헤치고 나가자 문 대신 드리워 놓은 휘장 앞에 이르렀다. 성냥이 다 타버리자 낡은 휘장 실밥 사이로 불빛이 새어나오는 것이 보였다.

홈즈는 그 틈으로 내다보았다.

금발여인이 바로 눈앞에 있었다.

여자는 손에 든 램프를 끄고 전등을 켰다. 홈즈는 비로소 그녀의 얼굴을 밝은 불빛 속에서 볼 수 있었다. 그토록 길을 빙빙 돌아 확인한 여자는, 다름 아닌 바로 클로틸드 데탕쥐 양이었다.

오트레크 남작의 하녀로 푸른 다이아몬드를 훔친 범인이 클로틸드 데탕쥐 양일 줄이야! 아르센 뤼뺑의 기묘한 여자친구가 바로 그녀일 줄이야! 그녀가 금발의 귀부인일 줄이야!

'제기랄…… 나도 정말 바보로군. 뤼뺑의 여자친구가 금발인데 클로틸드 양이 밤색 머리이기 때문에 두 사람을 비교해 보려고도 하지 않았다니! 금발의 귀부인이 남작을 죽이고 다이아몬드를 훔친 뒤에도 여전히 금발로 있으리라 생각했다니!'

홈즈에게는 방의 한 부분만 보였다. 품위 있는 거실로 밝은색 벽휘장과 귀중한 실내장식품으로 꾸며져 있었다. 마호가니로 만든 침대가 낮은 단 위에 놓여 있었다. 클로틸드 양은 두 손으로 머리를 감싸고 그 침대에 가만히 앉아 있었다. 잠시 뒤 홈즈는 여자가 울고 있음을 알아차렸다. 창백한 볼 위로 굵은 눈물방울이 흘러 입을 타고 가슴의 비로드 옷에 떨어졌다. 눈물은 샘에서 끊임없이 솟아나오듯 계속 흘러내렸다. 천천히 흐르는 이 눈물에 담겨진 어두운 체념의 절망은 말할 수 없이 슬픈 광경이었다.

그때 여자 뒤쪽의 방문이 열렸다. 아르센 뤼뺑이 들어왔다.

두 사람은 말 한 마디하지 않고 오랫동안 서로 얼굴을 마주 보고 있었다. 이윽고 사나이는 여자 옆에 무릎을 꿇고 머리를 그녀의 가슴에 기대며 여자를 안았다. 여자를 끌어안는 그 몸짓에는 깊은 사랑과 끝없는 연민이 깃들어 있었다. 두 사람은 움직이지 않았다. 조용한 침묵이 두 사람을 결합시켰다.

"나는 당신을 행복하게 해주고 싶었는데……."

뤼뺑이 중얼거렸다.

"나는 행복해요."

"무슨 말이오! 당신은 지금 울고 있지 않소. 당신의 눈물이 내게는 더없이 가슴 아프오, 클로틸드!"

여자는 이 상냥한 목소리에 빠져들었다. 희망과 행복을 찾아서 귀를 기울이고 있었다. 그리고 미소로 얼굴을 부드럽게 했다. 그러나 아직은 슬픈 미소였다. 사나이는 여자에게 애원하듯 말했다.

"슬퍼하지 마오, 클로틸드. 슬퍼하면 안 되오. 슬퍼할 권리는 없는 거요."

여자는 그에게 희고 화사한 손을 보이며 우울하게 말했다.

"이 손이 내 손인 한 나는 슬플 거예요, 막심."

"어째서?"

"사람을 죽였으니까요."

"아무 말 하지 마오, 클로틸드! 그런 생각을 해선 안 되오. 과거는 지나간 거요. 과거는 이제 문제가 아니오."

그리고 그는 여자의 날씬하고 아름다운 손에 키스했다. 여자는 키스를 받을 때마다 무서운 기억이 조금씩 사라지는 듯 밝은 미소로 사나이를 바라보았다.

"나를 사랑해 줘요, 막심. 사랑해 주지 않으면 안 돼요. 어떤 여자도 나처럼 당신을 사랑할 수는 없을 거예요. 나는 당신 마음에 들기 위해 당신의 명령뿐만 아니라 당신의 숨은 희망에 따라 지금까지 행동해 왔고, 지금도 그렇게 행동하고 있어요……. 자신의 본능과 양심이 반대하고 있는 짓을 하고 있어요. 나는 거역할 수가 없는 거예요. 나는 모든 일을 기계적으로 하고 있어요. 그것이 당신을 위한 일이고 당신이 바라는 일이니까……. 그리고 나는 내일도 모레도 언제까지나 그렇게 할 준비가 되어 있어요."

사나이는 괴로운 듯이 말했다.

"아아, 클로틸드. 내가 어째서 당신을 내 모험생활로 끌어들였을까! 나는 당신이 5년 전에 사랑해 준 그 막심 베르몽으로 있으면서, 당신이 생각하는 것과는 전혀 다른 이런 인간이라는 것을 당신에게 알리지 않는 편이 좋았을 텐데……."

여자는 아주 낮은 목소리로 말했다.

"나는 지금의 당신을 사랑하고 있어요. 조금도 후회하지 않아요."

"아니오, 당신은 떳떳하고 밝은 옛 생활을 아쉬워하고 있소."

"당신이 있어주기만 한다면 아무것도 아까울 게 없어요."

여자는 정열적으로 말했다.

"내 눈이 당신을 볼 때는 이미 잘못도 죄악도 없어요. 당신과 떨어져 지내면서 불행해하고 괴로워하고 울고 내가 하는 일이 싫어지는 그런 생활은 참을 수 없어요! 당신의 사랑이 모든 것을 녹여없애 줘요…… 나는 어떤 일이라도 참을 수 있어요. 하지만 사랑해 주지 않는다면……."

"나는 필요하기 때문에 당신을 사랑하고 있는 게 아니오, 클로틸드. 다만 당신을 사랑하고 있으므로 사랑하는 거요."

"정말이에요?" 여자는 완전히 마음을 놓고 말했다.

"나는 나 자신에 대해서도 당신에 대해서도 믿고 있소. 다만 내 생활은 격렬하고 위험하오. 그래서 언제나 마음내킬 때 당신을 위해 시간을 쓸 수가 없는 거요."
여자는 갑자기 흥분했다.
"어떻게 된 거예요? 또 위험해졌나요? 어서 이야기해 줘요."
"아니, 아직 대단한 일은 없소. 그러나……"
"그러나?"
"실은 녀석들이 냄새를 맡았소."
"홈즈인가요?"
"그렇소. 헝가리 레스토랑에 가니마르 경감을 출동시킨 것은 그 사나이요. 어젯밤 샤르그랑 거리에 두 경관을 감시하게 해놓은 것도 그요. 증거가 있소. 가니마르 경감이 오늘 아침 그 집을 수색했는데, 홈즈도 함께 있었소. 그리고……"
"그리고?"
"실은 또 있소. 쟈니오가 그에게 당했소."
"문지기 쟈니오 말인가요?"
"그렇소."
"하지만 오늘 아침 내 브로치에서 떨어진 석류석을 주우러 샤르그랑 거리로 그 사람을 보낸 건 나였어요."
"의심할 여지가 없소. 홈즈가 함정을 만들어둔 거요."
"그럴 리가…… 석류석은 평화거리 보석상에 전달되어 있었는데요!"
"그럼, 그 뒤에 어떻게 한 모양이군."
"오오, 막심. 무서워요!"
"무서워할 건 없소. 그러나 솔직히 말해서 상황이 중대해졌소. 그는 뭔가를 알고 있소. 어디에 숨어 있을까? 혼자 동떨어져 있을 때 그는 두려운 존재요…… 누구에게도 배신당하지 않으니까."

"어떻게 하지요?"
"아주 조심해야 하오, 클로틸드. 오래 전부터 나는 주소를 그곳…… 당신이 알고 있는 난공불락의 숨은 집으로 옮기기로 결정했었소. 그런데 홈즈가 뛰어들어 예정이 틀어져 버렸소. 그가 뛰어들면 반드시 목적을 달성한다고 생각해야 하오. 그러므로 나는 모든 준비를 갖추었소. 모레 수요일에 이사를 하는데, 정오까지 해치울 거요. 2시까지는 우리들 주소의 마지막 흔적마저 다 없애버리고 나도 떠날 수가 있소. 이건 대단한 작업이오. 그때까지는……."
"그때까지는?"
"서로 만나지 말고, 누구에게도 들키지 않도록 조심하지 않으면 안 되오. 외출도 삼가해야 하오. 나는 나 자신에 대해서는 아무것도 걱정되지 않는데, 당신에 대한 일이라면 하나에서 열까지 모두 걱정이오."
"그 영국인이 나까지 눈치챌 수는 없을 거예요."
"그자라면 무엇이든 할 수 있소. 나는 조심하고 있소. 어제 하마터면 당신 아버지에게 들킬 뻔했을 때, 나는 옛서류가 들어 있는 장롱을 뒤지려던 참이었소. 그건 위험한 일이었지. 위험은 어디에나 있소. 나는 적이 어둠 속을 서성거리며 차츰 접근해 오는 것을 느낄 수 있소. 우리를 감시하고…… 우리들 주위에 그물을 치고 있는 기척을 느낄 수 있소. 이건 틀림이 없는 직관이오."
"그럼, 가보세요, 막심. 그리고 이제 내 눈물 같은 건 잊어버리세요. 나도 기운을 차리고 위험이 사라지기를 기다리겠어요. 안녕, 막심!" 여자가 말했다.

여자는 그를 오랫동안 포옹했다. 그리고 자기 쪽에서 그를 밖으로 밀어냈다. 홈즈는 멀어져가는 두 사람의 발소리를 들었다.

홈즈는 전날부터 무슨 일이 있어도 행동하지 않으면 안 된다는 생각에 흥분하고 있었으므로 대담하게 대기실로 들어갔다. 그곳 끝쪽에 층계가 있었다. 그러나 내려가려고 했을 때 아래층에서 이야기 소리가 들렸다. 그래서 그는 아치 모양 복도를 지나가는 편이 좋으리라고 생각했다. 거기에는 다른 층계가 있었다. 그 층계 밑에서 그는 전부터 보아온 가구들——모양이며 위치까지 알고 있는 것——을 보고 깜짝 놀랐다. 방문이 반쯤 열려 있었다. 그는 둥글고 큰 방으로 들어갔다. 그곳은 데탕쥐 씨의 서재였다.

"훌륭해! 멋있어!"

홈즈는 중얼거렸다.

"이제야 완전히 알겠군. 클로틸드 양, 즉 금발 귀부인의 거실은 옆 집 방과 붙어 있고, 그 집 현관은 마르제르브 거리가 아닌 이웃 거리, 아마 몽샤낭 거리 쪽으로 나 있는 모양이군. 기막힌 일이야! 클로틸드 데탕쥐 양이 결코 외출하지 않는다는 소리를 들으면서 어떻게 애인을 만나러 가는지 알았다. 그리고 또 아르센 뤼뺑이 어젯밤 어떻게 해서 열람석 위 내 바로 옆에 나타났는지도 알았다. 옆집과 이 서재 사이에는 또 하나 다른 통로가 있음에 틀림없어."

그리하여 홈즈는 결론을 내렸다.

'역시 무언가 이상한 집이다. 건축가 데탕쥐가 지었겠지. 이렇게 되면 여기 온 김에 장롱 속을 뒤져보지 않을 수 없다. 이상한 다른 집의 자료를 모두 손에 넣기 위해.'

홈즈는 열람석으로 올라가 난간 장막 뒤에 몸을 숨겼다. 그는 거기에 밤늦게까지 숨어 있었다. 하인이 와서 전등을 껐다. 그리고 1시간 뒤 영국인은 손전등을 켜고 장롱 쪽으로 다가갔다.

홈즈가 생각했던 대로 장롱에는 건축가의 묵은 서류, 기록과 설계도와 장부가 들어 있었다. 그 안쪽에 장부가 몇 권 연대순으로 놓여 있었다.

홈즈는 장부를 하나하나 집어들고 얼른 목차의 페이지, 특히 '아' 쪽을 잘 살펴보았다. 아르망자를 보니 '63'이라고 씌어 있어 63페이지를 펴서 읽었다.
   '아르망자. 샤르그랑 거리 40번지.'
   그것에 이어 이 주문한 사람의 주택에 난방장치를 하기 위해 시공한 공사내용이 기록되어 있었다. 그리고 'MB의 서류 참조'라는 메모가 눈에 띄었다.
   홈즈는 중얼거렸다.
   "옳지! MB의 서류…… 나에게 필요한 것은 바로 이것이다. 이것으로 뤼뺑의 현주소를 알 수 있으리라."
   나머지 장부 속에서 그 중요한 서류를 발견한 것은 아침이 다 되어서였다.
   그것은 열 다섯 장이나 되었다. 한 장은 샤르그랑 거리의 아르망자 씨에 관한 기록을 베낀 것이었다. 한 장에는 클라페롱 거리 25번지의 주인 바티네르 씨를 위해 시공한 공사내용이었다. 또 한 장은 앙리 마르탕 거리 134번지 오트레크 남작에 대한 것. 한 장은 클로종 성관, 나머지 열 한 장은 파리 여러 곳의 집주인들 서류였다.
   홈즈는 이 11명의 주소와 이름을 베꼈다. 그리고 서류를 본디대로 해두고, 창문을 한 짝 열어 조심스럽게 덧문을 닫은 다음 사람이 보이지 않는 광장으로 뛰어내렸다.
   호텔로 돌아오자 그는 엄숙한 표정으로 파이프에 불을 붙여 물고 자욱한 담배연기에 싸여 MB, 즉 막심 베르몽인 아르센 뤼뺑의 서류에서 끌어낼 수 있는 결론을 연구했다.
   8시가 되자 그는 가니마르 경감에게 속달우편을 냈다.

   나는 오늘 아침 페르골레즈 거리로 가서 틀림없이 당신에게 한 사람을 넘겨주겠는데, 그 사나이를 체포하는 것은 더없이 중요한 일입니다. 어쨌든 오늘 밤부터 내일 수요일 정오까지는 집에 계셔야겠습니다. 그리고 부하를 30명쯤 대기시켜 주십시오."

그러고 나서 홈즈는 큰길에서 택시를 잡았다. 운전기사의 즐거운 표정이 그의 마음에 들었다. 마르제르브 광장으로 달리게 하여 데탕쥐 씨 집에서 50걸음쯤 앞쪽에 세웠다.

"여기서 세워주시오." 그는 운전기사에게 말했다. "바람이 차니까 외투깃을 세우고 천천히 기다려주시오. 1시간 반이 지나면 시동을 걸어두고, 내가 돌아오거든 곧 페르골레즈 거리로 달려주시오."

저택 현관 앞에서 그는 다시 망설였다. 뤼뺑이 이사할 준비를 하고 있는데, 이처럼 금발의 귀부인에게 얽매어 있는 것이 과연 옳은 일일까? 건물 목록을 조사하여 먼저 적의 본거지를 찾는 쪽이 더 좋지 않을까? 홈즈는 생각했다.

'아니다. 금발의 귀부인을 잡기만 하면 승리는 나의 것이다!'

그리하여 그는 벨을 눌렀다.

데탕쥐 씨는 벌써 서재에 와 있었다. 두 사람은 잠시 일을 했다. 홈즈가 클로틸드 양의 방으로 올라갈 구실을 찾고 있는데, 마침 그녀가 들어와 아버지에게 아침인사를 한 뒤 작은 객실에 앉아 뭔가 쓰기 시작했다.

홈즈가 자기 자리에서 보고 있노라니, 그녀는 테이블 위에 몸을 숙이고 가끔 펜을 멈춘 채 생각에 잠긴 얼굴이 되곤 했다. 그는 기회를 보다가 이윽고 책을 한 권 집어들고 데탕쥐 씨에게 말했다.

"이 책은 아가씨께서 눈에 띄는 대로 곧 가져오라고 나에게 부탁한 겁니다."

홈즈는 작은 객실로 들어가 데탕쥐의 시선을 가리게끔 클로틸드 양 앞에 가로막고 서서 말했다.

"나는 데탕쥐 씨의 새 비서 스티크만입니다."

"어머나, 그래요?"

여자는 침착하게 말했다.

"그럼, 아버지는 비서를 바꾸셨군요?"

"네. 그런데 말씀드릴 일이 있어서……."

"좋아요, 앉으세요. 곧 끝날 거예요."

여자는 편지를 좀더 써서 서명을 하고 봉투에 넣어 봉한 다음 종이를 치웠다. 그리고는 전화로 바느질집을 불러내어 여행용 망토가 급히 필요하니 얼른 만들어달라고 부탁하는 것이었다. 그러고 나서야 홈즈 쪽으로 몸을 돌렸다.

"말씀하세요. 그런데 아버지 앞에서 하면 안 되는 말인가요?"

"네, 안 됩니다. 뿐만 아니라 목소리도 작게 해주십시오. 데탕쥐 씨에게 알리고 싶지 않습니다."

"누구 때문에?"

"당신 때문입니다, 데탕쥐 양!"

"아버지에게 들려드리고 싶지 않은 이야기라면 나도 듣고 싶지 않아요."

"그래도 이 이야기는 들어야만 합니다."

두 사람은 서로 노려보며 일어섰다.

여자가 입을 열었다.

"말해 주세요."

홈즈는 선 채로 말을 꺼냈다.

"사소한 점에 잘못이 있다면 용서해 주십시오. 지금부터 말씀드리는 사건의 본줄거리가 정확하다는 것은 내가 보증합니다."

"설명은 듣고 싶지 않아요. 사실만 말씀하세요."

홈즈는 그녀가 갑자기 기습당하여 경계하고 있다는 것을 알아차렸다. 그는 곧 이야기를 계속했다.

"좋습니다! 곧 본론으로 들어가지요. 5년 전, 당신 아버지께서는 막심 베르몽이라는 사람을 만났습니다. 청부업자였는지 건축가였는지 그 점은 확실치 않습니다. 아무튼 데탕쥐 씨는 그 젊은이가 마음에 들었고, 자신의 건강상 일에 지장이 있었기 때문에 옛단골들이 부탁하는 일을 베르몽 씨에게 맡기곤 했습니다. 그 일을 베르몽 씨가 해낼 수 있다고 생각하신 거지요."

홈즈는 이야기를 중단했다. 그녀의 창백한 얼굴이 점점 더 파랗게 질리는 듯싶었다. 그러나 그녀는 아주 냉정하게 말했다.

"나는 그런 사실을 몰라요. 그리고 그것이 나와 무슨 상관이 있는지, 전혀 알 수가 없군요."

"데탕쥐 양, 막심 베르몽 씨의 본명은 당신도 나도 잘 알고 있는 아르센 뤼뺑입니다."

여자는 웃음을 터뜨렸다.

"그럴 리가! 아르센 뤼뺑이라고요? 막심 베르몽 씨가 아르센 뤼뺑이라고요?"

"사실입니다, 데탕쥐 양. 그것만으로 납득이 가지 않는다면 좀더 말씀드리지요. 아르센 뤼뺑은 그의 계획을 이루기 위해 여기서 한 여자친구를 발견했습니다. 친구 정도가 아니라 맹목적이고 열렬한 헌신적인 공범자를."

여자는 일어나 있었으나 조금도 아니, 거의 움직이지 않았다. 그 태연자약한 태도에는 홈즈도 놀랐다. 여자는 분명히 말했다.

"당신이 말하는 목적을 나는 알 수가 없고, 알고 싶지도 않아요. 그러니 더 이상 아무 말도 하지 말고 나가주세요."

"언제까지나 머무를 생각은 없습니다."
홈즈도 여자와 마찬가지로 침착하게 대답했다.
"그러나 여기서 혼자 나가지는 않을 겁니다."
"누구를 데리고 나가겠다는 거지요?"
"당신을!"
"나를?"
"그렇소, 데탕쥐 양, 함께 이 집을 나가야 합니다. 당신은 아무 말 말고 따라오기만 하십시오."

이 자리의 이상한 점은, 이 대립된 두 사람의 절대적인 냉정함이었다. 두 강렬한 의지가 서로 사정없이 싸우는 게 아니라, 그들의 태도와 목소리로 판단하건대 의견이 맞지 않는 두 사람이 정중하게 의론을 나누는 것처럼 보였다.

활짝 열린 창문 너머로 둥근 모양의 방에서 데탕쥐 씨가 조용히 책을 만지고 있는 것이 보였다.

클로틸드 양은 목을 조금 움츠리고 앉았다. 홈즈는 회중시계를 꺼냈다.

"10시 30분입니다. 5분 뒤에는 같이 나가야 합니다."
"나가지 않는다면?"
"그때는 데탕쥐 씨에게 이야기하겠습니다."
"무슨 이야기를?"
"진상을. 막심 베르몽의 정체를 이야기하겠습니다. 그리고 공범의 이중생활도 이야기하겠습니다."
"공범?"
"그렇소, 이른바 금발의 귀부인, 전에 금발이었던 부인 말이오!"
"무, 무슨 증거가 있지요?"
"나는 당신 아버지를 샤르그랑 거리로 데리고 가서, 아르센 뤼팽이 직접 공사를 지휘하면서 40번지와 42번지 사이에 부하들을 시켜 만들어둔 통로, 그저께 밤 당신들 둘이서 이용한 그 통로를 보여주겠습니다."

"그리고는?"

"다시 당신 아버지를 드티낭 변호사 댁으로 데리고 가서 당신이 가니마르 경감으로부터 달아나기 위해 아르센 뤼빵과 함께 내려간 뒷층계로 안내할 겁니다 그리고 둘이서 함께 옆집과의 사이에 뚫려 있을 똑같은 통로를 찾겠습니다. 그 집의 출입문은 클라페롱 거리가 아니라 바티뇨르 대로로 나 있습니다."

"그러고 나서는?"

"데탕쥐 씨를 클로종 백작 댁으로 데리고 가겠습니다. 데탕쥐 씨는 그 성을 재건할 때 아르센 뤼빵이 시공한 부분을 알고 있을 테니까 뤼빵이 부하들을 시켜 만든 비밀통로를 찾아내는 것도 쉽겠지요. 그 통로로 금발의 귀부인은 밤에 몰래 백작부인의 거실로 들어가서 난로 위에 있는 푸른 다이아몬드를 가져갈 수 있었다는 것을 확인할 수 있겠지요. 그리고 그 2주일 뒤, 블라이헨 영사의 방으로 들어가 가짜 푸른 다이아몬드를 가루치약 병 속에 감출 수 있었다는 것도 모두다 밝혀지게 될 것입니다. 아마 대단찮은 여자의 복수였겠지만, 나로서는 이해할 수가 없습니다. 하지만 그건 아무래도 괜찮습니다."

"그리고는?"

"데탕쥐 씨를……"

홈즈는 한층 더 심각한 목소리로 말했다.

"앙리 마르탕 거리 134번지로 데려가겠습니다. 그리고 오트레크 남작이 어떻게 해서……"

"잠깐, 잠깐만!" 그녀는 갑자기 공포에 떨며 중얼거렸다. "말하면 안 돼요! 그럼, 당신은 내가…… 내가 범인이라고……."

"나는 당신이 오트레크 남작을 살해한 범인이라고 말하는 겁니다."

"아니에요, 아니에요, 그건 너무 억울해요!"

"당신은 오트레크 남작을 죽였습니다. 당신은 푸른 다이아몬드를 훔치기 위해 앙트와네트 블레아라는 이름으로 남작 집에 들어가 일하면서 남작을 죽였습니다."

그녀는 어쩔 줄 몰라하며 기도하듯 중얼거렸다.

"말하지 말아요, 부탁이에요! 그 정도로 자세히 안다면, 남작을 죽인 것이 내가 아니라는 것도 알고 있을 거예요."

"당신이 먼저 손을 내밀어 그를 죽였다는 건 아닙니다. 데탕쥐 양. 오트레크 남작은 정신착란 증세를 보이는 일이 있었지요. 그것을 가라앉힐 수 있는 사람은 오귀스트 수녀뿐이었습니다. 나는 수녀에게서 직접 그 말을 들었습니다. 그 수녀가 없었기 때문에 남작이 당신에게 덤벼든 게 틀림없습니다. 당신은 그와 난투를 하다 자신의 목숨을 지키기 위해 남작을 찌른 겁니다. 당신은 자신의 행동이 무서워져 벨을 누르고 목적물이었던 푸른 다이아몬드를 죽은 사람의 손가락에서 뽑아가지도 못하고 도망쳤습니다. 그리고 나서 곧 이웃집 하인으로 들어가 살고 있던 뤼뺑의 한패를 데리고 돌아와 남작을 침대로 옮기고 방을 치웠던 겁니다. 그러나 역시 푸른 다이아몬드를 빼내지 못한 채…… 이것이 진상입니다. 따라서 되풀이해 말하지만, 당신이 남작을 죽인 건 아니라 할지라도 남작을 찌른 것은 당신의 손이었습니다."

여자는 갸름하고 하얀 손을 이마 위에서 깍지끼고 있었다. 그녀는 오랫동안 그대로 가만히 있었다. 잠시 뒤 그녀는 손가락을 풀고 괴로움에 찬 표정을 떠올리며 말했다.

"당신이 아버지에게 말하겠다는 것은 그게 모두인가요?"

"그렇소. 그리고 나는 그 증인으로서 금발의 귀부인을 알고 있는 제르보아 양, 앙트와네트 블레아를 알고 있는 오귀스트 수녀, 드레알 부인을 알고 있는 클로종 백작부인을 내세우겠다는 것을 말해 두겠습니다."

"그럴 수는 없어요!"

여자는 절박한 위험 앞에서 냉정을 잃지 않고 말했다.

홈즈는 일어나서 서재 쪽으로 한 걸음 내디뎠다. 클로틸드 양이 그를 붙잡으며 말했다.

"잠깐만!"

여자는 그제야 자신을 억제하며 생각에 잠겼다. 이윽고 그녀는 아주 태연하게 물었다.

"당신은 셜록 홈즈 씨지요?"

"그렇소."

"나를 어떻게 하실 생각인가요?"

"어떻게 할 거냐고요? 나는 아르센 뤼뺑에게 선전포고를 했으므로, 승리자가 되지 않으면 안 되오. 머지않아 닥쳐올 결과를 기다리면서 당신같이 귀중한 인질은 적에 대해 상당히 유리한 조건이 되리라 생각하고 있습니다. 그러니까 나를 따라오시오, 데탕쥐 양. 나는 당신을 어떤 친구에게 맡기겠습니다. 그러나 목적을 이루는 즉시 자유로운 몸이 될 수 있습니다."

"그뿐인가요?"

"그뿐입니다. 나는 이 나라의 경찰이 아닙니다. 따라서…… 사법관의 권리를 가지고 있지 못합니다."

여자는 마음을 결정한 모양이었다. 그러나 잠깐 기다려달라고 부탁했다. 그녀는 눈을 감았다. 홈즈가 보니 여자는 갑자기 침착해지며 신변에 닥친 위험에는 거의 무관심했다.

영국인은 생각했다.

'위험하다는 생각을 하고 있는 것일까? 아니다. 아무튼 뤼뺑이 지키고 있으니까, 뤼뺑과 함께 있는 한 아무 불안도 느끼지 않는 것이다. 뤼뺑은 전능하다. 뤼뺑은 절대로 틀림이 없다.'

"데탕쥐 양." 홈즈가 말했다.

"나는 5분이라고 말했는데, 30분이 넘었습니다."

"방에 가서 일용품을 가지고 와도 될까요?"

"좋으실 대로. 나는 몽샤냥 거리로 가서 기다리겠습니다. 문지기인 쟈니오와는 아주 친한 사이지요."

"아아! …… 이미 알고 계시는군요!"

여자는 뚜렷한 공포를 보이며 말했다.

"모든 것을 다 알고 있습니다."

"좋아요! 그럼, 하녀를 시켜 가져오게 하겠어요."

여자는 벨을 눌러 모자와 옷을 가져오게 했다. 홈즈가 말했다.

"데탕쥐 씨에게 외출하는 이유를 말해야 되겠지요. 어쩌면 며칠 동안 못 돌아오게 될 이유를……."

"필요없어요, 곧 돌아올 테니까요."

두 사람은 다시 의미 있는 시선을 나누었다.

"그를 무척 믿고 계시는군요?" 홈즈가 말했다.

"맹목적으로 무조건."

"그가 하는 일은 무엇이든 좋게 보이겠지요…… 그가 목표로 하는 일 모두가. 그래서 당신은 모든 일에 동의하고 그를 위해서라면 어떤 일이라도 각오하고 있지요."

"나는 그를 사랑하고 있어요." 여자는 정열에 몸을 떨면서 말했다.

"그가 구출해 주리라고 믿는 모양이지요?"

여자는 목을 움츠리고 아버지 쪽으로 걸어가서 말했다.

"스티크만 씨와 함께 외출하겠어요. 국립도서관에 가요."
"점심 식사까지는 돌아오겠지?"
"어쩌면…… 아니…… 하지만 걱정 마세요."
그리고 나서 그녀는 홈즈에게 또박또박 말했다.
"자, 같이 나가시지요."
홈즈가 말했던 것처럼 두 사람은 함께 집을 나섰다.
"도망치려고 하면 소리를 치겠소. 그럼, 체포되어 감옥에 들어가겠지요. 금발의 귀부인에게는 영장이 나와 있다는 사실을 잊지 마십시오."
"도망치지 않겠어요. 명예를 걸고 맹세하지요!"
"그 말을 믿겠소. 갑시다."

광장에서는 홈즈의 지시대로 반대쪽으로 방향을 돌린 자동차가 기다리고 있었다. 운전기사의 등과, 외투깃에 거의 가려진 모자가 보였다. 홈즈는 가까이 가면서 시동이 걸려 있는 소리를 들었다. 그는 문을 열어 클로틸드 양을 타도록 한 다음 그 옆좌석에 앉았다.
 차는 곧 출발하여 큰거리를 나와 오쉬 거리와 육군 거리를 달렸다. 홈즈는 깊은 생각에 잠겨 계획을 세웠다.
 '가니마르 경감은 지금 집에 있을 것이다. 이 여자를 그에게 맡겨야겠다. 이 여자가 누구라는 것을 이야기해 줄까? 아니, 그렇게 되면 경감은 이 여자를 유치장에 처넣어 모든 일을 망치고 말 것이다. 다시 한 번 MB 서류 목록을 보고 나서 행동을 시작하자. 그리고 오늘 밤, 늦어도 내일 아침에는 약속대로 가니마르 경감을 만나 아르센 뤼뺑과 그 일당을 넘겨주어야겠다……'
 홈즈는 드디어 목적을 달성하게 되어, 그동안 그다지 큰 장애가 없었던 점을 생각하며 기분 좋게 손을 비볐다. 그리고 그의 성격에 어울리지 않는 명랑한 목소리로 외쳤다.

"이렇게 기뻐해서 미안하지만, 데탕쥐 양. 이번 일은 악전고투였소, 그런 만큼 성공한 기분도 특별히 유쾌하군요."

"정당한 성공이니까 기뻐할 권리가 있지요."

"고맙습니다. 가만, 길이 이상한데! 기사 양반, 길을 잘 모르오?"

그때 차는 뇌일리 문에서 파리 시내를 벗어나고 있는 참이었다. 빌어먹을! 페르골레즈 거리는 성벽 밖이 아닌데.

홈즈는 칸막이유리를 내리고 소리쳤다.

"기사 양반, 길을 잘못 들었소! 페르골레즈 거리란 말이오!"

그러나 사나이는 대답이 없었다. 홈즈는 다시 힘찬 목소리로 되풀이했다.

"페르골레즈 거리란 말이오!"

사나이는 여전히 대답이 없었다.

"아니, 귀가 먹었나? 아니면 뭔가 잘못 되었나……? 난 이런 곳에 볼일이 없소, 페르골레즈 거리로 가시오! 얼른 차를 되돌리시오!"

여전히 묵묵부답이었다. 영국인은 불안에 떨었다. 그는 클로틸드 양을 보았다. 뭐라고 표현할 수 없는 미소가 그녀의 입술에 떠올라 있었다.

"왜 웃는 거요?"

홈즈는 퉁명스럽게 말했다.

"이런 것은 일의 진전에 아무 상관도……아무 지장도 절대로 주지 않지요!"

여자가 말끝을 맺었다.

문득 어떤 생각이 들어 홈즈는 당황했다. 그는 엉거주춤하며 운전석에 앉은 사나이를 주의깊게 보았다. 여윈 어깨와 균형 잡힌 몸집. 그는 온몸에 식은땀이 흐르는 것을 느끼며 두 주먹을 불끈 쥐었다. 순간 가장 무서운 확신이 떠올랐다. 이 사나이는 바로 아르센 뤼뺑이었던 것이다.

"자, 홈즈 씨, 잠시 동안의 이 산책이 어떻습니까?"

"멋있군요! 정말 멋있소!" 홈즈는 받아넘겼다.

목소리를 떨지 않고 마음의 동요를 나타내지 않으며 말을 하기 위해 이렇게 큰 자제력이 필요했던 적은 아마 그에게 한 번도 없었을 것이다. 그러나 곧 일종의 무서운 반동이, 분노와 증오의 큰 물결이 둑이 터진 듯 그의 생각을 밀고 나왔다. 홈즈는 느닷없이 권총을 꺼내들고 데탕쥐 양에게 들이댔다.

"자, 지금 즉시 차를 세우시오, 아르센 뤼뺑. 그렇지 않으면 아가씨를 쏘겠소!"

"관자놀이를 쏠 생각이라면 볼을 겨냥하도록 하시오."

뤼뺑은 돌아다보지도 않고 말했다.

"막심, 너무 빨리 달리지 마세요. 길이 미끄러워 무서워요."

여자는 길바닥에 깐 돌을 물끄러미 바라보며 여전히 미소짓고 있었다. 차 앞에 보이는 길바닥의 돌이 울퉁불퉁했다.

"얼른 세워! 세워, 어서!" 홈즈는 성이 나서 미친 듯이 여자에게 말했다. "내가 무슨 짓이라도 할 수 있다는 걸 알고 있겠지요?"

권총의 총신이 여자의 물결치는 머리에 닿았다.

"막심은 경솔해요. 이처럼 속력을 내다간 미끄러질 텐데." 여자는 중얼거렸다.

홈즈는 무기를 주머니에 집어넣고 문의 손잡이를 잡은 다음 뛰어내릴 자세를 취했다. 그러나 그것은 터무니없는 짓이었다.

클로틸드 양이 그에게 말했다.

"조심하세요, 뒤에도 자동차가 와요!"

그는 몸을 내밀어 보았다. 과연 큰 차 한 대가 뒤에서 쫓아오고 있었다. 차체의 앞이 뾰족하고 핏빛처럼 빨간색이었으며 기분 나쁜 모양을 하고 있었다. 4명의 험상궂은 사나이들이 타고 있었다.

'완전히 포위당했군. 자제력을 잃어선 안된다.' 홈즈는 생각했다.

그는 운명이 역전되었을 때 참고 기다리는 사람들처럼, 자존심 있는 복종을 하며 팔짱을 꼈다. 그리고 센 강을 건너 쉬레느, 뤼에유, 샤토루를 지나는 동안 체념하고 분노를 억눌렀다. 슬퍼지도 않고 가만히 앉아 아르센 뤼뺑이 어떻게 운전기사와 바꿔 앉았는가를 알아내려고 생각에 잠겼다. 그가 오늘 아침 큰길에서 붙잡은 택시의 인상 좋은 젊은이가 미리 배치시킨 공범으로 생각되지는 않았다. 그러나 아르센 뤼뺑은 미리 알고 있었던 게 틀림없다. 아마도 그것은 홈즈가 클로틸드 양을 위협하고 있던 때의 일이리라. 왜냐하면 그 이전에는 그의 계획을 눈치챈 사람이 아무도 없었기 때문이다. 그리고 그때부터 홈즈는 클로틸드 양과 한시도 떨어지지 않았었다.

그때 문득 생각이 났다. 그녀가 바느질집과 전화통화한 내용이. 그는 금방 알았다. 그가 아직 이야기도 꺼내지 않았을 때, 데탕쥐 씨의 새 비서로서 할 말이 있다고 하자 여자는 곧 위험을 느끼고 찾아온 사람의 이름과 목적을 짐작했던 것이다. 그리고 냉정하고 자연스럽게 할 일을 하고 있는 태도를 취하며 미리 약속해 둔 말로 뤼뺑에게 도움을 청한 것이다.

아르센 뤼뺑이 어떻게 해서 찾아왔을까, 시동이 걸려 있는 이 자동차가 뤼뺑에게 왜 수상쩍게 생각되었을까, 어떻게 운전기사를 매수했을까, 그런 것은 문제도 안 된다. 홈즈가 자신의 격노를 가라앉힐 정도로 감탄한 것은, 사랑하고 있는데도 한낱 여자로서의 흥분을 누르고 본능을 이겨내 얼굴 표정 하나 바꾸지 않고 눈빛을 숨기며 노련한 셜록 홈즈를 속이던 그 순간의 클로틸드 양의 모습이었다.

그런 부하들을 거느리고, 자신의 권위만으로 한 여자에게 이처럼 대담성과 정력을 불어넣을 수 있는 사나이를 상대로 어떻게 싸워야 좋을 것인가?

센 강을 따라 생 제르망 언덕으로 올라갔다. 그러나 거기서부터 500미터쯤 되는 곳까지 자동차는 천천히 갔다. 다른 차 한 대가 가까이 다가오자 두 차가 모두 멈춰섰다. 주위에는 사람 그림자 하나 보이지 않았다.

"홈즈 씨."

뤼뺑이 말했다.

"어서 바꿔 타십시오. 이 차는 너무 느려서……."

"뭐라고!" 홈즈가 초조해하며 외쳤다.

"이 외투를 입으십시오. 차가 아주 빨리 달릴 테니까요. 그리고 이 샌드위치를 드십시오. 저녁을 언제 드시게 될지 모르니까 말입니다!"

네 사나이는 이미 차에서 내려 서 있었다. 그 가운데 한 사나이가 다가와서 쓰고 있던 안경을 벗었다. 그는 헝가리 레스토랑에서 프록코트를 입고 있던 신사였다. 뤼뺑이 그에게 말했다.

"이 차를 내가 빌려온 운전기사에게 돌려주게. 그는 르장도르 거리 오른쪽 맨 첫 포도주 술집에 있네. 약속한 1000프랑의 잔금을 치러주게. 아아, 깜박 잊었군! 홈즈 씨에게 안경을 드리게."

그는 데탕쥐 양과 이야기를 나눈 다음 핸들을 잡고 출발했다. 옆에는 홈즈, 뒷자리에는 부하 한 사람이 타고 있었다. 뤼뺑이 '빨리 달린다'고 말한 것은 과장이 아니었다. 처음부터 눈이 핑핑 돌 정도로 속력을 냈다. 지평선이 신비스러운 힘에 의해 끌려오듯 다가와서는 금방 깊은 못으로 끌려 들어가듯 사라졌다. 나무도 집도 들도 숲도 못

첫번째 도전 금발의 귀부인 161

에 가까워진 격류처럼 부산하게 사라져갔다.

홈즈와 뤼뺑은 한 마디도 나누지 않았다. 그들 머리 위에서는 일정한 간격을 둔 미루나무잎이 정확한 리듬으로 물결처럼 소리를 냈다. 그리고 망트, 베르농, 가이용 거리들이 뒤로 사라졌다. 언덕에서 언덕으로, 봉 스쿠르에서 캉틀뢰, 루앙, 그 교외와 항구와 긴 부두. 루앙은 시골 읍내처럼 보였다.

이어서 뒤클레르, 코드벡, 코 지방의 기복이 심한 길을 스치듯 날아 리유본과 카유뵈프로 갔다. 그러자 별안간 센 강 기슭 끝쪽으로 나왔다. 그 기슭에는 듬직하게 생긴 검은 요트가 한 척 가로놓여 있었으며, 굴뚝에서 검은 연기가 솟아올랐다. 차가 멈춰섰다. 2시간만에 40개가 넘는 지명들을 달려온 것이다.

푸른 선원용 작업복에 금테를 두른 모자를 쓴 사나이가 나와서 인사했다.

"훌륭하오, 선장! 전보는 받았소?"

뤼뺑이 소리쳤다.

"받았습니다."

"제비 호는 준비가 되었소?"

"준비되어 있습니다."

"그럼, 홈즈 씨……."

영국인은 주위를 둘러보았다. 찻집 테라스에 사람들이 한무리 있고, 좀더 가까이에 또 한 사람이 서 있는 것을 알았다. 잠시 망설이고 있던 그는 아무래도 잡아끌리어 배에 태워져서 배 밑바닥에 처넣어지리라는 것을 알았기 때문에, 다리를 건너 뤼뺑의 뒤를 따라 선장실로 갔다.

선장실은 넓고 깨끗이 정돈되어 있었다. 판자의 칠도 밝고, 구리장

식들도 반짝반짝 윤이 났다.
 뤼뺑은 문을 닫자 밑도 끝도 없이 퉁명스러운 말투로 홈즈에게 물었다.
 "바른 대로 말해서 당신은 어느 정도 알고 있소?"
 "모두 다."
 "모두 다? 구체적으로 말해 보시오!"
 그의 목소리에는 영국인 앞에서 꾸며 보였던 조금 익살맞은 정중함이 어느새 사라지고 없었다. 언제나 남을 지배하던 습관, 상대가 비록 셜록 홈즈라 할지라도 눈앞에 있는 사람이면 누구나 복종시키는 습관을 가진 주인의 명령적인 말투였다.
 이제는 적——몸을 떨게 만드는 공공연한 적——이 된 두 사람은 마주 노려보았다. 뤼뺑은 좀 흥분해서 말을 계속했다.
 "지금까지 당신과는 몇 번이나 마주쳤었지? 그것은 모두 쓸데없는 일이었소. 그리고 나는 당신이 내 주위에 쳐둔 그물을 벗기는 일에 시간을 낭비하는 일이 싫증났소. 그러므로 당신에 대한 나의 태도는 당신 자신의 대답에 달려 있다는 것을 미리 말해 두겠소. 바른 대로 말해서 무엇을 알고 있소?"
 "되풀이해 말하지만, 나는 모든 걸 다 알고 있소."
 "당신이 알고 있는 사실을 내가 말해 보지. 당신은 내가 막심 베르몽이라는 이름으로, 데탕쥐 씨가 세운 열 다섯 채의 집을 개조했다는 것을 알고 있소?" 아르센 뤼뺑은 분을 참으며 다급한 말투로 내뱉었다.
 "그렇소."
 "그 열 다섯 채 중 당신은 네 채를 알고 있소?"
 "그렇소."
 "그리고 나머지 열 한 채의 목록을 가지고 있소?"

"그렇소."

"그 목록은 틀림없이 어젯밤 데탕쥐 씨 집에서 손에 넣은 것이오?"

"그렇소."

"그리고 그 열 한 채의 건물 가운데 내가 나와 내 친구들의 필요를 위해 빼놓은 집이 틀림없이 한 채 있으리라 생각하고, 당신은 내가 숨은 집에 대한 조사와 발견을 가니마르 경감에게 부탁했겠지요?"

"그렇지 않소."

"그렇다면?"

"나는 혼자 행동하고, 혼자 활동을 시작했소."

"그렇다면 나는 아무것도 겁낼 게 없군. 당신은 내 손아귀에 있으니까 말이오."

"내가 당신 손아귀에 있는 한은 아무것도 두려워할 게 없겠지."

"결국 당신은 여기서 빠져나가겠다는 말이로군."

"바로 그렇소."

아르센 뤼뺑은 좀더 영국인에게로 가까이 다가서서 무척 상냥하게 어깨에 손을 올려놓으며 말했다.

"잘 들어두시오. 나는 따질 생각은 없소. 안됐지만, 당신은 나를 실패하게 만들지 못할 거요. 그러니까 이 이야기는 그만둡시다."

"그만두지요."

"홈즈 씨, 영국 영해로 들어서기 전에는 이 배에서 도망치지 않겠다고 맹세해 주었으면 좋겠소."

"모든 수단을 다 써서 도망치는 데 힘쓸 것을 맹세하오!" 홈즈는 태연하게 대답했다.

"흐음…… 하지만 내 말 한 마디로 당신을 꼼짝 못하게 만들 수 있다는 것은 잘 알겠지요? 이 사람들은 모두 맹목적으로 나에게 무조건 복종하고 있소. 내가 명령만 내리면 그들은 당신 목에 쇠사슬을 걸 거요."

"쇠사슬은 끊을 수 있지."

"해안에서 10마일쯤 되는 곳에서 바닷속으로 던질 수도 있소."

"나는 헤엄칠 줄 아오."

"명답이군." 뤼뺑이 웃으면서 말했다. "부끄러운 일이지만 나는 화를 내고 있었소! 용서하시오, 홈즈 씨…… 자, 그럼, 결론을 말하겠소. 내가 나 자신과 부하들의 안전을 위해 필요한 조치를 강구하고 있다고 생각하시오?"

"물론. 그러나 그것은 아무 소용없을 거요."

"좋소. 그러나 그런 조치를 취한다고 원망하지는 않겠지요?"

"그건 당신의 의무니까."

"그럼, 됐소!"

뤼뺑은 문을 열고 선장과 두 갑판원을 불렀다. 그들은 영국인을 붙들고 소지품을 조사한 다음 두 발을 묶어 선장의 침대에 붙들어맸다.

"이제 됐어!" 뤼뺑이 말했다. "참으로 실례인 줄은 알지만 당신이 너무도 완고하고 사태가 긴급하기 때문에……."

갑판원들은 물러갔다.

뤼뺑이 선장에게 말했다.

"선장, 승무원을 한 사람 홈즈 씨에게 붙여주시오. 그리고 당신도 될 수 있는 한 옆에 있어주시오. 소중히 대해주어야 하오. 포로가 아니라 손님이니까. 지금 몇 시오, 선장?"

"2시 5분입니다."

뤼뺑은 자기 시계를 보고 나서 다시 선실 벽에 걸린 괘종시계를 올려다보았다.

"2시 5분…… 이제 됐군. 사우샘프턴으로 가는 데 몇 시간이나 걸리오?"

"서두르지 않고 9시간입니다."

"그럼, 11시간 잡지요. 한밤중에 사우샘프턴을 출항해서 아침 8시에 르아브르에 도착하는 상선이 나갈 때까지 입항해서는 안 되오, 알았소, 선장? 되풀이해서 말하지만, 이 신사가 그 배로 다시 프랑스에 돌아오면 우리는 모두 대단히 위험하니까! 적어도 새벽 1시 전에 도착해서는 안 되는 거요."

"알았습니다."

"그럼, 홈즈 씨, 내년에나 봅시다, 이 세상이나 저 세상에서!"

"내일 봅시다!"

몇 분 뒤 홈즈는 자동차가 멀어지는 소리를 들었다. 그리고 바로 제비 호 밑바닥에서 증기 소리가 무섭게 들렸다. 배가 움직이기 시작했다.

3시쯤 센 강 어귀를 지나 바다로 나갔다. 그때 홈즈는 붙들어 매인 채 침대에 누워 깊이 잠들어 있었다.

다음날 아침 두 강적 사이에 벌어진 투쟁의 마지막 날인 열흘째, 〈에코 드 프랑스〉 신문에 다음과 같은 흥미 있는 기사가 실렸다.

어제 아르센 뤼뺑은 영국 탐정 셜록 홈즈에게 출국명령을 내렸다. 명령은 정오에 서명되어 곧 실행되었다. 홈즈는 새벽 1시 사우샘프턴에 상륙했다.

아르센 뤼뺑, 두 번째로 체포되다

보아 드 블로뉴 거리와 뷔고 거리 사이에 있는 크르보 거리에서는,

8시부터 12대의 이삿짐 차가 법석을 떨고 있었다. 펠릭스 다베 씨가 8번지 5층에서 살다가 이사를 가는 길이었다. 그리고 같은 건물 6층과 양쪽 이웃집 6층을 모두 빌려 살고 있던 감정가 뒤블뤼 씨도 같은 날——정말 우연의 일치이다, 아무튼 이 두 신사는 서로 모르는 사이니까——수집한 가구들을 운반해 내고 있었다. 그 수집품들 때문에 외국 거래상들이 매일같이 찾아와 눈독을 들이던 것들이다.

이것은 거리 안의 주목거리가 되었지만, 소문에 오른 것은 훨씬 뒤의 일이다. 열 두 대의 차에는 어느 것에나 이사가는 사람의 이름도 주소도 씌어 있지 않았다. 차에 딸린 사람들 중 근처 가게에서 서성거리는 이도 없었다. 그들은 일솜씨가 빨랐기 때문에 11시에는 일이 완전히 다 끝났다. 남은 것이라고는 빈 방구석에 널린 휴지더미뿐이었다.

펠릭스 다베 씨는 품위 있는 젊은이로 최신 유행의 옷을 입었으며, 손에 들고 다니는 운동용 스틱의 무게로 미루어 대단히 힘이 좋은 사람임을 알 수 있었다. 펠릭스 다베 씨는 조용히 걸어가서 페르골레즈 맞은편, 보아 거리를 가로지르는 가로수 길 벤치에 앉았다. 그 옆에는 장사꾼차림의 한 여자가 신문을 읽고 있었고, 어린아이가 삽으로 모래더미를 파며 놀고 있었다. 잠시 뒤 펠릭스 다베 씨는 얼굴도 돌리지 않고 여자에게 말했다.

"가니마르는?"
"오늘 아침 9시에 나갔어요."
"어디로?"
"경시청으로."
"혼자?"
"네."
"어젯밤 전보는 없었소?"

"없었어요."

"그 집에서는 여전히 믿고 있겠지?"

"물론이지요! 가니마르 부인에게 서비스를 잘하기 때문에 그녀는 주인의 일에 대해 모조리 말해 주고 있어요. 아침에도 같이 지냈어요."

"그렇다면 다행이군. 다른 명령이 있을 때까지는 날마다 11시에 이리로 와주시오."

사나이는 일어나 도핀 문(파리 시내에서 구역을 나누는 구역경계 명칭) 근처 중국요리점으로 가서 간단한 식사를 했다. 달걀 두 개에 야채와 과일. 그리고는 크르보 거리로 돌아와 문지기 여자에게 말했다.

"저쪽을 좀 둘러보고 나서 열쇠를 돌려주겠소."

그는 서재로 쓰고 있던 방을 마지막으로 살폈다. 그는 거기서 가스 대롱 끝을 집어들었다. 그 머리 부분에 마디가 있고, 난로를 따라 줄이 늘어져 있었다. 그는 주둥이를 막고 있는 구리마개를 벗기고 뿔피리 모양의 작은 기계를 입에 대고서 불었다.

조금 있자니, 희미한 휘파람 소리가 그에게 응답해왔다.

그는 대롱에 대고 속삭였다.

"아무도 없나, 뒤블뤼?"

"네, 없습니다."

"올라가도 되겠나?"

"좋습니다."

그는 대롱을 본디 있던 곳에 놓으며 혼자 중얼거렸다.

"어디까지 진보할 것인가? 우리 시대는 정말 즐겁고 아름다운 생활을 위한 사소한 발명품들로 가득차 있단 말이야. 그리고 무척 재미있고! 나처럼 생활에 요긴하게 써먹을 때는 더욱 그렇지!"

그는 난로의 대리석 모서리를 하나 돌렸다. 그러자 대리석 자체가 움직이며 그 위에 걸려 있는 거울이 보이지 않는 홈 위로 미끄러졌다. 큰 출입구가 나타나고 굴뚝 안에 만들어진 층계 아랫부분이 보였다. 층계는 정성들여 닦은 주물과 흰 타일로 만들어져 있었으며 아주 깨끗했다.

그는 층계를 올라갔다. 6층에도 굴뚝 아래와 같은 출입구가 있었다. 부하 뒤블뤼가 기다리고 있었다.

"여기는 끝났나?"

"끝났습니다."

"완전히?"

"네, 완전히."

"인원은?"

"호위 3명만 남았습니다."

"가세."

두 사람은 계속 같은 층계를 올라가 하인들이 있는 층까지 가서 다락방으로 나왔다. 세 사나이가 거기서 기다리고 있었다. 그중 1명은 창문으로 밖을 감시하고 있었다.

"별일 없나?"

"네."

"거리는 조용한가?"

"아주 조용합니다."

"앞으로 10분 뒤면 나는 영원히 갈 걸세……. 자네들도 나가세. 그때까지 거리에 조금이라도 수상한 일이 있으면 나에게 알리게."

"언제나 비상 벨에 손가락을 대고 있습니다."

"뒤블뤼, 일꾼들에게 이 벨 선에 손대지 않도록 일러두었지?"

"물론이지요, 상태는 최고입니다."

"그럼, 마음놓아도 되겠군."

두 신사는 펠릭스 다베 씨가 살고 있는 집까지 내려왔다. 다베 씨는 대리석 모서리를 본대로 해둔 다음 유쾌하게 소리쳤다.

"뒤블뤼, 비상 벨, 전선망, 송화관, 샛길, 미끄러지는 널빤지, 비밀 층계 이런 기막힌 장치를 모두 찾아낸 자의 얼굴 표정을 한 번 보고 싶군. 마치 동화속에 나오는 비밀장치 같지 않나!"

"아르센 뤼뺑을 선전할 더없이 좋은 기회지요!"

"그런 선전은 필요없네만, 이만한 설비를 버리고 가는 것이 가슴 아프군. 모든 걸 새로 시작하지 않으면 안되네, 뒤블뤼…… 물론 다른 형식으로. 아무튼 같은 것을 되풀이하면 헛일이거든. 홈즈란 녀석!"

"돌아오지 않을까요?"

"어떻게 돌아올 수 있겠나? 사우샘프턴에서는 한밤중에 떠나는 기선이 한 척밖에 없고 르아브르에서는 아침 8시에 떠나 11시 11분에 도착하는 기차뿐일세! 한밤중에 떠나는 배를 타지 않는 한——선장에게 단단히 명령해 두었으니까 그 배를 타지는 못하겠지만——뉴헤븐과 디에프를 경유하여 오늘 밤에야 겨우 프랑스에 올 수 있을 걸세."

"만일 돌아오면 어떻게 하지요?"

"셜록 홈즈는 절대로 싸움을 그만두지 않네. 돌아오기는 하겠지만, 그때는 이미 늦지. 우리가 구름 속에 숨은 뒤니까!"

"그리고 데탕쥐 양은?"

"1시간 뒤에 만날 예정이네."

"집에서요?"

"아니, 집으로는 며칠 뒤, 큰 사건이 끝나고 나서…… 내가 그녀만 상대할 수 있을 때 오게 될 걸세. 그러나 뒤블뤼, 자네는 서두르지 않으면 안 돼. 우리의 짐을 모두 쌓는 데는 시간이 걸릴 테고, 부두에는 자네가 있어주어야 하니까."
"우리가 감시당하고 있지 않다는 건 분명합니까?"
"누구에게 감시당하겠나? 내가 두려워하는 건 홈즈뿐일세."
뒤블뤼는 나갔다. 펠릭스 다베 씨는 마지막으로 집을 한 바퀴 둘러본 다음 두세 통의 찢어버린 편지를 주웠다. 그리고는 백묵 한 개를 찾아들고 식당의 거무칙칙한 백지에 커다란 테두리를 그린 뒤 기념비 투의 문장을 써넣었다.

여기에 20세기 초 5년 동안 괴도신사 아르센 뤼뺑이 살았다.

이런 장난에 뤼뺑은 몹시 만족한 모양이었다. 경쾌하게 휘파람을 불며 그 글을 바라보고 나서 외쳤다.
"미래 세대의 역사가들에 대한 의리를 다했으니 이제 슬슬 나가볼까. 서두르시오, 셜록 홈즈 선생. 3분 안에 나는 이 집을 떠나게 되고, 당신은 완전히 패배하게 될 거요……. 앞으로 2분! 사람을 기다리게 하는군. 앞으로 1분! 오지 않을 모양이지? 좋아, 나는 그대의 실력과 나의 즉위를 선언하노라! 그리고 떠난다. 자, 안녕. 아르센 뤼뺑 왕국이여! 이제 다시는 그대를 볼 수 없을 것이다. 잘 있거라, 내가 통치하던 여섯 채 주택의 55개 방이여! 잘 있거라, 나의 비밀의 방이여. 나의 엄숙한 밀실이여!"
벨 소리가 그의 감탄에 찬 읊조림을 중단시켰다. 날카롭고 급하며 요란한 벨 소리가 끊어졌다 이어졌다 하며 두 번 울렸다.
그것은 경계를 알리는 신호였다.
어떻게 된 것일까? 짐작하지 못했던 위험인가? 가니마르 경감인가? 아니면…….
그는 자기 방으로 돌아가 달아나려고 했다. 그러나 먼저 창문 쪽으로 가서 내다보았다. 큰길에는 아무도 없었다. 그렇다면 적은 이미 집 안에 들어와 있는 것일까? 귀를 기울이자 어렴풋이 시끄러운 소리가 들리는 듯했다. 그는 더 이상 망설이지 않고 서재로 달려가 문턱을 넘어섰다. 바로 이때 현관문에 열쇠 꽂는 소리가 들렸다.

"큰일이다!"

뤼뺑이 중얼거렸다.

"이미 늦었다. 집은 이미 포위되어 있겠지……? 뒷층계로는 나갈 수 없어! 다행히 굴뚝이 있으니……."

뤼뺑은 힘껏 모서리를 밀었다. 그러나 꿈쩍도 하지 않았다. 좀더 힘을 주어 밀었다. 역시 움직이지 않았다.

순간 아래의 문이 열리며 발자국 소리가 들리는 것 같았다.

"빌어먹을!" 뤼뺑은 소리쳤다. "이제 틀렸군. 이 얄미운 장치가……."

뤼뺑의 손가락이 모서리 주위에서 경련을 일으켰다. 그는 온몸의 무게로 힘껏 부딪쳤다. 역시 끄덕도 하지 않았다. 믿을 수 없는 불운에 의해, 참으로 무섭고 사악한 운명에 의해 1시간 전까지는 분명 움직였던 비밀장치가 이제 끄떡도 하지 않는 것이다! 그는 제정신이 아니었다. 몸부림을 쳤다. 그래도 대리석 벽은 꿈쩍도 하지 않았다. 아, 이런 터무니없는 장애로 길이 막히고 말다니! 그는 대리석을 두들겼다. 주먹으로 쳤다. 정신없이 마구 쳤다. 욕설을 퍼부으면서…….

"아니, 왜 그러시오, 뤼뺑 씨. 뭔가 마음대로 안 되는 일이라도 있소?"

뤼뺑은 깜짝 놀라 뒤돌아 보았다. 셜록 홈즈가 바로 눈앞에 서 있었다.

셜록 홈즈! 뤼뺑은 무서운 유령이라도 보듯 눈을 껌벅이며 홈즈를 바라보았다. 셜록 홈즈가 파리에 오다니! 마치 위험한 짐짝처럼 어젯밤 영국으로 보낸 셜록 홈즈가 의기양양하게 뤼뺑의 눈앞에 서 있다! 아아, 이 기적 같은 일이 아르센 뤼뺑의 생각과는 달리 실현되기 위해서는 자연의 법칙이 완전히 뒤바뀌고, 이치에 맞지 않는 모든 변태적인 것이 승리했음에 틀림없다. 셜록 홈즈가 눈앞에 있다!

이번에는 영국인 쪽에서 익살스러운 말투로, 그때까지는 뤼뺑의 상투수단이었던 그 은근하고 무례한 태도를 보이며 말했다.

"아르센 뤼뺑 씨, 이 순간부터 당신이 오트레크 남작 집에서 자게 만들었던 그날 밤의 일, 내 친구 왓슨이 당한 재난, 자동차에 의한 유괴, 당신 명령으로 침대에 붙들어 매졌던 조금 전 여행 이런 일들을 모두 잊어버리겠소. 이 순간이 모든 것을 다 잊게 해준 것이오. 나는 이제 아무것도 생각지 않겠소. 충분히 갚아주었으니까. 떳떳이 갚았으니까."

뤼뺑은 잠자코 있었다. 영국인은 말을 계속했다.

"그렇게 생각지 않소, 아르센 뤼뺑 씨?"

홈즈는 마치 동의를 구하듯, 과거에 대한 일종의 청산을 요구하듯 다짐을 주었다.

잠시 생각에 잠긴 뒤——그동안 영국인은 상대가 영혼의 밑바닥까지 더듬고 있는 듯한 느낌이 들었다——뤼뺑은 선언했다.

"나는 지금 당신의 태도가 참된 동기에 바탕을 둔 것이라고 생각하오."

"물론이지요!"

"내 선장과 갑판원들로부터 도망쳐 온 것은 이 싸움에서 한낱 작은 사건에 지나지 않소. 그러나 여기 내 앞에 당신 혼자——아시겠소?——아르센 뤼뺑의 눈앞에 당신 혼자 나타났다는 사실은 당신의 복수가 완전히 준비됐다는 증거겠지요."

"그렇소."

"이 집은?"

"포위돼 있소."

"이웃집은?"

"역시 포위돼 있소."

"이 윗집은?"

"뒤블뤼 씨가 살고 있던 6층의 3칸도 포위되어 있소."

"그럼……."

"이제 당신은 체포될 거요……. 지금 곧."

자동차에 실려가면서 홈즈가 느낀 것과 똑같이 괴로운 감정을 지금 뤼뺑도 느끼고 있었다. 똑같은 격노, 똑같은 반감을. 그러나 운명의 섭리에 순응하는 듯한 기분도 또한 느끼고 있었다. 두 사람은 힘에 있어 서로 맞먹었고, 두 사람 모두 패배라는 것을 견뎌내야 할 일시적인 불운으로 받아들였다.

"내가 졌소."

뤼뺑은 힘주어 말했다.

영국인은 이 고백에 황홀해진 듯했다. 두 사람은 아무 말도 하지 않았다. 뤼뺑은 어느덧 기분을 되찾아 미소지으며 말했다.

"그러나 나는 안타깝게 생각하지는 않소! 나는 늘 이기기만 하는 데 싫증이 나 있었으니까 말이오. 손을 내밀기만 하면 당신 가슴 한복판을 쥐어박을 수도 있었소. 그런데 이번에는 내가 얻어맞고 말았소."

뤼뺑은 기분 좋게 웃었다.

"이것으로 세상사람들도 기뻐하겠지요! 뤼뺑이 독 안에 든 쥐가 되었다고…… 얼마나 멋있는 모험인가! 아아, 홈즈 씨, 덕분에 스릴을 맛보게 되었소. 인생이란 바로 이런 거라오!"

뤼뺑은 가슴속에 끓어오르는 걷잡을 수 없는 기쁨을 억누르려는 듯 두 주먹을 불끈 쥐어 관자놀이를 눌렀다. 또한 자기 힘에 벅찬 놀이를 하는 어린아이 같은 몸짓을 해보이기도 했다. 마침내 그는 영국인 옆으로 다가서며 말했다.

"그런데 당신은 무엇을 기다리고 있소?"

"무엇을 기다리고 있느냐고요?"

"그렇소. 가니마르 경감은 부하들을 데리고 저기 와 있소. 그런데 왜 들어오지 않는 거요?"

"들어오지 말라고 부탁해 두었으니까."

"그가 동의하던가요?"

"나는 내 지휘에 따르겠다는 확실한 조건부로 그의 협력을 구한 거요. 그리고 그는 펠릭스 다베 씨를 뤼뺑의 한패쯤으로 생각하고 있소."

"그럼, 이번에는 다른 것을 묻겠는데, 당신은 어째서 혼자 들어왔소?"

"나는 우선 당신과 이야기를 하고 싶었소."

"아아, 당신은 나에게 할 이야기가 있었군!"

이 생각은 특별히 뤼뺑의 마음에 든 모양이었다. 행동보다 말이 훨씬 더 나은 경우가 있다.

"홈즈 씨, 앉을 의자가 없어서 안됐소. 이 부서져가는 낡은 상자라도 괜찮겠소? 아니면 이 창틀은? 맥주라도 한잔하면 좋을 텐데…… 흑맥주든 그냥 맥주든…… 자, 부디 앉아 주시오."

"아니, 앉을 것까지는 없소. 그럼, 이야기를 하겠소."

"들어봅시다."

"간단히 말하겠소. 내가 프랑스에 머물러 있었던 목적은 당신을 체포하기 위해서가 아니었소. 나는 나의 참된 목적을 달성하기 위해 당신을 뒤쫓을 수밖에 없었던 거요."
"그 목적이란?"
"푸른 다이아몬드를 찾아내는 일이오!"
"푸른 다이아몬드!"
"그렇소. 블라이헨 영사의 가루치약 병 속에서 발견된 것은 진짜가 아니니까."
"아아, 그렇지. 진짜는 금발의 귀부인이 꺼내갔지요. 나는 그와 똑같은 모조품을 만들게 했던 거요. 그리고 백작부인의 다른 보석에도 눈독을 들이고 있었는데, 블라이헨 영사가 이미 혐의를 받고 있었기 때문에 금발의 귀부인은 자기가 의심받지 않도록 가짜 다이아몬드를 영사의 짐 속에 숨겼던 것이오."
"그리고 진짜는 당신이 가지고 있었소."
"물론이오."
"나는 그 다이아몬드가 필요하오."
"가슴 아픈 일이지만, 그건 안 되겠는데요."
"나는 클로종 백작부인과 약속했소. 틀림없이 손에 넣어보이겠다고."
"내가 가지고 있는데 어떻게 손에 넣을 수 있겠소?"
"당신이 가지고 있으니까 손에 넣을 수 있는 거요."
"그럼, 내가 당신에게 돌려줘야 한다는 말이오?"
"그렇소."
"내가 스스로?"
"사겠소."
뤼뺑은 갑자기 명랑해졌다.

첫번째 도전 금발의 귀부인 177

"과연 영국 사람답군요. 마치 흥정 같소."
"이건 흥정이오."
"대가는?"
"데탕쥐 양의 자유."
"자유? 그녀는 체포되지 않았을 텐데?"
"나는 가니마르 경감에게 필요한 지시를 내렸소. 당신의 보호가 없다면 그녀는 체포될 것이오."
뤼뺑은 갑자기 웃음을 터뜨렸다.
"홈즈 씨, 당신은 가지고 있지도 않은 것을 주려고 하시는군요. 데탕쥐 양은 안전해서 아무 염려도 없소. 다른 걸 말해 보시오."
영국인은 분명히 당황하여 얼굴을 조금 붉히며 머뭇거렸다. 그는 갑자기 상대방 사나이의 어깨에 손을 얹으며 말했다.
"만일 내가 이렇게 제안한다면……."
"나를 풀어주겠다고 말이오?"
"저어…… 아무튼 나는 이 방을 나가 가니마르 씨와 의논한 다음……."
"나에게 생각할 여유를 주겠소?"
"그러지요."
"그것이 대체 무슨 소용 있겠소? 이 얄미운 장치는 이제 움직이지 않는데." 뤼뺑은 난로 모서리를 안타까운 듯 밀어붙이며 말했다.
순간 그는 대경실색을 할 뻔했다. 이 무슨 우연인가! 그의 손가락 밑에서 이번에는 대리석판이 움직이지 않겠는가!
천우신조였다. 탈출이 가능하게 되었다. 그렇다면 홈즈의 조건을 받아들일 필요가 없지 않은가?
뤼뺑은 대답을 생각하고 있는 듯한 태도로 이리저리 거닐었다. 그리고 영국인의 어깨에 손을 얹었다.

"잘 생각해 보았는데 말입니다, 홈즈 씨. 나는 자신의 일은 혼자 처리하고 싶습니다."
"그러나……."
"아니, 누구의 도움도 필요없습니다."
"가니마르 경감에게 붙잡히면 마지막이오. 결코 놓아주지 않을 것이오."
"알 게 뭐요!"
"그건 미친 짓이오. 나갈 곳은 모두 막혀 있소."
"한 군데 남아 있소."
"어디요?"
"내가 택하는 출구."
"무슨 말이오! 당신은 이미 체포된 거나 마찬가지요."
"그렇지 않소."
"그래서?"
"푸른 다이아몬드를 돌려주지 않겠다는 거요."
홈즈는 시계를 꺼냈다.
"3시 10분전이오. 3시에는 가니마르 경감을 부르겠소."
"그럼, 아직 10분 동안 이야기를 할 수 있군요, 홈즈 씨. 이 시간을 활용합시다. 나의 간절한 호기심을 만족시키기 위해 당신이 어떻게 내 주소와 펠릭스 다베라는 이름을 알게 되었는지 말해 주시오."
홈즈는 뤼뺑의 기분이 좋아진 데 불안을 느끼고 조심스럽게 경계하면서도 기꺼이 설명했다. 자존심이 작용했던 것이다.
"당신 주소 말이오? 그건 금발의 귀부인에게서 알아 냈소."
"클로틸드에게서!"
"그렇소. 알고 계시겠지…… 어제 아침 내가 자동차로 그녀를 연행하려고 했을 때, 그녀는 바느질집에 전화를 걸었소."

"그렇소."

"그런데 나는 나중에야 바느질집이 당신을 두고 말한 것임을 알아차렸던 거요. 그리고 어젯밤 배 안에서 기억을 더듬어보았지……. 내 기억력은 자랑해도 좋을 정도라고 생각하오. 그리고 전화번호의 마지막 두 글자를 생각해 냈소……73이었지요. 이리하여 당신이 개조한 집의 목록을 보고 파리에 도착하자마자 곧 오늘 아침 11시에 어렵지 않게 전화번호부에서 펠릭스 다베 씨의 주소와 이름을 찾아낼 수 있었소. 그리하여 가니마르 씨의 지원을 요청하게 된 거지요."

"훌륭하오! 일류요! 경탄할 수밖에 없군요. 그러나 아직도 납득이 안 되는 것은 르아브르에서 기차를 타게 된 일이오. 제비 호에서는 어떻게 탈출했지요?"

"탈출하지 않았소."

"그렇다면……."

"당신은 선장에게 새벽 1시 이전에 사우샘프턴에 도착해선 안 된다고 명령했소. 그런데 자정에 상륙을 했지요. 그래서 르아브르로 가는 기선을 탈 수 있었던 거요."

"선장이 배신했단 말이오? 그럴 리가 없소!"

"선장은 배신하지 않았소."

"그렇다면?"

"선장의 시계 때문이오."

"시계?"

"그렇소. 나는 선장의 시계를 1시간 빠르게 해두었지요."

"아니, 어떻게?"

"간단하게 시계바늘을 돌려서. 우리는 옆에 바싹 붙어 앉아 이야기하고 있었소. 내가 재미있는 이야기를 해주자 선장은 아무것도 눈치채지 못하더군요."

"브라보! 멋진 계략이군. 이제 알았소. 그러나 선장실 벽에 걸린 괘종시계는?"

"아아, 괘종시계가 골치였소. 나는 발이 묶여 있었기 때문에 말이오. 그러나 선장이 없을 때 나를 감시하고 있던 감시원이 바늘을 조금 움직여주었소."

"그놈이! 나 원, 그 녀석이 부탁을 들어주던가요?"

"그 사람은 그걸 대단한 일로 생각하지 않았던 거요. 나는 무슨 일이 있어도 런던으로 가는 첫차를 타지 않으면 안 된다고 말하여 그를 설득시켰소."

"물론 뭔가……."

"보잘것없는 선물을 주었지요. 그 훌륭한 친구는 그것을 정직하게 당신한테 건네주려고 생각하고 있지만 말이오."

"어떤 선물이었소?"

"아주 하찮은 거였소."

"무엇인데?"

"푸른 다이아몬드."

"푸른 다이아몬드!"

"그렇소, 가짜 푸른 다이아몬드. 당신이 백작부인의 것과 바꿔치기 한 것, 부인이 나에게 맡긴 것 말이오."

갑자기 요란한 폭소가 터졌다. 뤼뺑은 눈물이 나올 정도로 배를 움켜잡고 웃었다.

"이거야말로 정말 재미있군! 가짜 다이아몬드가 갑판원의 손으로 넘어갔다…… 그리고 선장의 시계, 괘종시계의 바늘!"

홈즈는 뤼뺑과의 사이에서 이처럼 긴장을 느낀 적이 없었다. 홈즈는 기막힌 본능에 의해 이 과장된 쾌활함 속에 모든 능력을 짜내는 무서운 사고의 집중이 있음을 꿰뚫어보았다.

뤼뺑은 서서히 접근해 왔다. 영국인은 뒤로 물러나며 손가락을 가만히 조끼 호주머니에 넣었다.

"3시요, 뤼뺑 씨."

"벌서 3시인가? 안됐군! 이렇게 재미있는데!"

"당신 대답을 듣고 싶소."

"내 대답? 당신은 정말 까다롭군요! 그럼, 우리의 싸움은 이것으로 끝냅시다. 내기에 거는 물건은 내 마음대로 정하겠소."

"푸른 다이아몬드."

"좋소…… 당신이 먼저 공격하시오. 어떻게 하겠소?"

"정면공격이 좋겠지."

홈즈는 권총을 발사하며 말했다.

"자, 돌격!"

뤼뺑은 영국인에게 주먹을 휘두르며 반격했다.

홈즈는 가니마르 경감의 도움이 필요하다고 판단하여 그를 부르기 위해 공중을 향해 총을 쏜 것이었다. 그러나 아르센 뤼뺑의 주먹이 정통으로 홈즈의 배를 찔렀기 때문에 홈즈는 파랗게 질려 비틀거렸다. 뤼뺑은 난로까지 단숨에 달려가 대리석판을 재빨리 움직이기 시작했다. 그러나 이미 때가 늦었다! 문이 열렸다.

"항복하라, 뤼뺑, 그렇지 않으면……."

가니마르 경감은 뤼뺑이 생각하고 있었던 것보다 훨씬 가까이에 숨어 있었던 것이다.

경감은 지금 권총을 들이대고 문 앞에 서 있었다. 그리고 경감의 등 뒤에는 20명쯤 되는 부하들이 웅성거리고 있었다. 조금이라도 반항할 눈치가 보이면 개처럼 쏘아죽이는 것도 꺼리지 않을 늠름한 사나이들이.
 뤼뺑은 아주 침착하게 신호를 했다.
 "잠깐만, 항복한다!"
 그리고 그는 팔짱을 꼈다.

 모두들 어리둥절했다. 가구들과 벽의 휘장을 들어낸 방 안에 아르센 뤼뺑의 목소리가 메아리치듯 울렸다. '항복한다!' 믿어지지 않는 말이었다. 사람들은 그가 갑자기 함정 속으로 사라지든가, 아니면 벽 한쪽 귀퉁이가 무너져 또다시 뒤쫓는 사람들로부터 도망쳐 버릴지도 모른다고 생각하고 있었다. 그런데 뤼뺑은 항복한 것이다!
 가니마르 경감이 앞으로 나왔다. 그는 몹시 흥분하여 천천히 아주 무게 있게 손을 뤼뺑에게 내밀며 기쁨에 들떠 말했다.
 "아르센 뤼뺑, 너를 체포하겠다!"
 뤼뺑이 부르르 몸을 떨었다.
 "당신 표정이 무섭군요, 가니마르 경감. 왜 그처럼 기분 나쁜 표정을 짓고 있소? 마치 친구의 무덤에서 인사하고 있는 것 같군. 자, 그런 장례식에 참석한 것 같은 표정은 치우시오."
 "너를 체포하겠다!"
 "당황하고 있는 거요? 법의 충실한 집행자인 가니마르 주임경감께서 사악한 아르센 뤼뺑을 체포하는 역사적인 순간이로군. 당신은 그 중대한 의의를 자각하고 있소……. 그리고 내가 이런 꼴이 된 것은 이번이 두 번째요. 가니마르 경감, 당신의 승리요. 당신은 아마 승진하게 되겠지요."
 그리고 뤼뺑은 강철수갑 쪽으로 손목을 내밀었다.
 이 일은 얼마쯤 장중한 분위기 속에서 엄숙하게 행해졌다. 경찰관들도 여느 때는 덜렁대며 뤼뺑에게 깊은 원한을 품고 있었지만, 이 신출귀몰하는 인간에게 손을 댈 수 있다는 것에 깜짝 놀라 조심스럽게 행동했다. 뤼뺑은 탄식했다.

"가엾은 뤼뺑이여! 고급주택지의 이웃들이 이런 굴욕을 당하고 있는 너를 보면 뭐라고 말하겠는가!"

그는 힘줄에 온 힘을 주어 두 손목을 벌렸다. 이마의 핏줄이 불거졌다. 쇠사슬고리가 살을 파고들었다.

"에잇!"

쇠사슬이 끊어져 날아갔다.

"다른 것을 주시오. 이건 소용이 없군."

다른 수갑이 채워졌다. 그는 순순히 동의했다.

"이거면 됐어! 당신들은 아주 조심해야 좋을 거요."

그리고 나서 뤼뺑은 경찰관의 수를 헤아렸다.

"모두 몇 사람인가? 25명? 30명? 많군…… 어떻게 해볼 도리가 없겠는데…… 한 10명 정도만 되었다면!"

뤼뺑은 참으로 당당했다. 거만하고 재치 있게 본능과 정열로서 자기 역할을 하고 있는 명배우 같았다. 홈즈는 훌륭한 연극을 보고 그 아름다움과 섬세한 뉘앙스를 완전히 감상할 수 있는 사람처럼 뤼뺑을 바라보고 있었다. 그리고 강력한 사법기관에 의해 뒷받침되고 있는 30명의 경찰관과 무기도 없이 쇠사슬에 묶인 이 한 사나이가 서로 맞먹는 승부를 겨루고 있는 듯한 묘한 인상을 받았다. 양쪽의 힘은 서로 엇비슷했다.

"자, 홈즈 씨."

뤼뺑이 말했다.

"이것이 당신이 한 일이오. 당신 때문에 아르센 뤼뺑은 축축한 감옥의 짚 위에서 지내게 되었소. 당신의 양심이 편안하지 못하고, 후회로 쫓기고 있다는 것을 자백하지 않겠소?"

영국인은 자신도 모르게 목을 움츠리며 "그건 당신 탓이오······"라 말하고 싶었다.

"절대로 그럴 수 없어!"

뤼뺑은 외쳤다.

"푸른 다이아몬드를 돌려주다니, 어림도 없지! 지금까지 치른 그 숱한 어려움이 아깝지. 다음 달쯤 런던에서 당신을 방문하게 되면 그 이유를 말해 주겠소. 한데, 당신은 어떻소? 다음 달쯤에 런던에 계시겠습니까? 빈 쪽이 좋지 않을까요? 상트페테르부르크는 어떻습니까?"

뤼뺑은 깜짝 놀랐다. 갑자기 천장에서 벨이 울린 것이다. 그것은 비상 벨이 아니라 전화 벨 소리였다. 전화 벨은 두 창문 사이를 지나 이 서재까지 연결되어 있었다. 전화기를 떼지 않고 두었던 것이다.

전화! 아아, 무서운 우연이 장치해 둔 함정으로 대체 누가 걸려드는 것일까? 뤼뺑은 전화기를 때려부수고 박살을 내어 자기를 찾는 알 수 없는 목소리를 짓밟아버리려는 듯이 전화기 쪽으로 달려갔다. 그러나 가니마르 경감이 전화기를 들고 엉거주춤하니 서 있었다.

"여보세요····· 648-73번····· 네, 그렇소."

홈즈가 기세당당하게 가니마르 경감을 밀어젖히고 전화를 집어들더니 송화기에 손수건을 대어 자기 목소리를 흐리게 했다.

그러면서 그는 뤼뺑을 쳐다보았다. 그들이 나눈 시선은, '전화를 건 것은 금발의 귀부인이다'라는 두 사람의 생각을 확인해 주었다. 여자는 펠릭스 다베 아니, 막심 베르몽에게 전화를 건 것인데, 지금 홈즈를 상대로 비밀 이야기를 하려 하고 있었!

홈즈가 말했다.

"여보세요······."

침묵. 홈즈가 다시 말했다.

"나…… 막심이오."

 갑자기 연극은 비극적인 양상을 띠었다. 뤼뺑, 불굴의 의지를 지닌 뤼뺑이 지금은 불안을 감추려 하지 않았다. 그리고 걱정으로 얼굴이 하얗게 질려 이야기를 들으려고, 뜻을 알아내려고 애썼다. 홈즈는 흐릿한 목소리로 대답했다.

"여보세요…… 그렇지, 말끔히 다 치웠소. 약속대로 당신에게 가려던 참이오…… 어디?…… 당신 있는 곳으로 말이오. 그쪽은 아직도……."

 그는 머뭇머뭇 말끝을 흐리며 더듬었다. 홈즈가 자기 쪽에서는 그다지 말을 하지 않고 그녀가 지금 어디 있는지 밝혀내려고 애쓰고 있는 게 분명했다. 그리고 가니마르 경감이 옆에 있는 것도 무척이나 방해가 되는 모양이었다. 아아, 만일 어떤 기적으로 이 놀라운 대화의 줄이 끊어진다면! 뤼뺑은 온 힘을 다해 신경을 긴장시키며 그 기적을 바랐다.

 홈즈는 이야기를 계속했다.

"여보세요! 들리지 않소?…… 이쪽도 잘…… 어렴풋이…… 들리오? 그렇소…… 잘 생각해 보니까…… 당신 집으로 돌아가는 게 좋겠소. 위험하다니, 전혀 그렇지 않소…… 그는 영국으로 갔다니까! 도착을 확인한 전보가 사우샘프턴에서 왔소."

 얼마나 익살스러운 말인가! 홈즈는 아주 태연하게 그 말을 했다. 그리고 이렇게 덧붙였다.

"그러니까 지금 곧 만납시다."

 그는 전화기를 내려놓았다.

"가니마르 씨, 부하를 세 사람만 빌려주시오."

"금발의 귀부인 때문이지요?"

"그렇소."

"그녀가 누군지, 어디에 있는지 아셨습니까?"
"그렇소."
"아아, 기막힌 수확이군! 아르센 뤼뺑과 함께…… 재수가 좋은 날인데. 포랑팡, 두 사람을 데리고 홈즈 씨를 따르게."
영국인은 세 사나이를 거느리고 나가려 했다.
이것으로 끝이다. 금발의 귀부인도 이제 홈즈의 손아귀에 떨어지려 하고 있다. 그 굽힐 줄 모르는 정신력으로 운좋은 사건의 협력 덕분에 이 투쟁은 홈즈의 승리, 아르센 뤼뺑에게는 돌이킬 수 없는 참패로 끝나려 하고 있다.
"홈즈 씨!"
영국인이 멈춰섰다.
"왜 그러시오?"
뤼뺑은 이 마지막 일격을 맞자 심각하게 흔들리고 있는 것 같았다. 이마에 주름이 생겼다. 맥이 풀어져 보기에도 딱했다. 그러나 그는 힘을 불러일으켜 다시 자세를 고쳐 섰다. 그리고 애써 쾌활한 목소리로 외쳤다.
"내가 운명에 쫓기고 있다는 건 당신도 아시겠지요? 아까 운명이 내가 굴뚝으로 달아나는 것을 방해하여 나를 당신에게 넘겼소. 이번에는 운명이 전화를 이용해서 금발의 귀부인을 당신에게 넘겨주려 하고 있소. 나는 명령에 따르겠소."
"그렇다면?"
"교섭을 다시 할 생각이 있다는 뜻이오."
홈즈는 경감을 옆으로 끌고 가서 뤼뺑과 이야기해도 좋다는 허가를, 결코 반박을 인정하지 않는 단호한 말투로 요구했다. 그리고 나서 그는 뤼뺑에게로 돌아왔다. 무뚝뚝하고 신경질적인 말투로 홈즈가 입을 열었다.

"무엇을 바라는 거요?"
"데탕쥐 양의 자유."
"대가는 알고 있겠지요?"
"물론."
"수락하는 거요?"
"모든 조건을 수락하겠소."
"아아!"
영국인은 깜짝 놀라 외쳤다.
"그러나 당신은 아까 거절했었소……. 당신에게 있어서는……."
뤼뺑은 솔직하게 털어놓았다.
"아까는 나 혼자만이 문제되는 경우였소, 홈즈 씨. 그러나 지금은 한 여자…… 그것도 내가 사랑하는 여자가 문제인 거요. 아시겠지만, 프랑스에서는 이런 일에 대해 아주 특별한 생각을 가지고 있지요. 뤼뺑이라고 해서 다를 리는 없소……. 당치도 않소!"
홈즈는 약간 고개를 갸우뚱하며 말했다.
"푸른 다이아몬드는?"
"그 난로 구석에 있는 내 지팡이를 집어드시오. 한쪽 손으로 손잡이를 누르고 지팡이 끝에 달린 쇠를 돌리시오."
홈즈는 지팡이를 집어 쇠를 돌렸다. 돌리는 가운데 손잡이가 빠져나오는 것을 알았다. 그 손잡이 안쪽에 석회로 만든 구슬이 있고, 그 구슬 속에 푸른 다이아몬드가 들어 있었다.
홈즈는 보석을 살펴보았다. 푸른 다이아몬드였다.
"데탕쥐 양은 자유요!"
"지금과 마찬가지로 앞으로도 자유인 거지요? 당신을 두려워하지 않아도 되겠지요?"
"다른 어느 누구에 대해서도."

"어떤 일이 있어도?"

"어떤 일이 있어도. 나는 이제 그 여자의 주소도 이름도 모르는 것으로 하겠소."

"고맙소. 그럼…… 우리는 언젠가 만나게 되겠지요?"

"물론이오."

영국인과 가니마르 경감 사이에 상당히 격렬한 의론이 벌어졌으나, 홈즈는 좀 난폭하게 결말을 지으려고 했다.

"가니마르 씨, 정말 안됐지만, 나는 동의할 수가 없소. 당신을 납득시키고 있을 시간이 없소. 1시간 뒤에는 영국으로 돌아가야 하기 때문에……."

"그러나 금발의 귀부인은?"

"나는 그런 사람을 모르오."

"당신은 방금……."

"나는 모르오. 나는 이미 당신에게 뤼뺑을 넘겨주었소. 푸른 다이아몬드도 여기 있소…… 당신이 직접 클로종 백작부인에게 건네주면 좋겠소. 다른 문제는 아무것도 없으리라고 생각하오."

"그러나 금발의 귀부인은?"

"당신이 찾아내시오."

홈즈는 머리에 모자를 얹고 재빠른 걸음으로 나갔다. 마치 볼일이 끝나면 우물쭈물하지 않는 것이 습관인 사람처럼.

뤼뺑이 소리쳤다.

"홈즈 씨, 부디 안녕히 가시오! 이 은혜를 결코 잊지 않겠소. 왓슨 씨에게도 안부를……."

아무 대답도 없자 그는 차갑게 웃었다.

"이것이 이른바 영국식 작별이라는 거로군. 아아, 그 섬나라 신사에게는 프랑스 인의 자랑인 예의범절이 없군요, 가니마르 경감. 프랑스 인이라면 이런 경우 어떻게 했을까 한 번 생각해 보시오. 프랑스 인이라면 세련된 예의로써 자신의 승리를 감추었겠지요! 그건 그렇고, 실례지만 가니마르 경감, 이제 어떻게 하시겠소? 자, 가택수색을 하시오! 하지만 딱하게도 아무것도 없군요. 종이 한 장이라도 내 기록은 모두 안전한 장소로 옮겨놓았으니까요."

"뭐라고! 그건 두고 보면 알겠지."

뤼빵은 가니마르의 아둔한 고집에 체념했다. 두 형사에게 붙들려 여러 형사들에게 둘러싸인 가운데 참을성 있게 갖가지 수사에 입회했다. 그러나 20분쯤 지나자 그는 한숨을 내쉬었다.

"빨리 끝내주시오, 가니마르 경감. 끝이 없군."

"그렇게 급한가?"

"물론 급하오. 중요한 면회가 있으니까!"

"유치장에서 말인가?"

"아니, 시내에서."

"몇 시에?"

"2시."

"벌써 3시네."

"지각이로군. 지각처럼 싫어하는 것도 없는데!"

"5분도 기다리지 못하겠나?"

"그 이상은 1분도 안 되오."

"고맙군…… 될 수 있는 한……."

"그런 말 마시오. 그 벽장도 텅 비었소!"

"그러나 편지가 있는데."

"묵은 계산서요."

"아니, 천만에. 리본으로 맨 봉투인데?"

"장미색 리본? 오오! 가니마르 경감, 제발 그것만은 가만두시오!"

"여자에게서 온 거로군?"

"그렇소."

"점잖은 부인인가?"

"다시없이 점잖은 부인이오."

"이름은?"

"가니마르 부인."

"말도 안 되는 소리! 말도 안 돼!" 경감은 점잖은 투로 외쳤다.

그때 다른 방을 조사하던 부하들이 돌아와 샅샅이 뒤졌으나 아무것도 나오지 않았다고 보고했다. 뤼뺑은 웃어댔다.

"나참! 내 친구들의 명단이나 독일 황제와 나와의 관계에 대한 증거라도 찾아낼 작정이었소? 당신들이 찾지 않으면 안 되는 것은 바로 이 방에 대한 약간의 비밀이오, 가니마르 경감. 예를 들어 이 가스 대롱은 통화관이오. 이 난로 속의 층계로 통해 있고, 벽은 텅 빈 굴이지요. 종횡무진 연결된 벨, 가니마르 경감, 이 단추를 눌러 보시오……."

경감이 단추를 눌렀다.

"무슨 소리가 들리지 않소?"

뤼뺑이 물었다.

"안 들리는데."

"나도 마찬가지요. 그러나 그것은 나의 공항장(空港長)에게 곧 우리를 공중높이 운반해 줄 애드벌룬을 준비하라는 명령이오."

"자, 그만!"

가니마르 경감이 말했다.

"바보짓은 어지간히 해두고 떠나세."

경감은 몇 걸음 걸어갔다. 부하들도 따랐다.
 그러나 뤼뺑은 꼼짝도 하지 않았다. 호위들이 떠밀었으나 헛일이었다.
 "여보게!" 가니마르 경감이 말했다. "가지 않겠나?"
 "절대로!"
 "그렇다면……."
 "하지만."
 "하지만 뭔가?"
 "가는 장소에 따라 다르지요."
 "유치장이다."
 "그렇다면 가지 않겠소. 유치장에는 볼일이 없으니까."
 "정신이 돌지 않았나?"
 "급한 약속이 있다고 미리 말해 두었을 텐데요."
 "아르센 뤼뺑!"
 "왜 그러시오, 가니마르 경감? 금발의 귀부인이 나를 기다리고 있소. 내가 그녀를 걱정하도록 만들어놓고 띠니는 것이 분별없는 짓이라고 생각지 않소? 신사로서 있을 수 없는 일이 아니오!"
 이러한 익살에 신경질이 나기 시작한 듯 경감이 말했다.
 "아르센 뤼뺑! 나는 자네에 대해 무던히 참아왔지만, 참는 데도 한도가 있네. 자, 따라와, 어서!"
 "아니, 나는 갈 수가 없소. 급한 약속이 있어 가봐야 하오."
 "무슨 일이 있어도?"
 "무슨 일이 있어도!"
 가니마르 경감이 신호를 했다. 두 명의 부하가 뤼뺑을 끌어안았다. 그런데 두 사람은 곧 비명을 지르며 뤼뺑에게서 떨어졌다. 아르센 뤼뺑이 두 손에 두 개의 바늘을 들고 그들을 찔렀던 것이다.

첫 번째 도전 금발의 귀부인 193

그러자 다른 경관들이 불같이 성이 나서 덤벼들었다. 그들의 증오가 마침내 폭발하여 동료를 위해 복수하고, 이런 모욕에 대해 보복하려고 앞을 다투어 때리고 걷어찼다. 무서운 일격이 뤼뺑의 관자놀이를 쳤다. 그는 쓰러졌다.

"죽이기라도 하면 용서하지 않는다!"

가니마르 경감이 노발대발 꾸짖었다.

그는 뤼뺑을 부축하려고 몸을 숙였다. 그러나 뤼뺑이 제대로 숨을 쉬는 것을 확인하자 발과 머리를 들라고 명령하고, 자신은 그의 허리를 받쳐주었다.

"조용히 옮기는 거야…… 흔들지 말고. 이런 무식한 친구들 같으니라구…… 하마터면 죽일 뻔했잖아. 뤼뺑, 몸은 어떤가?"

뤼뺑은 눈을 뜨고 투덜거렸다.

"생각이 둔하군요, 가니마르 경감. 나를 죽도록 내버려둔 채 보고 있다니."

"무슨 말을 하는가! 너무 고집을 부린 자네가 나쁘지!"

가니마르 경감이 힘없이 말을 계속했다.

"아프지 않나?"

층계참으로 나왔다. 뤼뺑은 신음 소리를 냈다.

"가니마르 경감, 엘리베이터를! 뼈가 부러질 것 같소……."

"좋은 생각이지. 훌륭한 생각이야." 경감은 찬성했다. "층계는 너무 좁거든…… 하는 수 없지."

경감은 뤼뺑을 엘리베이터에 올라오게 했다. 그리고 조심스럽게 그를 안에 태웠다. 가니마르 경감이 함께 올라타며 부하에게 말했다.

"같이 내려갈 테니, 자네들은 문지기방 앞에서 기다리고 있게. 알겠나?"

그는 문을 닫았다. 채 닫히기도 전에 외침 소리가 일어났다. 줄이 끊어진 풍선처럼 엘리베이터가 느닷없이 위로 올라간 것이다. 익살맞은 웃음이 터져나왔다.

"빌어먹을……!"

경감은 어두컴컴한 속에서 정신없이 아래로 내려가는 단추를 찾으며 부르짖었다.

그러나 결국 찾지 못하자 그는 다시 소리쳤다.

"6층이다! 6층 문을 조심해!"

경관들은 층계를 뛰어올라갔다. 그런데 이상한 일이 일어났다. 엘리베이터는 마지막 층의 천장을 꿰뚫기라도 한 듯 경관들의 눈에 보이지 않는데, 갑자기 맨 꼭대기 하인들 방 앞에 나타나 멈춰섰다. 세 사나이가 대기하고 있다가 문을 열었다. 그중 두 사람이 경감을 잡아눌렀다. 가니마르 경감은 깜짝 놀라 꼼짝도 못하고 저항하려고도 하지 않았다. 세 번째 사나이가 뤼뺑을 데리고 나갔다.

"미리 일러두었잖소, 가니마르 경감…… 애드벌룬이 준비되어 있을 거라고…… 이것도 당신 덕분이오. 그러니 다음부터는 너무 인정을 베풀지 않는 게 좋을 거요. 특히 알아두어야 할 점은, 아르센 뤼뺑은 여간한 이유가 없이는 붙잡히지 않는다는 것이오. 그럼, 잘 가시오!"

엘리베이터는 이미 문이 닫히고 가니마르 경감을 실은 채 아래로 내려가고 있었다. 일이 번갯불처럼 빨리 진행되었기 때문에 노경감은 곧 문지기방 옆에 있는 부하들과 함께 있게 되었다.

그들은 아무 말도 하지 않고 서둘러 가운뎃뜰을 가로질러 뒷층계로 올라갔다. 그것은 하인들 방으로 가는 유일한 통로로, 그리로 해서 도망쳤을 게 틀림없었다.

꼬부라지는 모퉁이가 몇 개나 있고, 양쪽에 번호를 붙인 작은 방이 늘어선 긴 복도 막바지에 문이 있었다. 그 문을 밀자 곧 열렸다. 문

안쪽에 즉 옆집에도 복도가 있었다. 거기에도 꼬부라지는 모퉁이가 몇 개나 있고, 역시 비슷한 방들이 늘어서 있었다. 막바지는 뒤층계였다. 가니마르 경감은 그곳으로 내려가서 가운데뜰과 현관을 지나 큰길 리코 거리로 뛰어나갔다. 그제야 노경감은 알았다. 이 두 채의 건물은 한데 붙어 있었고, 건물의 정면은 각각 평행으로 난 두 개의 서로 다른 큰길 쪽에 면해 있었으며, 그 간격이 서로 60미터 이상이나 떨어져 있었던 것이다.

그는 문지기방으로 들어가 명함을 보이며 말했다.
"지금 네 사나이가 지나갔지요?"
"네, 5층과 6층에 사는 하인 두 사람과, 그 친구 두 사람이 지나갔습니다."
"5층과 6층에 살고 있는 사람이 누구지요?"
"포베르 씨 가족과 그의 사촌인 프로보 씨입니다. 오늘 이사를 가고 남아 있던 사람은 그 두 하인뿐이었지요. 그 하인도 방금 나갔습니다."
가니마르 경감은 방 안에 있는 의자에 털썩 주저앉았다.
"아아! 아까운 기회를 놓쳤다! 일당이 모두 이곳에 살고 있었는데……"

40분쯤 지난 뒤 두 신사가 북부역에서 차를 내려 짐꾼을 데리고 칼레로 가는 급행열차 쪽으로 서둘러갔다.

두 신사 중 한 사람은 한쪽 팔을 붕대로 감아 가슴 앞에 드리우고, 얼굴이 창백하여 어딘지 건강이 신통치 못한 듯했다.
"어서, 왓슨. 기차를 놓치면 안 되네. 아아, 여보게. 나는 이 열흘 동안의 일을 결코 잊지 못할 걸세."
"나도 마찬가지라네."

"정말 멋진 투쟁이었어!"
"훌륭했네."
"가끔 귀찮은 일이 좀 있긴 했지만……."
"아주 대단찮은 일이었지."
"결국 나는 승리했네. 뤼뺑이 체포되었고, 푸른 다이아몬드를 도로 찾았으니까!"
"내 팔은 부러졌고!"
"이런 만족스러운 결과를 얻기 위해서라면 한쪽 팔쯤 문제가 아니지."
"특히 내 팔 따위야……."
"그렇지. 기억하고 있겠지만, 왓슨, 자네가 영웅처럼 괴로워하며 약국으로 들어간 바로 그때 나는 어둠 속을 인도해 주는 줄을 발견했던 걸세."
"정말 행운이었군!"
승강구의 문이 닫히기 시작했다.
"차에 올라주십시오, 손님 여러분. 어서 타십시오."
짐꾼은 비어 있는 차칸으로 뛰어올라와 그물선반에 짐을 올려놓았다. 홈즈는 불행한 왓슨을 부축하고 있었다.
"왓슨, 어떻게 된 건가? 하는 수 없군…… 기운을 내게!"
"기운은 있지만……."
"그럼 뭔가?"
"한쪽 팔밖에 쓰지 못하기 때문에……."
"그게 어쨌다는 건가! 시시한 말은 그만두게. 마치 자네 혼자 그런 변을 당한 것처럼 말하는군. 전보는 어떻게 되었나? 자, 이제 대단한 일은 없을 걸세." 홈즈는 유쾌한 듯이 소리쳤다.
그는 짐꾼에게 50상팀을 내밀었다.

"이걸 받아두게."

"고맙습니다, 홈즈 씨."

영국인은 눈을 들었다. 그는 아르센 뤼뺑이었다.

"당신은…… 당신은……."

홈즈는 깜짝 놀라 외쳤다.

왓슨은 무슨 일인지 확인하려는 듯한 몸짓으로 한쪽 손을 내두르면서 낮게 말했다.

"당신은 체포되었다고 홈즈 씨가 말했는데…… 당신과 헤어졌을 때 가니마르 경감과 30명의 부하가 당신을 둘러싸고 있었다고……."

"그럼, 내가 배웅도 하지 않고 실례할 줄 알았소? 서로 그토록 정답게 지냈었는데 말이오! 그건 터무니없는 생각이오, 나를 뭘로 알고 있는 거요?"

기적이 울렸다.

"이제 그만 됐소, 그런데 불편한 일은 없으십니까, 홈즈 씨? 담배는? 성냥은?…… 그렇지, 저녁신문은? 홈즈 씨, 당신이 조금 전 나를 체포한 공로에 대한 기사가 자세히 나와 있더군요. 자, 그럼, 또…… 만나게 되어서 기쁩니다, 정말 기쁩니다. 만일 내가 해드릴 수 있는 일이 있다면 정말 다행이겠습니다……."

그는 플랫폼으로 뛰어내리고 문을 닫았다.

"안녕히……." 아르센 뤼뺑은 손수건을 흔들었다. "안녕히 가시오, 편지하겠습니다. 당신도 편지해 주시겠지요? 그리고 왓슨 씨, 부러진 팔은 어떻습니까? 두 분 모두 소식 전해주십시오…… 가끔 엽서라도…… 주소는 '파리 시 뤼뺑'이라고 적으면 됩니다. 우표도 필요없습니다……. 안녕히…… 그럼 머지않아 또 봅시다……."

두 번째 도전 유대 램프

제1장

셜록 홈즈와 왓슨은 큰 난로 양쪽에 앉아 코크스가 타오르는 훈훈한 불 쪽으로 다리를 뻗고 있었다.

홈즈의 은테두리를 두른, 브라이어 나무뿌리로 만들어진 짤막한 파이프의 불이 꺼졌다. 그는 재를 털어버리고 다시 담배를 채워 불을 붙여 문 다음, 실내복 자락을 무릎 위로 걷어올렸다. 그리고는 파이프를 천천히 빨면서 작은 연기 고리를 솜씨 좋게 천장으로 뿜어 올렸다.

왓슨은 그를 바라보고 있었다. 마치 난로 앞 방석에 몸을 웅크리고 있는 개처럼 동그란 눈을 깜빡이지도 않고 무언가 몸짓이 있기만을 바라는 눈초리로 지켜보고 있었다. 홈즈는 침묵을 깨뜨리고 입을 열 것인가? 지금 생각하고 있는 비밀을 털어놓아 자신을 묵상의 왕국으로 들어가게 해줄 것인가? 왓슨에게는 그 왕국으로 들어가는 일이 금지되어 있는 것처럼 생각되었지만.

홈즈는 잠자코 있었다. 왓슨은 용기를 내어 말했다.

"요즘은 참 조용하군. 흥미 있는 사건도 전혀 없고."

홈즈는 더욱 고집스럽게 침묵을 지켰다. 그의 담배연기 고리가 점점 더 또렷한 동그라미를 그리고 있었다. 왓슨이 조금만 더 눈치가 빨랐다면, 지금 홈즈가 모처럼 머릿속을 텅 비운 채, 담배연기와 함께 깊은 만족감을 들이마시고 있다는 것을 알아차렸으리라. 맥이 풀린 왓슨은 자리에서 일어나 창문 옆으로 다가갔다.

집들의 어둠침침한 정면, 추적추적 비를 뿌리고 있는 우중충한 하늘 아래 큰길이 기다랗게 가로놓여 있었다. 마차가 한 대 지나갔다. 또 한 대. 왓슨은 그 번호를 수첩에 적었다. 혹시 소용이 있을지도 모른다.

"아아, 우편배달부로군!" 왓슨은 소리쳤다.

우편배달부는 하인의 안내를 받으며 들어왔다.

"등기가 두 통입니다. 서명해 주십시오."

홈즈는 영수증에 서명하고 우편배달부를 문까지 배웅한 다음 편지 하나를 뜯으면서 돌아왔다.

잠시 뒤 왓슨이 말했다.

"무척 기쁜 모양이군, 홈즈."

"이 편지에 아주 흥미 있는 부탁이 적혀 있어. 자네는 일을 하고 싶어했는데, 한 가지 일거리가 생겼네. 읽어보게……."

왓슨은 편지를 읽었다.

   삼가 올립니다.
   당돌하지만 당신의 경험에 도움을 청하고자 합니다. 나는 중대한 물건을 도난당한 희생자인데, 지금까지 조사해 본 결과 실마리조차 찾을 수 없습니다.
   이 사건에 대해 신문에 실렸던 기사들을 동봉합니다. 그리고 만일 당신이 사건 조사를 맡아주신다면, 나의 집을 숙소로 제공해 드리겠습니다. 서명한 수표를 동봉하오니 여비로 필요하다고 생각되는 금액을 써넣어 주시기 바랍니다.

　전보로 회답을 주시면 고맙겠습니다. 끝으로 나의 심심한 경의를 받아들여주시기 바랍니다.

뮈리오 거리 18번지
빅토르 당블바르 남작

"흐음……." 홈즈가 입을 열었다. "이건 좋은 징조일세…… 파리로 작은 여행을 하게 되었군. 잘됐네. 아르센 뤼뺑과 기막힌 솜씨를 겨룬 뒤 파리에 갈 기회가 없었는데 말일세. 좀 조용한 가운데 그 나라 서울을 구경하는 것도 나쁘지는 않겠지."

　홈즈는 수표를 네 쪽으로 찢었다. 그리고 팔이 아직 회복되지 않은 왓슨이 파리에 대해 욕을 하고 있는 동안 편지 한 통을 또 뜯었다.

　그의 얼굴에 곧 불쾌한 표정이 떠올랐다. 읽고 있는 동안 이마에 주름이 잡혔다. 그는 편지를 마구 구겨 똘똘 뭉치더니 난폭하게 방바닥에 내던졌다.

"뭔가? 왜 그러나, 홈즈?"

왓슨이 깜짝 놀라며 외쳤다. 그는 구겨진 종이뭉치를 집어 주름을 펴서 읽기 시작했는데, 그 내용에 더욱 놀라지 않을 수 없었다.

　친애하는 홈즈 씨

　당신에 대한 나의 존경과 관심을 당신은 잘 알고 계십니다.

　그런데 솔직히 말씀드리지만, 당신이 협력을 요청받은 이번 사건에는 절대로 관계하지 말아주시기 바랍니다. 당신이 개입하게 되면 큰 곤란이 생길 테고, 당신의 모든 노력도 비참한 결과로 끝날 테니까요. 그리고 당신은 모든 사람들 앞에서 자신의 패배를 고백하지 않을 수 없게 될 것입니다. 나는 우정의 이름으로 당신이 그러한 굴욕을 당하지 않기를 진심으로 바라며, 아울러 쾌적한 난롯가에 그대로 앉아 계시기를 간절히 바라는 바입니다.

왓슨 씨에게도 안부 전해 주시기를 바라며, 삼가 경의를 표합니다.

아르센 뤼뺑

"아르센 뤼뺑!"
왓슨이 어쩔 줄 몰라하며 중얼거렸다.
홈즈는 주먹으로 테이블을 내리쳤다.
"또 귀찮게 굴기 시작하는군, 그 짐승 같은 녀석이! 그는 나를 어린아이로 취급하고 있어! 모든 사람 앞에서 패배를 고백하게 될 거라고! 나는 그 녀석에게서 푸른 다이아몬드를 빼앗았었네!"
"그는 겁을 먹고 있는 걸세." 왓슨이 듣기 좋은 말을 했다.
"무슨 말을 하나! 아르센 뤼뺑은 절대로 두려워하지 않는다네. 그 증거로써 나를 이렇게 부추기고 있지 않나!"
"그런데 당블바르 남작이 편지를 보낸 사실을 그가 어떻게 알았을까?"
"그걸 내가 어찌 알겠나? 정말 바보 같은 질문을 하는군, 왓슨!"
"나는 혹시 자네가……."
"내가 마술사라도 된다는 이야기인가?"
"아니, 그런 게 아닐세. 하지만 나는 자네가 기적을 행하는 것을 보았으니까!"
"누구도 기적을 행하지는 않네……. 나도 다른 누구도. 나는 깊이 생각하고 추리하여 결론을 내릴 뿐일세. 결코 점을 치지는 않아.

점이란 바보들만이 하는 짓이니까."

왓슨은 야단맞은 충견처럼 겸손한 태도를 취했다. 그리고 바보가 되지 않기 위해 홈즈가 어째서 방 안을 초조하게 왔다갔다하는지 점치지 않으려고 애썼다. 그러나 홈즈가 벨을 울려 하인을 부른 다음 여행가방을 준비시키자——아무튼 이것은 확실한 사실이다——왓슨은 깊이 숙고하고 추리한 결과 홈즈가 여행을 떠난다는 결론을 내릴 권리가 자기에게도 있다고 생각했다.

"홈즈, 자네 파리로 가려는 거지?"

"그럴지도 모르지."

"그것은 당블바르 남작을 위해서라기보다 오히려 아르센 뤼뺑의 도전에 응하기 위해서겠지?"

"그럴지도 모르지."

"홈즈, 나도 같이 가겠네."

"아니, 여보게, 왓슨!" 홈즈는 왔다갔다하던 걸음을 멈추고 큰소리로 밀했다. "그럼, 자네는 왼팔이 오른팔과 같은 운명을 겪게 될 것이 두렵지 않단 말인가?"

"어찌되었든 자네가 가니까."

"말이 장하군. 호걸이 따로 있겠나! 그럼, 그 신사에게 이처럼 불손한 태도로 결투를 신청한 것은 잘못된 일이라는 것을 보여주세. 자, 서두르게, 왓슨. 곧 기차를 타야 하네."

"남작이 보낸 신문 스크랩은 그냥 두고?"

"필요없네!"

"전보를 쳐야 하지 않겠나?"

"아니, 그런 짓을 하면 뤼뺑이 알게 되네. 절대로 안 돼. 이번에는 정신 바짝 차리지 않으면 안 되네, 왓슨!"

그날 오후, 두 사람은 도버에서 배를 탔다. 항해는 쾌적했다. 칼레에서 파리로 가는 급행열차 안에서 홈즈는 3시간 동안 잠을 폭 잤다. 한편 왓슨은 차칸 문간에서 감시하며 멍청한 눈초리로 생각에 잠겨 있었다.

홈즈는 좋은 기분으로 눈을 떴다. 아르센 뤼뺑과 또다시 실력대결을 하게 되었음을 생각하니 우쭐해졌다. 그는 기쁨을 마냥 즐기려는 사람처럼 만족한 표정으로 두 손을 마주 비볐다.

"마침내 활약을 하게 되었군!"

왓슨이 외쳤다. 그리고 그도 역시 만족한 표정으로 손을 비볐다.

역에 도착하자 홈즈는 여행용 외투를 들고, 여행가방을 든 왓슨——각자 자기 짐을 들고 있었다——과 함께 차표를 건네준 다음 힘차게 밖으로 나갔다.

"좋은 날씨로군, 왓슨. 햇빛이 밝게 비치는데! 파리는 언제나 우리를 환영한단 말야."

"사람들이 굉장히 많군."

"더욱 잘됐네, 왓슨. 사람들 눈에 띌 염려가 없으니까. 이런 혼잡 속에서는 아무도 우리를 알아보지 못할 걸세."

"홈즈 씨 아니신가요?"

홈즈는 좀 어리둥절해서 발길을 멈추었다. 대체 누가 그의 이름을 알고 있을까?

한 여자가 옆에 서 있었다. 젊은 여자로서 산뜻한 옷차림을 하여 윤곽이 또렷이 돋보였다. 아름다운 얼굴에 불안하고 괴로운 표정이 떠올라 있었다.

여자는 되풀이해서 물었다.

"홈즈 씨지요?"

홈즈는 속으로 당황했으나 습관적인 신중함으로 잠자코 있자 여자가 세 번째 물었다.

"당신은 홈즈 씨지요?"
"왜 그러십니까?"
홈즈는 수상한 듯한 눈초리로 아주 못마땅하게 말했다.
여자는 그의 앞을 가로 막아섰다.
"내 말을 들어주세요. 중요한 일이에요. 당신은 뮈리요 거리로 가는 길이지요?"
"뭐라고요?"
"알아요…… 알고 있어요. 뮈리요 거리 18번지. 그런데 안돼요, 홈즈 씨, 가시면 안돼요. 반드시 후회하실 거예요. 이렇게 말씀드린다고 해서 나에게 무슨 딴 생각이 있다고 생각지는 말아주세요. 진심에서 우러나와 말씀드리는 거예요."
홈즈는 여자를 밀어젖히려고 했으나 그녀는 버티었다.
"제발 부탁이에요. 가지 말아주세요! 아아, 어떻게 하면 내 마음을 이해하실 수 있을까요? 나를 보세요, 내 눈을. 진심이에요…… 신실을 말씀드리는 거예요."
여자는 안타깝게 눈을 들었다. 가라앉은 맑고 아름다운 눈, 그것은 영혼 그 자체를 비추고 있는 듯했다. 왓슨은 고개를 끄덕였다.
"아가씨는 정말 진실을 말하는 것 같군요."
"물론이에요. 믿어주세요!" 여자는 애원했다.
"당신의 말을 믿습니다, 아가씨." 왓슨이 말했다.
"정말 기뻐요! 홈즈 씨도 내 말을 믿어주시겠지요? 네, 틀림없이 믿어주실 거예요! 정말 기뻐요. 이제 모든 일이 잘될 거예요. 역시 내가 생각한 대로였군요. 20분 뒤 칼레로 가는 기차가 있어요. 그걸 타주세요…… 빨리, 두 분이 함께요. 이쪽이에요, 시간이 없어요."
여자는 홈즈를 잡아끌려고 했다. 홈즈는 여자의 팔을 붙잡고 될 수 있는 한 목소리를 부드럽게 하면서 말했다.
"실례지만 아가씨, 당신의 희망대로 할 수는 없습니다. 나는 계획한 일을 결코 포기하지 않습니다."
"부탁이에요, 부탁이에요, 홈즈 씨! 만일 아시게 된다면……."
홈즈는 그녀의 말은 들은 척도 하지 않고 재빨리 걸어가기 시작했다.
왓슨이 여자에게 말했다.
"안심하십시오, 홈즈 씨는 철저하게 해냅니다. 지금까지 실패한 적이 없지요."
그리고 그는 곧 홈즈의 뒤를 쫓아 달려갔다. 바로 그때였다!

　셜록 홈즈 대 아르센 뤼뺑

길을 걸어가던 두 사람의 눈앞에 커다랗게 쓴 검은 글씨가 보였다. 두 사람은 가까이 다가가 보았다. 샌드위치맨들이 쇠를 박은 무거운 지팡이를 손에 들고 박자를 맞춰 보도를 울리면서 걷고 있었다. 그들의 등에는 다음과 같이 쓴 커다란 포스터가 늘어져 있었다.

셜록 홈즈 대 아르센 뤼뺑의 대결. 영국 선수 도착함. 명탐정 셜록 홈즈 뮈리요 거리의 수수께끼와 씨름. 자세한 것은 〈에코 드 프랑스〉 신문을 보시라!

왓슨이 머리를 내둘렀다.
"홈즈, 우리는 비밀리에 일을 한다고 자신하고 있었는데, 이러다간 뮈리요 거리에 경찰이 기다리고 있고 공식 환영회에서 건배를 들게 될지도 모르겠군."

"자네의 재치는 가끔 터무니없단 말이야." 홈즈가 내뱉듯이 말했다.

홈즈는 그 사나이들 가운데 한 사람에게로 다가갔다. 억센 팔로 그 사나이를 혼내주고, 그와 포스터를 산산조각으로 부숴버리고 싶었던 것이 분명하다. 그러나 이미 군중들이 포스터 주위에 모여 있었다. 사람들은 농담을 하기도 하고 웃기도 했다.

"언제 고용되었나?" 홈즈는 치미는 분노를 억누르면서 그 사나이에게 물었다.

"오늘 아침이오."

"걷기 시작한 것은?"

"1시간 전."

"포스터는 자네가 준비한 게 아니겠지?"

"물론이지요…… 아침에 가게에 나와보니 다 만들어져 있더군요."

그렇다면 아르센 뤼뺑은 홈즈가 도전에 응해 오리라는 것을 미리 알고 있었던 셈이다. 뿐만 아니라 뤼뺑의 편지를 보면 그가 이 싸움을 바라고 있었다는 것, 다시 경쟁상대와 맞붙게 되리라 예상하고 있었다는 것을 분명히 알 수 있었다. 어째서일까? 어떤 동기가 그로 하여금 다시 싸움을 벌이게 한 것일까?

홈즈는 다시금 망설였다. 이처럼 오만한 태도를 취하는 것으로 보아 뤼뺑은 승리를 확신하고 있음에 틀림없다. 그렇다면 이런 식으로 성급하게 달려들다가는 함정에 빠지는 결과가 되지 않을까? 그러나 홈즈는 기운을 내어 외쳤다.

"왓슨, 서두르세. 어이, 마부. 뮈리요 거리 18번지로!"

그리고 그는 핏줄을 돋구며 마치 권투라도 하듯 주먹을 불끈 쥐고 마차에 올라탔다.

뮈리요 거리 양쪽에는 웅장한 저택들이 들어서 있었는데, 그 뒤쪽으로 몽소 공원이 내다보였다. 그 저택들 가운데 가장 훌륭한 집이 18번지에 우뚝 솟아 있었다. 그곳에서 아내와 아이들과 함께 살고 있는 당블바르 남작은 예술가답게, 그리고 백만장자답게 아주 호화로운 세간살이를 갖추고 있었다. 본관 앞에는 잘 가꾸어진 뜰이 있고, 그 양쪽에 별관이 달려 있었으며, 뒤쪽 정원의 나무들은 몽소 공원의 나무들과 가지가 서로 맞닿아 있었다.

두 영국인은 벨을 누른 다음 하인의 안내를 받으며 가운데뜰을 지났다. 하인은 두 사람을 별채에 면한 작은 응접실로 안내했다.

두 사람은 의자에 앉아 방 안 가득한 귀중품들을 한 바퀴 둘러보았다.

"굉장하군." 왓슨이 중얼거렸다. "취미와 공상…… 이런 정도의 물건을 찾아낼 여가가 있는 사람들은 상당한 나이임에 틀림없어…… 한 50살 정도……."

왓슨의 말이 끝나기도 전에 방문이 열리고 당블바르 남작이 부인과 함께 들어왔다.

왓슨의 짐작과는 달리 두 부부는 젊고 품위 있는 사람들로 말투며 태도가 점잖았다. 그들은 무척 고맙다고 말했다.

"친절을 베풀어주셔서 정말 고맙습니다. 수고를 끼쳐드려서 뭐라 드릴 말씀이 없군요. 하지만 귀찮은 일이 생겨 오히려 기쁠 정도입니다. 아무튼 그 일로 해서 만나 뵙게 되었으니 말입니다."

'프랑스 인들은 어쩌면 이렇게 애교가 있을까!' 왓슨이 심각한 관찰이라도 하듯 생각했다.

"그런데 시간은 돈이라고 하더군요." 남작은 목소리를 높였다. "당신의 경우는 특히 더 그러시겠지요, 홈즈 씨. 그러니까 곧 본론으로 들어갑시다. 당신은 이 사건에 대해 어떻게 생각하십니까? 해결이 날 것으로 여기십니까?"

"해결을 위해서는 어떤 사건인지 먼저 알아야 하겠지요."
"모르고 계십니까?"
"네, 모릅니다. 그러니 사정을 자세히 설명해 주셨으면 합니다. 대체 어떻게 된 일입니까?"
"도난사건입니다."
"언제 일이었지요?"
"지난주 토요일입니다." 남작이 대답했다. "토요일에서 일요일에 걸친 밤이었습니다."
"그럼, 엿새 전이군요. 자, 들어봅시다."
"미리 말씀드려 두겠습니다만, 아내와 나는 신분상 필요한 생활양식에 따르고 있기는 하지만, 별로 외출은 하지 않습니다. 아이들 교육과 손님접대와 집 안 청소…… 이것이 우리들의 생활입니다. 그리고 우리는 거의 매일 밤 이 방에서 지냅니다. 이것은 아내의 방으로, 이 방에는 미술품도 얼마쯤 모아두고 있지요. 그런데 지난주 토요일 밤 11시쯤, 언제나처럼 나는 전등을 끄고 아내와 함께 침실로 들어갔습니다."
"침실은 어디 있지요?"
"문 저쪽입니다. 이튿날, 그러니까 일요일에 나는 아침 일찍 일어났습니다. 쉬잔——아내의 이름입니다만——이 아직 자고 있었기 때문에 나는 깨우지 않으려고 될 수 있는 한 조용히 이 방으로 왔습니다. 그런데 창문이 열려 있어서 깜짝 놀랐습니다. 전날 밤에 분명 닫아두었기 때문이지요!"
"하인은……."
"아침에 우리가 벨을 누르기 전에는 아무도 이 방에 들어오지 않습니다. 그리고 나는 언제나 주의하여 대기실에 붙어 있는 이 두 번째 문에다 빗장을 질러두지요. 그러므로 창문은 밖에서 연 것이 틀림없습니다. 거기에는 증거도 있습니다. 오른쪽 창문 걸쇠 옆의 두 번째 유리가 잘라져 있었습니다."
"그리고 이 창문은?"
"이 창문은 보시다시피 돌난간에 둘러싸인 작은 테라스 쪽으로 나 있습니다. 여기는 2층이라서 본관 뒤뜰과 몽소 공원 경계의 철책이 보이지요. 그러므로 도둑은 몽소 공원으로 와서 사다리로 철책을 넘어 테라스까지 올라왔음에 틀림없습니다."
"틀림없다고요?"
"철책 양쪽 화단의 부드러운 흙에서 사다리 자국이 발견되었고, 테라스 밑에도 같은 자국도 있었습니다. 그리고 돌난간에는 도둑이 낸 것으로 보이는 긁힌 자국이 두 군데 있었습니다."
"몽소 공원은 밤에 닫아두지 않습니까?"
"네, 그리고 14번지에 건축 중인 저택이 있기 때문에 그곳으로 해서 쉽게 들어올 수 있었을 겁니다."
셜록 홈즈는 잠깐 생각하고 있더니 이윽고 이야기를 꺼냈다.
"도둑맞은 이야기로 넘어갑시다. 그러니까 이 방에서 범행이 있었던 거로군요?"
"그렇지요. 이 12세기 성모상과 은으로 된 성궤 사이에 작은 유대 램프가 있었는데, 그것이 없어졌습니다."
"그것뿐입니까?"
"네, 그것뿐입니다."
"그런데 그 유대 램프라는 것은 무엇입니까?"
"옛날에 사용된 구리로 만든 램프입니다. 램프대와 기름을 넣는 받침접시로 되어 있습니다. 그 받침접시에는 심지를 넣는 구멍이 두세 개 나 있지요."
"말하자면 그다지 큰 가치는 없는 물건이로군요."

"대단한 가치는 없습니다만, 거기에는 귀중품을 숨겨둘 만한 곳이 있어 우리는 언제나 그 속에 귀한 보석을 넣어두었지요. 루비와 에메랄드를 박은 순금으로 된 괴상한 짐승의 조각인데, 굉장히 값비싼 것입니다."

"어째서 거기에 그런 물건을 넣어두셨지요?"

"별로 이렇다 할 이유는 없습니다. 다만 그렇게 숨기는 것이 재미있었기 때문에……."

"그 사실을 아무도 모르고 있겠지요?"

"물론입니다."

"그것을 훔쳐간 범인 말고는 말이지요." 홈즈가 이의를 주장했다. "그렇지 않다면 일부러 그 유대 램프를 훔쳐가지는 않았을 테니까요."

"물론이지요. 하지만 그 램프의 비밀장치를 우리가 안 것은 우연한 일이었는데, 도둑이 그것을 어떻게 알았을까요?"

"똑같은 우연이 누군가에게——댁의 하인이나 친지——그것을 일러주었을지도 모릅니다. 자, 이야기를 계속하십시오. 경찰에 신고는 하셨겠지요?"

"물론 신고했습니다. 예심판사가 나와서 조사했습니다. 큰 신문사의 형사사건 담당기자도 나왔었지요. 그러나 편지에서 말씀드린 대로 사건이 해결될 가망성은 전혀 없는 것 같습니다."

홈즈는 일어나서 창문 쪽으로 다가가 창틀과 테라스와 난간을 조사하고 확대경으로 돌의 긁힌 자국을 살펴본 다음 당블바르 남작에게 정원 안내를 부탁했다.

밖으로 나오자 홈즈는 버드나무 의자에 앉아 건물 지붕을 멍하니 바라보았다. 그러더니 갑자기 벌떡 일어나 두 개의 작은 상자 쪽으로 걸어갔다. 그 상자는 사다리의 다리가 테라스 밑에 남긴 흔적을 고스란히 보존하기 위해서 덮어둔 것이었다. 그는 상자를 치운 다음 땅바닥에 무릎을 꿇고 등을 굽혀 코를 땅바닥에서 20센티미터 떨어진 곳까지 가져가 정성들여 조사하고 치수를 쟀다. 철책에서도 같은 조사를 했는데, 그쪽은 간단히 끝났다.

"끝났습니다."

두 사람은 함께 당블바르 부인이 기다리고 있는 방으로 돌아왔다.

홈즈는 잠시 말없이 있더니 마침내 입을 열었다.

"남작님, 당신이 처음 이야기를 꺼냈을 때부터 나는 이 범죄의 아주 간단한 측면을 알아차렸습니다. 사다리를 걸치고 창문 유리를 자르고 물건을 골라 도망치다니…… 일이란 그렇게 쉽게 진행되는 게 아니지요. 그건 너무 간단하고 너무 분명합니다."

"그래서요?"

"유대 램프는 아르센 뤼뺑의 지휘 아래 도난당한 것입니다."

"아르센 뤼뺑!" 남작이 외쳤다.

"그러나 누가 외부에서 침입한 것도 아니고, 뤼뺑 자신이 직접 손을 대지도 않은 가운데 도난당한 것입니다. 경우에 따라서는 하인이 다락방에서 테라스로 내려왔을지도 모릅니다. 내가 뜰에서 바라본 빗물받이를 타고 말입니다."

"증거가 있습니까?"

"아르센 뤼뺑이 여기에 들어왔었다면 결코 빈손으로 이 응접실을 나가지는 않았을 것입니다."

"그럼, 램프는?"

"뤼뺑이라면 램프를 가져가면서 다이아몬드를 박은 이 담뱃갑과 오랜 오팔 목걸이를 가져가지 않았을 리가 없습니다. 손 한 번, 발 한 번 움직이는 수고만 하면 되니까요. 그걸 가져가지 않은 것은 가져갈 수 없었기 때문입니다."

"하지만 흔적이 남아 있잖습니까?"
"흔해빠진 연극이지요. 혐의를 다른 데로 돌리기 위한 연극입니다!"
"난간의 긁힌 자국은?"
"그것도 가짜입니다. 샌드페이퍼로 문질렀더군요. 보십시오, 이 샌드페이퍼 쪼가리는 내가 주운 겁니다."
"사다리에 의해 생긴 구멍은?"
"역시 가짜입니다. 테라스 밑에 있는 두 개의 네모난 구멍과 철책 옆에 있는 두 구멍을 조사해 보십시오. 모양은 비슷하지만, 이쪽은 평행으로 나 있는데 저쪽은 그렇지가 않습니다. 두 구멍 사이의 거리를 재어보십시오…… 두 곳이 서로 다릅니다. 테라스 밑의 것은 23센티미터지만 철책 옆의 것은 28센티미터쯤 됩니다."
"그래서 결론이 무엇입니까?"
"따라서 네 개의 구멍은 적당히 깎은 한 개의 나무 끝으로 만든 것입니다."
"그 나무가 있다면 중요한 증거가 되겠군요."
"이것입니다"
홈즈는 잘 다듬어진 나무토막을 내보이며 말했다.
"뜰에 있는 월계수 화분 밑에서 이것을 주웠습니다."
남작은 항복했다. 영국인이 이 집 안에 들어선 것은 40분 전의 일인데, 그때까지 명백한 사실의 증거로 믿어지고 있던 일들이 이제 모두 가짜로 드러나고 말았다. 그보다 훨씬 강력한 무언가가, 즉 셜록 홈즈 같은 사람의 추리에 기초를 둔 현실이 나타난 것이다.
"집 안에 있었던 사람들에게 혐의를 두는 것은 상당히 중대한 문제예요." 남작부인이 말했다.
"우리집 하인들은 옛날부터 일해 오고 있어서 우리를 배신할 사람은 한 명도 없어요."

"만일 누군가가 배신하지 않았다면…… 당신들이 보낸 편지와 같은 날에, 그것도 같은 배달부에 의해 이 편지가 전달된 사실을 어떻게 설명하시겠습니까?"

홈즈는 아르센 뤼뺑에게서 온 편지를 남작부인에게 건네주었다. 당블바르 부인은 어이없는 표정을 지었다.

"아르센 뤼뺑…… 어떻게 알았을까요?"

"당신은 편지에 대해 아무에게도 말하지 않으셨지요?"

"아무에게도 말하지 않았습니다"

남작이 대답했다.

"이건 우리가 전날 밤 식사하던 중 생각해 낸 일이었습니다."

"그때 하인들이 곁에 있었습니까?"

"우리 아이들 둘뿐이었습니다. 그리고…… 아니, 소피와 앙리에트는 이미 자리에 없었지, 쉬잔?"

당블바르 부인은 잠시 생각에 잠겨 있더니 분명히 말했다.

"네, 그애들은 선생님한테 가 있었어요."

"선생님?" 홈즈가 물었다.

"가정교사인 알리스 드망 양입니다."

"그녀는 함께 식사를 하지 않습니까?"

"네, 자기 방에서 혼자 하지요."

"셜록 홈즈 씨 앞으로 낸 편지는 우체통에 넣으셨겠지요?" 왓슨이 문득 생각난 듯이 말했다.

"물론입니다."

"누가 그 편지를 부쳤습니까?"

"20년 동안이나 심부름을 하고 있는 도미니크입니다." 남작이 대답했다. "이 방면은 아무리 조사해 봐야 시간낭비일 겁니다."

"조사는 결코 시간낭비가 되지 않습니다."

왓슨이 엄숙하게 말했다.

첫조사가 끝나자 홈즈는 물러나왔다.

그리고 1시간 뒤 저녁 식사 때, 홈즈는 당블바르 부부의 아이들 소피와 앙리에트를 보았다. 8살과 6살의 귀여운 아이들이었다. 식탁에서는 이야기가 별로 나오지 않았다. 남작부부의 상냥한 물음에 대해 홈즈가 퉁명스럽게 대답하자 그들은 곧 입을 다물고 말았다. 커피가 나왔다. 홈즈는 찻잔을 비우더니 벌떡 일어났다.

그때 하인 하나가 들어와서 그에게 온 전보를 내밀었다. 홈즈는 전보를 뜯어 읽었다.

심심한 경의를 표합니다. 당신이 짧은 시간에 얻은 성과는 놀라운 것입니다. 나도 깜짝 놀랐습니다.

아르센 뤼뺑

홈즈는 초조한 듯한 몸짓으로 전보를 남작에게 보여주었다.

"당신 집 벽에 귀와 눈이 붙어 있다는 것을 아셨겠지요?"

"까닭을 모르겠군요."

남작은 어이없는 듯 중얼거렸다.

"나도 마찬가지입니다. 그러나 내가 알 수 있는 것은, 이 댁에서의 일거일동이 그에게 모조리 알려지고 있다는 사실입니다. 단 한 마디라도 그에게 들리지 않도록 할 수는 없나봅니다."

그날 밤 왓슨은 할 일을 다 하고 이제 자는 일밖에 남지 않은 사람의 편안한 마음으로 자리에 누웠다. 그는 곧 잠에 빠졌다. 그리고 자기 혼자 뤼뺑을 뒤쫓아 직접 체포하게 되는 멋진 꿈을 꾸었다. 그 뒤

쫓는 느낌이 너무도 생생하여 그는 문득 잠에서 깼다.
 누군가가 그의 침대를 더듬고 있었다. 왓슨은 권총을 집어들었다.
 "뤼뺑, 움직이면 쏜다!"
 "아니 왓슨, 뭘하는 건가?"
 "홈즈! 무슨 일이지?"
 "자네의 눈이 필요한 걸세. 어서 일어나게……."
 그는 왓슨을 창 옆으로 데리고 갔다.
 "보게, 철책 저쪽을……."
 "공원 안 말인가?"
 "그렇지, 아무것도 안 보이는가?"
 "안 보이는데."
 "아니, 뭔가 보일 걸세."
 "아아, 그래. 사람 그림자가…… 둘이군."
 "틀림없지? 철책에 달라붙어…… 움직이고 있네…… 무척 빨리."
 그들은 난간을 잡고 손으로 더듬으면서 뜰 층계에 면한 방에 와닿았다. 그리하여 창유리 너머로 같은 장소에서 두 사람의 그림자를 다시 확인했다.
 "이상한데……."
 홈즈가 말했다.
 "집 안에서 무슨 소리가 나는 것 같군."
 "집 안에서? 그럴 리가! 모두들 자고 있네!"
 "하지만 잘 들어보게……."
 그때 가벼운 휘파람 소리가 철책 쪽에서 들렸다. 그리고 본관 쪽에서 새어나가는 듯한 희미한 불빛이 보였다.
 "당블바르 부부가 불을 켠 것이 틀림없네."
 홈즈가 중얼거렸다.

"이 위는 그들 부부의 침실이니까."
"아마 그들의 소리겠지. 그들이 철책을 감시하고 있는 모양일세."
두 번째 휘파람 소리가 보다 또렷하게 들렸다.
"도저히 알 수가 없군."
홈즈가 초조하게 말했다.
"나도 모르겠네."
왓슨이 고백했다.
세 번째 휘파람 소리가 좀더 세게 다른 가락으로 울렸다. 그러자 그들 머리 위에서 소리가 커지며 부산스러워졌다.
"응접실 테라스 위에서 나는 것 같군."
홈즈가 속삭였다.
그는 문틈으로 머리를 내밀었다. 그러나 곧 머리를 끌어당기면서 욕설을 참았다. 그들 바로 옆 테라스 난간에 사다리가 벽에 기대어 걸쳐져 있었다.
"에잇, 빌어먹을!" 홈즈가 말했다. "응접실에도 누가 있네! 소리는 거기서 난걸세. 얼른 사다리를 떼어내세!"
그러나 이때 그림자 하나가 위에서 아래로 미끄러져 내려오더니 사다리를 떼어냈다. 사나이는 그것을 가지고 급히 같은 패가 기다리고 있는 철책 쪽으로 달려갔다. 홈즈와 왓슨도 단숨에 뛰었다. 사나이가 철책에 사다리를 걸치는 순간 그를 덮쳤다. 저쪽에서 두 방의 총소리가 울렸다.
"맞았나?" 홈즈가 외쳤다.
"아니." 왓슨이 대답했다.
왓슨은 사나이를 붙들고 잡아누르려 했다. 그러나 사나이는 뒤돌아보며 한 손으로 그를 붙잡고 다른 한 손에 든 단도로 그의 가슴 한복판을 찔렀다. 왓슨은 비명을 지르며 비틀비틀 쓰러졌다.

"죽일 생각이라면 내가 죽여주지." 홈즈가 외쳤다.

그는 왓슨을 잔디밭에 눕히고 사다리로 돌진했다. 그러나 때가 늦었다. 사나이는 이미 사다리를 기어올라가 같은 패의 도움을 받아 덤불 속으로 달아나고 말았다.

갑자기 현관문이 열렸다. 맨 앞에 당블바르 남작이 나타나고, 이어서 하인들이 촛불을 들고 나왔다.

"뭡니까! 어떻게 된 겁니까?" 남작이 외쳤다.

"왓슨 씨가 다쳤습니까?"

"조금 스친 정도입니다." 홈즈는 자신의 생각이 맞기를 바라며 상처를 살피기 시작했다.

왓슨은 피를 많이 흘려 얼굴이 납덩이 같았다.

20분 뒤, 의사는 단도 끝이 심장에서 4밀리미터 되는 곳에서 멈추었음을 확인했다.

"심장에서 4밀리미터! 나의 친구 왓슨은 언제나 운이 좋단 말이야!" 홈즈가 부러운 듯한 말투로 결론을 지었다.

"운이 좋았어…… 운이 좋았소……." 의사가 중얼거렸다.

"이처럼 튼튼한 체격이라면 곧 회복되겠지요?"

"6주일간의 절대안정과 2개월의 정양이 필요합니다."

"그보다 더 오래 걸리지는 않겠지요?"

"합병증만 없다면."

"당치도 않습니다! 합병증이라니요!"

완전히 마음을 놓은 홈즈는 응접실에 있는 남작에게로 갔다. 이번에는 수수께끼의 침입자도 전처럼 조심스럽지 않았다. 그는 뻔뻔스럽게도 다이아몬드를 박은 담뱃갑과 오팔 목걸이, 그리고 여느 도둑들이 호주머니에 넣을 만한 모든 물건에 손댄 것이다.

창문은 활짝 열려 있었으며, 창문유리가 한 장 깨끗이 잘려나갔다.

새벽 무렵쯤 대강 조사해 보니 사다리는 건축 중인 저택에서 가지고 온 것으로, 범인의 행적을 그대로 나타내 보여주고 있었다.
"그러니까 유대 램프를 훔쳐갔을 때와 아주 똑같은 수법이군요."
당블바르 남작이 얼마쯤 익살스럽게 말했다.
"그렇습니다, 경찰에서 내린 최초의 해석을 그대로 인정한다면 말입니다."
"그럼, 당신은 아직도 인정하지 않는다는 말씀이군요? 두 번이나 똑같은 일이 일어났는데도 생각이 달라지지 않았습니까?"
"달라지지 않았을 뿐만 아니라 본디 생각을 확신하게 되었습니다."
"그럴 리가! 어젯밤 침입이 외부에서 행해졌다는 확실한 증거가 있는데도 당신은 유대 램프가 집 안에 있는 누군가에 의해 도둑맞았다는 주장을 고집하십니까?"
"집 안에 있는 누군가의 짓입니다."
"그렇다면 한 번 설명해 보십시오."
"설명 같은 건 굳이 하지 않겠습니다. 다만 두 가지 사건이 겉으로 보기에는 서로 관계가 있다는 것은 인정합니다. 하지만 나는 이 두 사건을 서로 다른 것으로 판단하여 연결짓는 끈을 찾을 생각입니다."
홈즈의 믿음이 너무도 확고하고, 그의 행동 방법이 너무도 강력한 이유에 근거를 둔 것 같아 마침내 남작도 굴복했다.
"좋습니다, 서장에게 알립시다."
"아니, 안 됩니다!"
영국인이 무섭게 소리쳤다.
"절대로 안 됩니다! 나는 그들의 도움이 필요할 때 말고는 알리지 않을 작정입니다."
"하지만 총을 쏘지 않았습니까?"

"상관없습니다."

"친구분은?"

"친구는 조금 다쳤을 뿐입니다. 의사에게 다른 말을 하지 않도록 부탁해 주십시오. 나는 당국에 대해 모든 책임을 지겠습니다."

이틀 동안은 아무 일없이 지나갔다. 그러나 그동안 홈즈는 세심한 주의를 기울여 그 대담한 침입을 생각하며 더없이 상한 자존심을 누르고 일을 계속했다. 그 침입은 홈즈의 눈앞에서 행해졌는데도 그는 그것을 막을 수가 없었던 것이다. 그는 지칠 줄 모르고 저택과 뜰을 조사했으며 하인들에게 캐물었다. 그리고 부엌과 마구간에서 오랜 시간을 보냈다. 그 결과 아무런 단서도 얻지 못했으나 용기를 잃지는 않았다.

'꼭 찾아낼 것이다.' 그는 생각했다. '그것도 여기서 찾아내리라. 금발의 귀부인 사건 때처럼 목표도 없이 찾아헤매거나, 알지 못하는 길로 해서 알지 못하는 목표에 가 닿을 수는 없다. 이번에는 현장 그 자체에서 찾아내야 한다. 적은 신출귀몰하는 뤼뺑만이 아니라, 이 집안에 살면서 거침없이 돌아다니고 있는 놈의 공범이다. 손톱만큼의 단서만 있어도 충분하다.'

유대 램프 사건을 명탐정 홈즈의 천재력을 가장 결정적으로 보여준 사건의 하나로 만들고, 놀라울 만큼 교묘하게 사건의 결론을 끌어낼 수 있도록 한 단서를 그에게 제공해 준 것은 우연이었다.

사흘째 되는 날 오후, 홈즈가 응접실 위 아이들 공부방으로 쓰이는 한 방에 들어가보니 막내 앙리에트가 있었다. 앙리에트는 가위를 찾고 있었다.

"난 말이에요." 어린아이는 홈즈에게 말했다. "어젯밤 아저씨한테 온 것과 같은 종이를 만드는 거예요."

"어젯밤?"

"네, 저녁 식사를 하고 났을 때 위에 띠가 붙은 종이가 왔었잖아요 …… 전보 말이에요. 나는 지금 그걸 만드는 거예요."

앙리에트는 방을 나갔다. 다른 사람이라면 이런 말을 어린아이의 귀여운 기억에 지나지 않는다고 생각했을 것이다. 홈즈도 흘려 듣고 다시 수사를 계속했다. 그런데 문득 그 마지막 말에 정신이 번쩍 들어 곧 아이의 뒤를 쫓았다. 층계 위에서 꼬마를 붙잡고 그는 말했다.

"그럼, 너도 종이 위에 띠를 붙이겠구나?"

앙리에트는 아주 자랑스럽게 말했다.

"그럼요, 글자를 오려내어 붙이는 거예요."

"그 놀이를 누구에게서 배웠지?"

"선생님한테서…… 선생님이 그렇게 하는 걸 보았어요. 신문의 글자를 오려내어 붙이는 거예요."

"그것으로 무얼 만들지?"

"전보나 편지를 만들어서 보내요."

셜록 홈즈는 이 비밀 이야기가 그게 마음에 걸려 공부방으로 돌아와 그것이 뜻하는 바를 알아내려고 애썼다.

난로 위에 신문다발이 있었다. 홈즈가 그것을 펴보자 과연 글자며 선(線)이 얌전히 잘라내어져 있었다. 그러나 앞뒤 글자를 읽어보니 그것은 분명 앙리에트가 아무렇게나 오려냈음을 알 수 있었다. 신문다발 속에는 가정교사가 직접 오려낸 것도 틀림없이 있을 것이다. 그러나 어떻게 확인할 것인가?

홈즈는 테이블 위에 쌓여 있는 교과서를 기계적으로 넘겼다. 그리고 벽장에 놓여진 책들도. 갑자기 그는 환성을 질렀다. 벽장 한쪽 구석에 쌓여 있는 묶은 장부 밑에 아이들의 그림책이 한 권 있었다. 그것은 그림이 들어 있는 초등교과서로, 한 페이지만 떨어져 나갔음을 알았다.

그는 곧 펼쳐보았다. 그것은 요일이 나열된 그림책이었다. 월요일, 화요일, 수요일…… 토요일이 없다! 그런데 유대 램프를 도둑맞은 것은 토요일 밤이었다. 홈즈는 가슴이 뛰는 것을 느꼈다. 이것은 곧 사건의 핵심에 부딪쳤음을 아주 똑똑히 알려주는 단서였다. 이러한 진상의 파악과 확신에 대한 흥분이 그를 속인 적은 한 번도 없었다.

흥분에 들뜨면서도 신념을 가지고 그는 그림책을 서둘러 넘겼다. 조금 뒤쪽에서 또 다른 놀라움이 그를 기다리고 있었다.

그 페이지에는 알파벳 대문자가 나란히 있고, 이어서 숫자가 한 줄로 씌어져 있었다.

그중 아홉 개의 대문자와 세 개의 숫자가 정성들여 잘려나가고 없었다. 홈즈는 그것을 자기 수첩에 적었다.

그러자 다음과 같은 결과가 나타났다.

CDEHNOPRZ—237

"흠흠……."
홈즈는 불만스럽게 중얼거렸다.
"얼른 보아서는 그다지 의미가 없는 것 같군."
이 글자를 배합시키면 뭔가 뜻 있는 단어가 되지 않을까?
홈즈는 이것저것 시도해 보았으나 헛일이었다.

그에게 있어 중요하다고 생각되는 해결이 꼭 한 가지 있었다. 몇 번이나 시도해본 결과 마침내 그 해결이 연필 끝에서 나타났다. 홈즈는 바로 그것이 올바른 해결이라고 생각했다. 사실의 줄거리와도 들어맞았고, 일반적인 사정과도 맞았다.

그 페이지에는 알파벳 대문자가 하나씩밖에 나와 있지 않았으므로 단어는 불완전한 것이 될 수밖에 없었다. 따라서 다른 페이지에서 오려낸 글자로 보완할 수 있었을 것이다. 아니, 확실히 그랬을 것이다. 그러고 보면 수수께끼는 다음과 같이 꾸며지게 된다.

REPOND Z—CH—237

맨 첫단어가 'Répondez(답장을 바란다)'임은 분명하다. E가 하나 빠진 것은 이미 써버렸기 때문에 모자랐던 것이다.

두 번째의 불완전한 단어는 237이란 숫자와 함께, 발신인이 수신인에게 주소를 알려주는 말임에 틀림없다. 먼저 토요일이라는 날짜를 결정하고, 'CH 237'이라는 주소로 대답을 요구한 것이다.

'CH 237'은 보관우편물의 암호거나, 아니면 'CH'란 불완전한 단어의 일부분일지도 모른다. 홈즈는 다시 그림책을 넘겼다. 다음 페이지에는 잘라낸 부분이 없었다. 그러므로 새로운 사태가 일어나기 전까지는 이 설명에 따르지 않으면 안 된다.

"재미있지요?" 앙리에트가 돌아와 있었다.

"응, 재미있구나! 그런데 종이가 좀더 없을까? 오려낸 글자가 있으면 나도 붙이고 싶은데."

"종이?……없어요. 그리고 선생님한테 혼나요."

"혼나?"

"네, 나는 벌써 혼났어요."

"왜?"

"내가 아저씨에게 말했기 때문에…… 선생님은 좋아하는 사람들의 이야기를 함부로 하면 안 된다고 하셨어요."

"암, 그렇고말고."

앙리에트는 자기 말을 옳다고 하자 무척 기쁜 모양이었다. 너무도

두 번째 도전 유대 램프

좋은 나머지 앙리에트는 핀으로 옷에 찔러놓은 작은 주머니 속에서 헝겊조각과 단추 세 개, 각사탕 두 개, 그리고 종이 한 장을 꺼내어 홈즈에게 주었다.

"이걸 드릴게요."

종이는 합승마차의 번호표 8279호였다.

"어디에 있었지, 이 번호는?"

"선생님의 지갑에서 떨어졌어요."

"언제?"

"일요일 교회에 가서 헌금을 꺼낼 때."

홈즈는 당블바르 남작을 찾아가 가정교사에 대해 자세히 물었다. 남작은 깜짝 놀랐다.

"알리스 드망 양을…… 당신은 혹시…… 그럴 리가……."

"언제부터 여기서 근무하게 되었지요?"

"겨우 1년 전부터지만, 나는 그녀처럼 차분하고 믿을 수 있는 사람은 없다고 생각합니다."

"어째서 나는 아직 그녀를 만날 수 없었지요?"

"이틀쯤 집에 없었습니다."

"지금은?"

"돌아왔다가 친구분을 간호해 주고 싶다면서…… 간호사로서도 만점이지요, 상냥하고 이해심 많고…… 왓슨 씨도 기뻐하는 것 같았습니다."

"아, 그랬군요!"

홈즈는 친구의 상태를 묻는 것을 깜박 잊고 있었던 것을 깨달았다. 그는 깊이 생각하며 물었다.

"그런데 일요일 아침 그녀는 외출했습니까?"

"도둑맞은 이튿날 말입니까?"

"그렇습니다."

남작은 부인을 불러서 물었다.

"선생님은 늘 그랬던 것처럼 아이들을 데리고 11시 예배에 갔습니다." 부인이 대답했다.

"그 전에는?"

"그 전에는 외출하지 않았어요. 하지만 나는 도둑맞은 일로 정신이 없었기 때문에…… 그러나 일요일 아침에 외출하고 싶다고 말했던 것은 기억하고 있어요. 파리에 온 사촌여동생을 만나겠다면서. 설마 그녀에게 혐의를 두는 건 아니겠지요?"

"물론입니다. 그러나 한 번 만나보고 싶군요."

홈즈는 왓슨의 방으로 올라갔다. 간호사 복장처럼 기다란 회색 가운을 걸친 여자가 환자 위로 몸을 굽히고 마실 것을 먹여주는 참이었다. 그녀가 돌아다볼 때 홈즈는 북부역 앞에서 자신에게 말을 건 여자임을 알았다.

두 사람 사이에는 아무 실명도 오가지 않았다. 알리스 드망 양은 조금도 당황하지 않고 차분하고 아름다운 눈으로 상냥하게 미소지었다. 영국인은 뭔가 말을 꺼내려다가 입을 다물었다. 그러자 여자는 새로 일을 시작했다. 놀라는 홈즈의 눈앞에서 태연히 돌아다니며 병을 흔들기도 하고 붕대를 다시 간 다음, 또다시 밝은 미소를 그에게 보냈다.

그는 발길을 돌려 아래로 내려갔다. 가운데뜰에 멈춰 서 있는 당블바르 남작의 자동차를 보자 곧 차에 올라 루발로아에 있는 합승마차 주차장으로 달리게 했다. 주소는 앙리에트에게서 얻은 마차표에 쓰여 있었다. 일요일 아침에 8279호 마차를 몬 마부 뒤프레가 없어 그는 자동차를 돌려보내고 교대시간까지 기다렸다.

마부 뒤프레의 이야기에 따르면 틀림없이 몽소 공원 근처에서 한 여자 손님을 태웠는데, 제비꽃을 든 검은 옷의 젊은 여자로 몹시 서두르는 것 같았다고 한다.

"짐을 가지고 있었소?"

"네, 상당히 긴 꾸러미였습니다."

"어디로 갔지요?"

"테른 거리의 생 페르디낭 광장 모퉁이로 갔습니다. 그녀는 10분쯤 거기에 있다가, 곧 몽소 공원 근처로 돌아갔습니다."

"테른 거리의 그 집을 기억하고 있겠지요?"

"그럼요, 안내해 드릴까요?"

"다음에 부탁하겠소. 먼저 오르페부르 강가 36번지로 갑시다."

그는 경시청에서 운 좋게도 가니마르 주임경감을 만날 수 있었다.

"가니마르 씨, 시간 좀 있으십니까?"

"뤼뺑의 일이라면 헛수고입니다."

"뤼뺑의 일입니다."

"그렇다면 거절하겠습니다."

"뭐라고요! 단념하는 겁니까?"

"나는 불가능한 일은 단념합니다. 질 것이 뻔한 싸움은 질색입니다. 비겁하다든지 어리석다든지 아무렇게나 생각해도 좋습니다. 그런 건 아무렇지도 않으니까요! 뤼뺑을 당해낼 수는 없습니다. 그러니까 항복할 수밖에 없는 겁니다."

"나는 항복하지 않소."

"뤼뺑은 아마 당신도 항복하도록 만들 겁니다."

"이건 틀림없이 당신이 기뻐할 구경거리라고 생각합니다만……."

"알겠소이다. 헛수고라도 괜찮다면 갑시다." 가니마르는 솔직하게 말했다.

두 사람은 마차를 탔다. 그의 명령으로 마부는 아까 말한 그 집에서 조금 앞쪽, 큰길 반대쪽에 있는 작은 찻집 앞에 멈췄다. 두 사람은 찻집 테라스의 월계수와 참빗살나무 사이에 앉았다. 해가 저물어가고 있었다.

홈즈는 종업원에게 필기도구를 갖다달라고 부탁하여 뭔가 쓴 다음 다시 종업원을 불렀다.

"이 편지를 맞은편 집 문지기에게 전해주게. 저 대문 아래에서 담배를 피우고 있는 베레모의 사나이가 문지기일 걸세."

문지기가 찾아왔다. 가니마르 경감이 신분을 밝히자 홈즈는 일요일 아침에 검은 옷을 입은 젊은 여자가 찾아오지 않았느냐고 물었다.

"검은 옷의 젊은 여자요? 네, 9시쯤…… 3층으로 갔었습니다."

"자주 옵니까?"

"아니오. 하지만 요즘은 가끔 옵니다. 최근 보름 동안에는 거의 날마다 왔었지요."

"일요일 이후에는?"

"오늘 빼고 꼭 한 번 왔었습니다."

"아니, 지금 와 있소?"

"네."

"흐음……."

"10분쯤 전에 왔습니다. 언제나처럼 마차가 생 페르디낭 광장에서 기다리고 있지요. 그 여자와는 대문 아래에서 마주쳤습니다."

"3층에 사는 사람은 누구지요?"

"두 사람 있습니다. 양장점에 다니는 랑제 양과 두 달 전부터 그 맞은편의 두 방을 빌려쓰고 있는 블레송이라는 이름을 가진 남자입니다."

"어째서 '이름을 가진'이라고 말하지요?"

"내가 생각하기에 아무래도 가명인 듯해서 말입니다. 내 아내가 방 청소를 해주고 있는데, 같은 머리글자가 붙은 와이셔츠가 두 장도 없다고 합니다."

"뭘하며 지내지요?"

"대개는 밖에 나가 있습니다. 벌써 사흘이나 돌아오지 않는군요."

"토요일 밤에는 돌아왔소?"

"토요일 밤이요? 글쎄요…… 토요일 밤에는 돌아와 아무데도 나가지 않았습니다."

"어떤 사람이지요?"

"글쎄요, 뭐라고 말할 수가 없군요. 아주 이상한 사람입니다. 커졌다 작아졌다, 뚱뚱해졌다 호리호리해졌다, 밤색 머리가 되었다 금발이 되었다…… 그래서 늘 다른 사람인 줄 안다니까요."

가니마르 경감과 홈즈는 얼굴을 마주 보았다.

"그 녀석이오." 경감이 중얼거렸다. "틀림없이 그 녀석이야."

노경감은 한순간 불안한 마음에 사로잡혔다. 그것은 하품과 불끈 쥔 주먹으로 나타났다.

홈즈도 역시——그 정도는 아니었으나——마음이 긴장되는 것을 느꼈다.

"저기 보십시오!" 문지기가 말했다. "그녀가 나오는군요."

과연 가정교사가 현관 앞에 나타나 광장을 가로질러갔다.

"이번에는 블레슨 씨입니다."

"블레슨 씨? 어느 쪽이오?"

"꾸러미를 들고 있는 사람입니다."

"하지만 그는 여자를 모르는 체하는군요. 그녀는 혼자 마차에 올랐소."

"그야 둘이 함께 있는 것을 본 적이 한 번도 없었으니까요."

두 사람은 서둘러 일어났다. 가로등 불빛에 보니 뤼뺑의 모습이 서둘러 광장 반대쪽으로 멀어져가고 있었다.

"어느 쪽을 미행하겠소?" 가니마르 경감이 물었다.

"물론 저 사나이 쪽이지요! 큰 물건이니까요."

"그럼, 나는 여자를 미행하겠소." 경감이 다시 말했다.

"아니, 그럴 필요없소." 영국인은 힘주어 말했다. 그는 사건을 가니마르 경감에게 알리고 싶지 않았던 것이다. "그녀가 있는 곳은 내가 알고 있소…… 나와 함께 가주시오."

두 사람은 거리를 두고, 또 지나가는 사람과 신문팔이의 그늘을 가끔 이용하면서 뤼뺑을 미행하기 시작했다. 쉬운 미행이었다. 뤼뺑은 뒤돌아보지도 않고 오른쪽 다리를 조금 끌면서 빠른 걸음으로 걷고 있었다. 다리는 아주 조금 절었기 때문에 노련한 눈으로 관찰하지 않으면 모를 정도였다.

"저 녀석은 절름발이 흉내를 내고 있군요."

가니마르 경감이 말했다. 그는 얼른 덧붙여 말했다.

"아아, 경관을 두세 사람 데리고 와서 저 녀석을 붙잡을 수 있었으면 좋겠는데, 놓칠까 걱정이군."

그러나 테른 성문 앞에 갈 때까지 경관은 한 사람도 눈에 띄지 않았다. 이제 성문을 나서면 지원은 전혀 기대할 수 없다.

"서로 떨어집시다."

홈즈가 말했다.

"이곳은 지나가는 사람이 적으니까."

그곳은 빅토르 위고 대로였다. 그들은 양쪽 보도로 나뉘어 가로수를 따라 나아갔다.

이리하여 20분쯤 가자 뤼뺑은 왼쪽으로 꼬부라져 센 강을 따라 걷기 시작했다. 거기서 두 사람은 뤼뺑이 강가로 내려가는 것을 보았다. 잠깐 동안 그가 무얼 하고 있는지 알 수가 없었다. 이윽고 그는 언덕을 올라와 되돌아섰다. 두 사람은 얼른 기둥에 달라붙었다. 뤼뺑은 두 사람 앞으로 지나갔다. 이제 꾸러미는 들고 있지 않았다.

뤼뺑이 멀어져가자 다른 사나이가 집 모퉁이에서 나타나 가로수 사이에 숨었다.

"저 사나이도 뤼뺑을 미행하는 모양이오." 홈즈가 낮은 목소리로 말했다.

"그렇소. 올 때도 본 듯한 느낌이 드는군요."

다시 미행이 시작되었는데, 그 사나이 때문에 귀찮게 되었다. 뤼뺑은 같은 길을 되돌아와 다시 테른 성문을 지난 다음 생 페르디낭 광장의 집으로 돌아갔다.

문지기가 문을 닫을 때 가니마르 경감이 나타났다.

"그 사람을 보았겠지요?"

"네, 층계에 있는 가스등을 끌 때 그 사람이 문의 빗장을 걸었습니다."

"그 밖에 아무도 없소?"

"네, 없습니다. 하인도…… 집에서 식사를 하지 않기 때문에……."

"뒷층계는 없소?"

"없습니다."

가니마르 경감이 홈즈에게 말했다.

"가장 간단한 방법은 내가 뤼뺑의 방문을 지키고, 당신이 드므르 거리의 서장을 부르러 가는 겁니다. 내가 편지를 써주겠소."

"그 동안에 달아나면……." 그러나 홈즈가 반대했다.

"내가 있잖소!"

"1대 1로는 상대가 안 됩니다."

"그러나 나에게는 가택수색을 할 권리가 없소. 특히 지금은 밤인데다……."

"뤼뺑을 체포한다는데 그 정황에 대해 시비할 사람은 없습니다. 그리고 단순히 벨을 누르기만 하면 됩니다. 그러면 어떻게 되는지 알겠지요." 홈즈는 목을 움츠리며 대꾸했다.

두 사람은 올라갔다. 층계참 왼쪽에 여닫이문이 있었다. 가니마르 경감이 벨을 눌렀다. 대답이 없었다. 그는 다시 벨을 눌렀다. 아무도 나오지 않았다.

"들어갑시다." 홈즈가 속삭였다.

"그럽시다."

그러나 두 사람은 망설여지는 듯 움직이지 않았다. 결정적인 행동을 할 때면 누구나 다 그렇듯이 그들도 선뜻 행동하기가 두려웠던 것이다. 그리고 그들에게는 문득 아르센 뤼뺑이 이처럼 가까이 주먹으로 치면 부서질 듯한 어설픈 문 뒤에 있을 리가 없을 것 같은 느낌이 들었다. 두 사람 다 이 괴물 같은 인간을 잘 알고 있었기 때문에 그렇게 간단히 붙들 수 있으리라고 생각되지 않았던 것이다. 아니, 그는 이미 여기에 없을 것 같았다. 옆집이나 지붕의 잘 준비된 출구를 통해 도망쳤을 게 틀림없다. 그렇다면 이번에도 역시 뤼뺑이 벗어버린 빈 껍데기를 덮치는 격이 될 것이다.

두 사람은 몸을 떨었다. 방문 안쪽에서 난 어렴풋한 소리가 침묵을 깨뜨렸다. 그리하여 두 사람은 그가 저 얇은 나무판자 뒤에서 자기들에게 귀를 기울이며 형편을 살피고 있다는 인상 아니, 확신을 갖게 됐다.

어떻게 할까? 상황은 비극적이었다. 노련한 탐정으로서의 침착성도 어디로 갔는지 그들은 흥분으로 당황했다. 심장의 고동이 들리는 것만 같았다.

가니마르 경감이 눈짓으로 홈즈에게 신호를 보냈다. 그리고 그는 주먹을 불끈 쥐고 무섭게 문을 두들겼다.

이번에는 발소리가 들렸다. 감추려고도 하지 않는 발소리가……

가니마르 경감이 문을 잡아흔들었다. 홈즈는 무서운 기세로 몸을 들이받아 부숴버렸다.

두 사람은 방 안으로 뛰어들었다.

그러나 곧 우뚝 서고 말았다. 옆방에서 총소리가 한 방 울린 것이다. 이어서 또 한 방, 그리고 사람이 쓰러지는 소리가 들렸다.

두 사람이 들어가보니 사나이는 난로 대리석에 얼굴을 묻고 쓰러져 있었다. 꿈틀꿈틀 경련을 일으키며, 손에서 권총이 미끄러져 떨어졌다.

가니마르 경감이 몸을 굽혀 죽은 사나이의 머리를 잡아 돌렸다. 얼굴이 피투성이였다. 볼과 관자놀이의 큰 상처에서 피가 계속 흘러나오고 있었다.

"얼굴을 알아볼 수 없군." 경감이 중얼거렸다.

"그러나 뤼뺑은 아니오." 홈즈가 말했다.

"어떻게 압니까? 살펴보지도 않는데." 영국인은 차가운 웃음을 지었다.

"그럼, 아르센 뤼뺑이 자살할 사람이라고 생각하시오?"

"하지만 밖에서 볼 때는 그렇고 생각되었는데……"

"우리가 엉뚱한 생각을 하고 있었기 때문에 그렇게 보인 겁니다. 우리는 당황하고 있었던 거지요."

"그럼, 이 사나이는 같은 패인 모양이군……"

"아르센 뤼뺑의 부하는 자살 같은 걸 하지 않습니다."

"그럼, 이 사나이는 누구요?"

두 사람은 사나이를 조사했다. 홈즈는 그의 호주머니에서 빈 지갑을 발견했다. 가니마르 경감은 다른 호주머니에서 금화를 찾아냈다.

속옷에는 아무 표시도 없었다. 겉옷에도 마찬가지였다.

큰 트렁크 한 개와 여행가방이 두 개 있었는데, 그 속에는 옷가지뿐이었다. 난로 위에 신문다발이 있었다. 가니마르 경감은 그 신문다발을 펼쳤다. 어느 신문에나 유대 램프 도난사건 기사가 실려 있었다.

1시간 뒤 가니마르 경감과 홈즈는 방을 나왔다. 그러나 그때까지도 자살한 사나이의 신원은 전혀 밝혀지지 않았다.

대체 어떤 사람인가? 왜 자살했을까? 유대 램프 사건과는 어떤 관계가 있을까? 외출 중에 이 사나이의 뒤를 미행한 것은 누구일까? 이것저것 모두 복잡한 문제, 복잡한 수수께끼였다.

셜록 홈즈는 몹시 기분이 언짢은 채 잠자리에 들었다. 아침에 일어나자 그는 곧 속달편지를 받았다.

아르센 뤼뺑은 블레슨이라는 이름으로 사망했음을 알려드리며, 6월 25일 목요일, 국고금으로 치르는 장례식에 참석해 주시기를 바라는 바입니다.

제2장
"여보게, 왓슨."

홈즈는 아르센 뤼뺑의 속달을 보여주면서 말을 이었다.

"이 사건에서는 그 극악무도한 신사에게 언제나 감시받고 있는 것 같아 그만 기가 질려버리는군. 나 혼자 생각하고 있는 것까지 그 녀석은 다 알아차리고 있어. 마치 배우의 일거일동이 엄격한 연출로 정해져 있어서 감독의 말을 따라 행동할 수밖에 없는 것처럼 말일세. 알겠나, 왓슨?"

왓슨은 만일 체온이 40도와 41도 사이를 오르내리며 깊은 잠에 빠져 있지만 않았다면 틀림없이 알아들었을 것이다. 그러나 홈즈는 그가 듣든 말든 상관하지 않고 이야기를 계속했다.

"의기소침해지지 않기 위해서는 모든 정력과 능력을 발휘시키지 않으면 안 되네. 다행스럽게도 나에게는 이런 하찮은 장난이 핀으로 찔린 것처럼 오히려 자극이 되지. 아픔이 가시고 상한 자존심이 아물면 나는 늘 이렇게 생각한다네…… 이봐, 농담도 정도껏 하는 게 좋아. 결국은 곧 본색이 드러나고 말 테니까. 왓슨, 최초의 전보로, 그리고 앙리에트에게 불어넣은 그런 생각으로 그가 알리스 드 망 양과 연락하고 있다는 사실을 나에게 알려준 것은 뤼뺑 자신이 아닌가?"

그는 친한 친구의 잠을 깨우려는 듯 발소리를 크게 내며 방 안을 왔다갔다했다.

"결국 순조롭게 되어가고 있는 걸세. 내가 찾아가는 길이 약간 어둡기는 하지만, 목표는 차츰 뚜렷해지기 시작했네. 우선 무엇보다도 블레슨의 신원을 밝혀내야 해. 센 강가의 블레슨이 꾸러미를 던진 곳에서 가니마르 경감과 만나기로 했다네. 거기서 이 사나이의 역할을 알게 되겠지. 다음은 알리스 드망 양을 상대로 하는 싸움일세. 하찮은 상대지. 안 그런가, 왓슨? 그리고 머지않아 그림책의 암호와 'C' 'H' 두 글자의 뜻을 알게 될 걸세. 아무튼 그것이 바로 수수께끼를 푸는 열쇠라네, 왓슨."

그때 가정교사가 들어왔다. 그녀는 홈즈가 시치미떼고 있는 것을 보자 공손히 말했다.

"홈즈 씨, 환자의 잠을 깨우면 안 돼요. 이분을 방해하지 말아주세요. 의사 선생님이 절대 안정을 명령하셨어요."

그는 첫날과 마찬가지로 너무도 침착한 그녀의 태도에 놀라 한 마디도 하지 못하고 멍하니 쳐다보고만 있었다.

"왜 그렇게 보시지요, 홈즈 씨? 아무것도 아니라고요? 아니에요, 당신은 늘 무언가 숨기고 있는 것 같아요. 무슨 일이지요? 부디 말씀해 주세요."

여자는 밝은 얼굴로, 천진스러운 눈으로, 미소를 머금은 입으로, 몸짓 전체로, 마주잡은 두 손으로, 조금 앞으로 내민 듯한 상반신으로 그에게 물었다. 이 너무나도 정직해 보이는 모습에 영국인은 오히려 화가 치밀었다. 그는 옆으로 다가가서 낮은 목소리로 말했다.

"어젯밤 블레슨 씨가 자살했소."

여자는 잘 이해가 안 간다는 듯이 되풀이했다.

"블레슨 씨가 자살을 하다니요……?"

여자의 얼굴에는 정말로 아무런 긴장도 보이지 않았으며 시치미떼고 있는 표정도 없었다.

"벌써 알고 있었군요." 홈즈는 초조하게 말했다. "그렇지 않으면 적어도 깜짝 놀랄 텐데…… 아아, 보기와는 달리 당신도 대단한 사람이로군. 하지만 왜 숨기는 거요?"

그는 조금 전 옆테이블에 놓아둔 그림책을 집어들었다. 그리고 잘려나간 페이지를 펼쳤다.

"유대 램프를 도둑맞기 나흘 전 당신이 블레슨 씨에게 보낸 편지의 정확한 내용을 알려면 여기에서 없어진 글자를 어떤 순서로 늘어놓아야 되는지 일러주지 않겠소?"

"유대 램프? 블레슨 씨? 어떤 순서……?" 여자는 뜻을 알아내려는 듯 천천히 되풀이했다.

"그렇소, 이것을 사용하여 만든 글자 말이오. 이 페이지에서 잘라내어 블레슨 씨에게 뭐라고 전했지요?" 홈즈는 다시 힘주어 말했다.

"뭐라고 전했느냐고요?" 여자는 갑자기 웃기 시작했다. "그렇군요! 이제 알았어요! 그러니까 내가 공범인 셈이군요. 블레슨이라는 사람이 유대 램프를 훔치고 자살했는데, 내가 그의 친구라고…… 아아, 정말 재미있어요!"
"그렇다면 어젯밤 테른 거리에 있는 집 3층으로 누구를 만나러 갔었지요?"
"양장점에 다니는 랑제 양을 만났어요. 내 단골 양장점과 블레슨 씨가 무슨 관계라도 있다는 말씀인가요?"
홈즈는 아무래도 의심스러웠다. 사람은 남을 속이고, 겁나게 하고, 기쁘게 하고, 불안하게 만들기 위해 온갖 감정을 꾸며 보일 수가 있다. 그러나 무관심이나 행복에서 나오는 여유 있는 미소는 꾸밀 수가 없는 것이다.
홈즈는 끈질기게 말했다.
"마지막으로 한 마디만 더 묻겠소. 당신은 어제 왜 북부역에서 나에게 말을 걸었지요? 왜 이 사건에 손대지 말고 곧 돌아가라고 사정했지요?"
"아아, 당신은 너무 파고들기를 좋아하시는군요, 홈즈 씨!"
여자는 여전히 아주 자연스럽게 미소지으며 대답했다.
"그 별로 나는 아무 말씀도 드리지 않겠어요. 그리고 내가 약국에 갔다올 동안 환자를 보아주세요. 급한 처방이어서…… 곧 갔다오겠어요."
여자는 나갔다.
"또 당했군." 홈즈는 중얼거렸다. "저 여자에게서 아무것도 끌어내지 못했을 뿐만 아니라, 내 쪽에서 오히려 속을 드러내보이고 말았으니."
홈즈는 푸른 다이아몬드 사건에서 클로틸드 데탕쥐 양을 심문했던 때의 일이 생각났다. 금발의 부인…… 이 여자와 똑같이 명랑해 보이지 않았던가? 아르센 뤼뺑의 보호를 받으며 그의 직접적인 영향 아래 있는 여자, 위험이라는 불안 속에서도 놀랄 만한 냉정을 지니고 있는 여자와 다시금 또 맞닥뜨리지 않았는가?

"홈즈…… 홈즈……."

홈즈는 자기를 부르는 왓슨의 옆으로 가서 몸을 숙였다.

"왜 그러나, 왓슨? 괴로운가?"

왓슨은 입술을 움직였으나 말이 잘 되어나오지 않았다. 무척 애를 쓴 끝에 그는 토막토막 중얼거렸다.

"아니…… 홈즈…… 그 여자가 아닐세…… 그럴 리가 없어……. "

"무슨 말을 하는 건가? 나는 그 여자라고 생각하네. 뤼뺑의 조종을 받고 있는 여자를 상대로 어물어물하고 있다가는 터무니없는 봉변을 당할 걸세…… 지금 그 여자는 그림책에 대해 완전히 알고 있네…… 내 장담하지만, 1시간도 안 되어 뤼뺑에게 알려지고 말겠지. 1시간이 아니라 지금 당장! 약국이니 급한 처방이니 하는 것은 완전히 거짓말일세!"

그는 곧 뛰어나가 메신 거리에서 약국으로 들어가는 가정교사를 발견했다. 여자는 10분 뒤 흰송이에 싼 병을 들고 나왔다. 메신 거리를 되돌아오는 도중 뒤따라오던 한 사나이가 그녀에게 말을 걸었다. 그는 마치 동정을 구하듯 베레모를 손에 들고 비굴한 태도를 보였다.

여자는 걸음을 멈추고 선심을 베푼 다음 다시 걷기 시작했다.

"뭔가 이야기를 했군"

영국인은 중얼거렸다.

그것은 확인이라기보다 차라리 직관이었다. 너무도 강한 직관이었기 때문에 그는 계획을 바꾸었다. 그녀의 일은 내버려두고 가짜거지의 뒤를 밟기 시작했다.

그들은 앞서거니 뒤서거니 하며 생 페르디낭 광장에 닿았다. 사나이는 오랫동안 블레슨의 집 주위를 서성거리며 가끔 3층 창문을 올려다 보았다. 그는 집 안으로 들어가는 사람들을 감시하고 있는 듯했다.
 1시간쯤 지나자 사나이는 뇌일리로 가는 전차 2층 자리에 탔다. 홈즈도 전차에 올라 사나이의 조금 뒤쪽에 자리를 잡았다. 옆자리의 사나이는 신문을 펼쳐들어 얼굴을 가리고 있었다. 성문 있는 곳에서 신문이 미끄러져 떨어지기에 보니 가니마르 경감이었다. 그는 문제의 사나이를 가리키면서 귀엣말로 속삭였다.
 "어젯밤 그 사나이요, 블레슨을 미행하던 사나이…… 1시간 전에는 광장을 서성거리고 있었소."
 "블레슨 쪽에는 별다른 일이 없습니까?" 홈즈가 물었다.
 "오늘 아침 블레슨에게로 편지가 왔소."
 "오늘 아침? 그렇다면 그 편지는 발신인이 그가 죽었다는 것을 알지 못하고 어제 부친 거로군요."
 "그렇지요. 편지는 예심판사가 가지고 있소. 그 내용은 여기에 적어두었소."

 놈은 어떤 흥정에도 응하지 않는다. 첫 번째 것도 두 번째 것도 모두 요구하고 있다. 안 되면 행동한다.

 "서명은 없었소." 가니마르 경감이 덧붙였다. "이 내용만으로는 당신에게 별 도움이 되지 않겠지요?"
 "천만에요, 가니마르 씨. 이 몇 줄은 아주 흥미가 있다고 생각되오."
 "어째서지요?"
 "개인적인 이유로 말이오." 홈즈는 동료를 대할 때 보이는 언제나의 그 무뚝뚝한 태도로 대했다.
 전차는 샤토 거리 종점에서 멈췄다. 사나이는 전차를 내려 어슬렁 어슬렁 걸어갔다.
 홈즈가 너무 바싹 붙어 가므로 경감이 걱정했다.
 "뒤돌아보면 들킵니다."
 "지금은 뒤돌아보지 않을 겁니다."
 "그걸 어떻게 알지요?"
 "저 사나이는 아르센 뤼뺑과 한패입니다. 뤼뺑의 한패가 저렇게 호주머니에 두 손을 찌르고 걷는다는 사실은 첫째로 미행당하고 있음을 안다는 증거이고, 둘째로 아무것도 두려워하지 않는다는 증거입니다."
 "아무리 그래도 너무 가깝군요."
 "1분도 안 되어 훌쩍 놓쳐버리지 않기 위해서는 이것도 먼 셈이지요. 저 녀석은 자신만만합니다."
 "옳지, 됐어! 농담은 그만둡시다. 저기 찻집 앞에 자전거를 탄 경관 두 사람이 있는데, 내가 저들에게 명령하여 저 사나이를 잡게 한다면 어떻게 도망칠 수 있겠소?"
 "저 녀석은 그런 것쯤 아랑곳하지도 않을 기요. 그가 먼저 저들 두 경관에게 명령할 겁니다!"
 "제기랄!"
 가니마르 경감이 투덜거렸다.
 "아주 태연하군요!"
 과연 사나이는 경관들이 자전거를 타려는 순간 그들에게로 다가갔다. 그는 뭐라고 말하더니 찻집 벽에 세워져 있는 세 번째의 자전거를 집어타고서 두 경관과 함께 곧 달려갔다.
 영국인은 웃음을 터뜨렸다.
 "어떻소! 내가 말한 대로지요? 하나 둘 셋 하는 사이에 놓치고 말았잖소! 그것도 바로 당신 동료 두 사람에 의해 말입니다, 가니마르 씨. 아아, 저 사나이는…… 아르센 뤼뺑은 자전거 경찰을 용케 매수해 두고 있었소! 그가 태연자약했던 것도 당연하오."
가니마르 경감이 화를 내며 외쳤다.
"그래서 어떻게 했으면 좋다고 생각하오? 웃는 건 쉬운 일이오!"
"자, 성내면 안 됩니다. 복수를 하는 겁니다. 우선 지원이 필요합니다."
"포랑팡이 뇌일리 큰길 모퉁이에서 기다리고 있습니다."
"그렇다면 지금 곧 데리고 와주십시오."

가니마르 경감이 떠나자 홈즈는 자전거 바큇자국을 뒤쫓았다. 두 대는 줄무늬 타이어가 끼워져 있었으므로 바닥의 먼지에 뚜렷이 자국이 남아 있었다. 그리고 그 자국이 센 강 기슭으로 이어져 있다는 것, 3명이 전날 밤 블레슨이 갔던 방향과 같은 길로 꼬부라져들었다는 것을 알았다. 이리하여 홈즈는 그때 가니마르 경감과 함께 몸을 숨겼던 철책 있는 곳으로 갔다. 좀더 앞쪽에서 줄무늬 자전거 타이어 자국이 마구 뒤섞여 있음을 확인했는데, 그것은 여기서 멈췄다는 증거였다. 그 맞은편에 센 강으로 쑥 내밀어진 작은 둑이 있고, 그 끝에 작고 낡은 배가 매어져 있었다.

블레슨이 꾸러미를 던진 아니, 떨어뜨린 것은 바로 그곳이었다. 홈즈가 둑을 내려가 보니 기슭은 완만한 내리막으로 되어 있고 강물이 맑아, 꾸러미를 찾아내는 일쯤은 쉬울 것 같았다. 3명이 선수치지만 않았다면.

'아니야…….' 홈즈는 생각했다. '그들에게는 시간이 없었어…… 겨우 15분 정도인데, 그러나 어디로 사라졌을까?'

작은 배 안에는 낚시꾼이 한 사람 앉아 있었다.
홈즈가 물었다.
"자전거를 탄 세 사나이를 보지 못했습니까?"

낚시꾼은 머리를 가로저었다.

영국인은 끈질기게 물었다.

"그럴 리가…… 세 사람입니다. 이 근처에서 지금 막 멈췄을 텐데요……."

낚시꾼은 겨드랑이 밑에 낚싯대를 끼우고 호주머니에서 수첩을 꺼내어 뭔가 써서 종이를 찢어내더니 홈즈에게 내밀었다.

영국인은 오싹 소름이 끼쳤다. 그는 손에 든 종이 쪽지에서 한눈에 그 그림책에서 오려낸 글자의 줄을 알아보았던 것이다.

CDEHNOPRZEO—237

육중한 태양이 강 위를 비췄다. 사나이는 큰 밀짚모자로 햇빛을 가리고 웃옷과 조끼를 옆에 접어놓은 채 다시 일을 시작했다. 열심히 낚싯줄을 바라보고 있었다. 낚싯밥이 수면에 떠올라 있었다.

1분, 엄숙하고 무서운 1분이 지났다.

홈즈는 괴로울 만큼 불안한 마음으로 생각했다.

'그자일까?'

그때 문득 생각이 떠올랐다.

'녀석이다, 맞아! 불안에 떨지도 않고, 자신이 어떻게 될 것인지 두려워하지도 않고 이렇게 앉아 있을 수 있는 것은 뤼뺑밖에 없다…… 그리고 그 그림책 일을 다른 누가 알겠는가? 가정교사가 심부름꾼을 통해 알린 것이다.'

갑자기 영국인은 자신의 손이 권총 손잡이를 잡고 있음을, 자신의 눈이 상대방 사나이의 등——목 조금 아래쪽——을 바라보고 있음을 깨달았다. 손놀림 한 번으로 참극이 벌어지고, 괴상한 모험가의 일생은 비참하게 끝이 나는 것이다.

낚시꾼은 꼼짝도 하지 않았다.

홈즈는 총을 쏘아 끝장내고 싶은 흉포한 욕망을 가지고 그의 본성에 어울리지 않는 행위에 대한 무서운 공포를 느끼며 신경질적으로 무기를 꽉 움켜쥐었다. 총을 쏘면 죽는 것은 확실하다. 그것으로 끝장이다.

'아아, 녀석이 일어나 몸을 지켜주었으면 좋겠는데…… 그렇지 않으면 자업자득이다…… 앞으로 1초, 그리고 곧 쏘리라.'

이때 발소리가 나기에 돌아보니 가니마르 경감이 형사들과 함께 오고 있었다.

그러자 홈즈는 생각을 바꾸어 곧 배에 올라탔다. 그 바람에 밧줄이 끊어졌다. 홈즈는 사나이를 덮쳐 허리를 죄어 붙였다. 두 사람은 배 밑바닥으로 굴렀다.

"왜 이러오!" 뤼뺑이 몸부림치며 외쳤다. "이런 게 무슨 소용 있소? 누가 누구를 해치우든 끝나지는 않소! 당신이나 나나 아무 이득도 없소, 둘 다 손해볼 뿐이지!"

노가 두 개 물 위로 떨어졌다. 배는 물결에 떠내려갔다. 기슭에서는 외치는 소리가 뒤섞이고, 뤼뺑은 계속 지껄였다.

"이게 무슨 짓이오! 당신 미치지 않았소? 그 나이에 이런 바보 같은 짓을 하다니! 덩치값도 못하는 못난 사람!"

뤼뺑은 간신히 빠져나갔다. 홈즈는 악이 바쳐 호주머니에 손을 넣었다. 빌어먹을! 뤼뺑에게 권총을 빼앗기고 말았다.

갑자기 홈즈는 무릎을 꿇고, 기슭으로 되돌아가기 위해 노를 하나 집으려고 했다. 그러자 뤼뺑은 강 복판으로 나가기 위해 다른 노를 한 개 집어들었다.

"노를 가지든 가지지 않든 아무 소용이 없소." 뤼뺑이 말했다. "당신이 노를 잡으면 내가 방해해서 못쓰게 할 테고, 당신도 마찬가지겠지요. 세상 사람들은 무작정 발버둥을 칩니다. 결정권은 언제나 운명이 쥐고 있는데…… 자, 운명이란 바로 이거요! 운명은 뤼뺑의 편으로 결정되었소! 내가 이긴 거요. 물의 흐름이 나에게 유리하니까!"

과연 배는 강 한가운데로 떠내려갔다.

"주의하시오!"

뤼뺑이 소리쳤다.

누군가가 기슭에서 권총을 겨누고 있었다. 뤼뺑은 머리를 숙였다. 요란한 소리가 울리며 두 사람 가까이에서 물보라가 튀어 올랐다. 뤼뺑은 커다랗게 웃음을 터뜨렸다.

"아아, 가니마르 경감이로군! 하지만 그건 서투른 짓이오, 경감. 당신도 정당방위가 아닌 한 총을 쏠 권리는 없소……. 대체 이 가엾은 뤼뺑이 당신으로 하여금 모든 의무를 잊게 할 만큼 화를 돋구었단 말이오?…… 아니, 또 쏘는군. 안됐지만 당신은 우리의 친애하는 홈즈 씨를 쓰러뜨리고 말게 될 거요."

그는 자기 몸으로 홈즈를 가렸다. 그리고 배 안에 우뚝 서서 가니마르 경감을 바라보며 외쳤다.

"좋아! 이제 아무렇지도 않으니까 겨냥을 하시오, 경감! 심장 한복판인가? 더 위쪽…… 왼쪽…… 실패! 솜씨가 서투르군. 또 한 방…… 아니, 떨고 있군요, 경감. 잘 겨누어서 침착하게 쏘아야지. 하나, 둘, 셋, 쏘시오! 또 실패! 대체 정부는 장난감 권총을 준 건가?"

그는 길쭉하고 묵직한 권총을 꺼내 겨냥도 하지 않고 쏘았다.

경감은 얼른 모자로 손을 올렸다. 총알이 모자에 구멍을 뚫었다.

"어떻소, 가니마르 경감? 이거 성적이 좋은데! 여러분, 경의를 표하시오. 이건 우리의 친애하는 친구 셜록 홈즈 선생의 권총이오!"

그러고 나서 뤼뺑은 팔을 휘둘러 무기를 가니마르의 발 아래로 집어던졌다.

홈즈는 미소와 감탄을 금할 수 없었다. 얼마나 생명감이 넘쳐흐르는가! 얼마나 젊고 유쾌한 재치인가! 마치 놀이를 하고 있는 것 같았다. 위험에 대한 감각이 그에게는 육체적인 기쁨이 되었다. 이 엉뚱한 사나이에게 있어 인생이란 스릴 넘치는 위험을 쫓는 즐거움 말고는 아무 목적이 없는 듯했다.

그동안 강 양쪽에 사람들이 모여들기 시작했다. 물결에 천천히 밀리며 강 복판에서 흔들리고 있는 작은 배를 가니마르 경감과 부하들이 따라왔다. 체포는 이미 확실했다.

"홈즈 씨, 고백하시오"

뤼뺑은 영국인을 돌아보며 말하기 시작했다.

"트랜스발(남아프리카 공화국의 세계 제일의 금 산지)의 금을 모두 준다 해도 이 자리를 양보하지 않겠다고! 당신은 지금 특등석에 앉아 있으니까요. 그러나 이것은 서막에 지나지 않소. 그 다음에는 단숨에 제5막…… 아르센 뤼뺑이 체포되느냐 도망치느냐가 펼쳐지지요. 그래서 당신에게 한 가지 묻겠는데, 분명히 하기 위해 '예스'나 '노'로 대답해 주기 바라오. 나는 당신이 더 이상 사건에 관계하지 말았으면 좋겠소. 아직 시간은 있소. 나도 당신에게서 받은 피해를 보상할 수 있으니까. 그러나 더 늦으면 그렇게 할 수가 없소. 이 제안을 받아들이겠소?"

"노!"

뤼뺑은 얼굴을 찡그렸다. 이런 고집은 분명 그를 초조하게 만들었을 것이다.

"다짐해 두지만 말이오, 이건 나를 위해서라기보다 당신을 위해서 하는 말이오. 손을 대면 누구보다도 당신이 후회하게 될 테니까.

마지막으로 다시 한 번 묻겠는데, 예스요, 노요?"

"노!"

뤼뺑은 웅크리고 앉아 배 밑바닥의 판자를 한 장 들어내더니 잠시 뭔가 일을 하고 있었다. 홈즈로서는 무얼 하는 건지 알 수 없었다. 이윽고 뤼뺑은 일어나 영국인 옆에 앉으며 말했다.

"우리가 이 강기슭으로 온 것은 같은 이유에서라고 생각되는군요. 블레슨이 버린 물건을 찾아내기 위한 것이 아니었소? 나는 몇 명의 친구와 만나기로 약속하여 센 강 바닥을 뒤지려고 했지요…… . 이 간단한 차림을 보아도 알 수 있겠지만. 그런데 한 친구가 당신이 뒤쫓고 있다는 것을 알려왔소. 솔직히 말해서 당신의 조사진행 상황에 대해 시시각각 보고를 받고 있었기 때문에 별로 놀라지는 않았지만 말이오. 그런 건 누워서 떡먹기지요! 뮈리요 거리에서 나와 관계될 듯한 일이 있으면 아무리 하찮은 것이라도 당장 전화로 보고가 오니까. 이런 형편이니 당신도…… ."

그는 갑자기 말을 끊었다. 그가 떼어낸 판자가 떠오르며 배 안으로 왈칵 물이 들어왔다.

"빌어먹을! 내가 무슨 짓을 했지? 아무튼 이 낡아빠진 배 바닥 어딘가에 물이 새는 구멍이 있는 게 틀림없군. 무섭지 않소, 홈즈씨?"

홈즈는 목을 움츠렸다. 뤼뺑은 말을 계속했다.

"그러니까 당신도 알겠지요? 이런 이유에서 내가 싸움을 피하려고 애쓰는 데 반해 당신이 열심히 싸움을 걸어오는 것을 알았을 때, 나는 당신과 승부를 벌이는 것이 오히려 유쾌했소. 나는 큰 패를 모두 잡고 있으므로 결과는 뻔하니까요. 그리고 당신의 패배를 널리 세상에 알려서, 클로종 백작부인이나 당블바르 남작 같은 사람이 다시는 당신의 도움을 청하는 일이 없도록 이 싸움에서 멋진 승리를 거두어보일 생각이었소. 그리고 또……."

그는 또다시 말을 끊고서 두 손을 눈에 대고 강둑을 살펴보았다.

"빌어먹을! 엄청난 배를 출동시키고 있군. 마치 군함 같은데. 무섭게 노를 저어오고 있소. 5분도 못 되어 붙들리면 나는 끝장이니. 홈즈 씨, 충고하겠는데…… 나에게 덤벼들어 꽁꽁 묶어서 우리나라 경찰에 넘기시오. 그런 프로그램이라면 마음에 드십니까? 단 그 사이에 배가 물에 잠기면 우리는 유언장을 쓰지 않으면 안 되겠지만. 자, 어떻습니까?"

두 사람은 서로 노려보았다. 이제야 홈즈도 뤼뺑의 공작이었음을 알았다. 뤼뺑은 일부러 배 밑에 구멍을 뚫어놓은 것이었다. 물이 계속 새어들어 왔다.

마침내 두 사람의 구두바닥이 물에 잠겼다. 물이 발등까지 올라왔다. 그래도 두 사람은 꼼짝하지 않았다.

이윽고 물은 발목 위까지 올라왔다. 영국인은 담뱃갑을 꺼내 궐련을 말아 불을 붙였다. 뤼뺑이 이야기를 계속했다.

"자, 당신 앞에서 나의 무력함을 겸허하게 인정합니다. 내가 시합 장소를 택하지 않은 싸움을 피하고 승리가 확실한 싸움만 받아들인다는 것은, 당신 앞에 항복하는 거나 마찬가지요. 그렇게 되면 당신을 내가 두려워하는 유일한 적으로 인정하고 당신을 여기서 떼어놓지 않는 한 자신이 안전하지 못하다는 것을 인정하는 셈이 되겠지요. 친애하는 홈즈 씨, 지금 이야기한 것이 당신에게 하고 싶었던 말이오. 운명이 당신과 회담하는 영광을 나에게 주었으니까 말이오. 그러나 한 가지 유감스럽게 생각하는 것은…… 이 회담이 발을 적셔가며 행해지고 있다는 점이오. 나는 솔직히 말하지만, 그다지 무섭지는 않소. 이거 참, 발이 아니라 허리까지 차는군!"

과연 물은 두 사람이 앉아 있는 곳까지 올라오고, 배는 점점 가라

앉아 갔다.
 홈즈는 태연히 궐련을 입에 문 채 멍하니 하늘을 바라보고 있었다. 위험에 둘러싸이고 군중들로 포위되어 경찰의 추격을 받으면서도 여전히 명랑한 표정을 잃지 않는 이 사나이 앞에서 자신도 결코 동요를 보이지 않겠다고 마음먹은 듯했다.
 두 사람 다 이렇게 말하고 있는 것 같았다.
 "이런 일쯤으로 놀랄 것 같은가? 강에 빠져죽는 것 따위야 날마다 있는 일 아닌가? 생각할 만한 가치나 있는 일일까?"
 그리하여 한쪽은 끊임없이 지껄이고 한쪽은 생각에 잠겼지만, 두 사람 모두 무관심한 가면 뒤에 자존심의 무서운 충돌을 감추고 있었던 것이다.
 앞으로 1분만 지나면 그들은 가라앉을 것이다.
 "문제는," 뤼뺑이 말을 계속했다. "우리가 경찰 선수들이 도착하기 전에 빠지느냐 도착한 뒤에 빠지느냐 하는 것이오. 모든 것은 거기에 달려 있소. 배가 뒤집히는 건 이미 결정적이니까. 홈즈 씨, 지금은 심각한 유언을 할 때요. 나는 모든 재산을 영국인에게 남겨주겠소······. 그런데 재빨리도 쫓아오는군, 경찰 선수 여러분이. 아아, 씩씩하기도 하지! 보기만 해도 기분이 좋은데. 노의 움직임도 정확하고, 아니, 자네인가, 포랑팡? 만세! 군함을 생각해 낸 건 훌륭하오. 나는 자네를 상관에게 추천하겠네, 포랑팡 반장! 표창장을 갖고 싶나? 좋아, 알았다. 동료 듀지 형사는 어디 있나? 왼쪽 언덕의 떠돌이들 속에 있나? 그럼, 이 침몰의 재난에서 벗어나기 위해 왼쪽으로 가면 듀지와 떠돌이들에게 붙잡히고, 오른쪽으로 가면 가니마르 경감과 뇌일리 주민들에게 잡히게 되겠군. 오도가도 못하게 되었단 말인가!"
 물이 소용돌이 쳤다. 배가 빙글빙글 돌고 있었다. 홈즈는 노의 고리를 붙잡지 않으면 안 되었다.
 "홈즈 씨." 뤼뺑이 말했다. "웃옷을 벗으시오. 그래야 헤엄치기가 편합니다. 싫다고요? 거절한다고요? 그럼, 나도 웃옷을 입고 있겠소."
 그는 웃옷을 입고 홈즈와 똑같이 단정하게 단추를 채운 뒤 다시 탄식을 늘어놓았다.
 "당신은 정말 고집이 대단하군! 사건에서 손을 떼지 않겠다니 서운한 일이오……. 과연 솜씨는 훌륭하지만, 소용없는 짓이오! 정말이지 모처럼 가진 재주를 형편없이 만들어버릴 텐데……."
 "아르센 뤼뺑!" 홈즈가 비로소 침묵을 깨고 말을 했다. "당신은 너무 말이 많아 자만심과 경솔이라는 죄를 범하고 있소."
 "호된 비난이로군요."
 "그렇기 때문에 당신은 아까 내가 찾고 있던 정보를 자신도 모르는 사이에 제공해 주었소."
 "뭐라고요! 정보를 찾고 있으면서 나에게는 말을 하지 않았군."
 "나는 누구의 손도 빌리지 않소. 앞으로 3시간 안에 당블바르 부부에게 수수께끼의 열쇠를 건네주겠소. 이것이 나의 유일한 대답이오."
 홈즈의 말이 채 끝나기도 전에 배는 두 사람과 함께 물속으로 잠겼다. 그리고 곧 선체는 뒤집혀져 물 위로 떠올랐다. 양쪽 언덕에서 큰 소동이 벌어졌다. 그리고 불안한 침묵이 흘렀다.
 이윽고 갑작스러운 고함 소리가 터졌다. 물에 빠진 두 사람 중 하나가 떠오른 것이다.
 그것은 셜록 홈즈였다.
 그는 멋진 수영솜씨로 포랑광의 보트를 향해 가며 두 손으로 번갈아 물결을 갈랐다.

포랑팡이 외쳤다.

"힘내시오, 홈즈 씨! 우리가 가고 있습니다……. 기운을 내시오! 저 녀석은 나중에 붙잡을 수 있습니다. 자, 조금만 더…… 됐습니다! 이 줄을 잡으시오."

영국인은 던져진 밧줄을 잡았다. 그런데 그가 보트 위로 끌려올라갔을 때, 등 뒤에서 외침 소리가 들렸다.

"수수께끼의 열쇠는 찾아내게 되겠지요, 홈즈 씨? 아직 찾지 못한 것이 오히려 이상할 정도니까……. 그러나 그 다음은? 그것이 무슨 소용이 있겠소? 어차피 싸움은 당신의 패배로 끝날 텐데 말이오."

끊임없이 지껄이며 뱃전을 잡고 올라탄 아르센 뤼뺑은 천연덕스럽게 앉아 당당한 몸짓을 섞어가며 연설을 계속했다. 마치 상대를 설득시키려는 것 같았다.

"잘 생각해 보시오, 친애하는 홈즈 씨. 이제 어쩔 수 없는 거요. 절대로…… 당신의 딱한 처지야말로 정말이지……."

"항복하라, 뤼뺑!" 포랑팡이 비집고 들어섰다.

"건방지군, 포랑팡 반장! 남의 이야기에 참견하다니. 나는 지금……."

"항복하라, 뤼뺑!"

"천만에, 인간이란 위험에 직면하지 않는 한 항복하지 않는 법이라네. 그런데 아무리 둔한 자네지만 내가 지금 위험에 처해 있다고 생각지는 않겠지?"

"뤼뺑, 마지막으로 다시 한 번 권고하겠다. 항복하라!"

"포랑팡 반장, 설마 자네가 나를 죽일 생각은 아니겠지. 고작 상처를 입히는 정도일 거야. 자네는 내가 달아날까봐 걱정이 되는 걸세. 그런데 만일 치명상이라도 입으면? 그때의 후회를 생각해 주게! 늘그막의 마음의 고통을!"

총소리가 들렸다.

뤼뺑은 한순간 비틀거리며 부서진 배의 나뭇조각에 매달려 있더니, 드디어 손을 놓고 모습을 감췄다.

이 사건이 일어난 것은 3시 정각이었다. 홈즈는 자신이 장담한 대로 정각 6시에 뇌일리 여관에서 너무 짧은 바지와 지나치게 꼭 맞는 웃옷을 빌려입고, 베레모에 비단끈이 달린 플란넬 셔츠를 차려입은 뒤 당블바르 부부를 만나기 위해 뮈리요 거리의 응접실로 들어갔다.

당블바르 부부가 들어왔을 때 홈즈는 방 안을 왔다갔다하고 있었다. 그의 괴상한 옷차림이 너무도 익살스러워 두 사람은 터져나오려는 웃음을 참지 않으면 안 되었다. 홈즈는 생각에 잠긴 듯 꾸부정하니 등을 굽힌 채 창문에서 방문으로, 방문에서 창문으로 마치 자동인형처럼 한결같은 걸음걸이로 왔다갔다했다.

이윽고 홈즈는 걸음을 멈추었다. 그는 골동품을 집어들어 기계적으로 들여다보더니 다시 걷기 시작했다.

마침내 부부 앞에 와서 서며 홈즈가 물었다.

"가정교사는 집에 있습니까?"

"네, 정원에서 아이들과 같이 있습니다."

"남작님, 지금부터 말씀드리는 사실은 결정적인 것이므로 그녀가 입회해 주었으면 합니다만……."

"그렇다면 역시……?"

"잠깐만 기다려주십시오. 진상은 내가 지금부터 될 수 있는 한 정확하게 말씀드리는 사실 가운데서 뚜렷해질 것입니다."

"좋습니다. 쉬잔, 가정교사를……."

당블바르 부인이 일어나 곧 알리스 드망 양을 데리고 돌아왔다. 가정교사는 여느 때보다 조금 창백한 얼굴로 테이블에 기대서며 왜 불렀느냐고 묻지도 않았다.

홈즈는 그녀를 쳐다보지 않았다. 그는 느닷없이 당블바르 남작 쪽을 향해 반론을 용납하지 않는 투로 말했다.

"며칠 동안 조사한 결과, 그리고 몇 가지 사건에 의해 한때 내 견해가 달라진 적도 있었지만, 나는 처음에 말씀드렸던 것을 여기서 되풀이하겠습니다. 유대 램프는 이 집 안에 사는 누군가에 의해 도둑맞았습니다."

"범인의 이름은?"

"물론 알고 있습니다."

"증거는?"

"내가 가지고 있는 증거는 범인을 부끄럽게 만들기에 충분합니다."

"부끄럽게 만드는 정도만으로는 안됩니다. 되찾아야만 합니다."

"유대 램프를 말입니까? 그건 내가 가지고 있습니다."

"오팔 목걸이와 담뱃갑은?"

"두 번째로 도둑맞은 물건들도 모두 내가 가지고 있습니다."

홈즈는 이런 뜻밖의 사건전개와 자신의 승리를 조금 퉁명스러운 투로 공표하는 것을 좋아했다.

남작부부는 어이가 없는 모양이었다. 그리고 최고의 칭찬인 말없는 호기심을 담아 그를 지켜보고 있었다.

홈즈는 이어서 최근 사흘 동안에 한 일을 자세히 설명했다. 그림책의 발견, 잘라낸 글자로 만든 글귀, 블레슨이 센 강 기슭으로 간 것, 그 이상한 사나이의 자살, 홈즈 자신이 뤼뺑을 상대로 행한 싸움, 배의 침몰, 그리고 끝으로 뤼뺑의 행방불명에 대해 이야기했다.

그가 이야기를 마치자 남작이 낮은 목소리로 말했다.

"이제는 범인의 이름을 밝히는 일만 남았군요, 누구지요?"

"알파벳 글자를 잘라내고, 그 글자로 아르센 뤼뺑에게 편지를 보낸 사람입니다."

"그 사람의 편지 상대가 아르센 뤼뺑이라는 것을 어떻게 아셨지요?"

"뤼뺑 자신으로부터 알아냈습니다."

홈즈는 물에 젖어 꾸깃꾸깃해진 종이 쪽지를 내밀었다. 그것은 뤼뺑이 작은 배 안에서 자기 수첩에서 뜯어낸 종이로, 그가 쓴 글씨가 있었다.

"보십시오!" 홈즈는 만족스러운 듯이 말했다. "그는 이 종이를 나에게 줄 필요가 없었습니다. 이 종이만 없었으면 신원이 밝혀질 염려도 없었겠지요. 그가 장난을 했기 때문에 나는 알게 되었습니다."

"당신이 알게 된……" 당블바르 남작이 더듬거리며 말했다. "그러나 나는 아직 알 수가 없군요……"

홈즈는 글자와 숫자를 연필로 가리켰다.

"CDEHNOPRZEO−237'입니다."

"그래서요? 이것은 전에도 당신이 보여준 글귀군요." 남작이 말했다.

"아닙니다. 전 것을 잘 기억하고 있다면, 이것은 그것과 다르다는 것을 곧 알 수 있을 겁니다."

"어디가 다르지요?"

"이쪽이 두 자 더 많습니다. E와 O가."

"아, 그렇군! 미처 몰랐습니다."

"처음에 추출해 냈던 Répondez(답장을 바란다)라는 단어를 제외한 나머지 글자 C와 H를 이 여분의 글자들과 조합해 보면 오로지 의미 있는 단어는 'ECHO'뿐 이라는 것을 아실 겁니다."

"그 뜻은?"

"이것은 〈에코 드 프랑스〉, 뤼뺑의 기관지, 그의 소식을 싣는 신문입니다. '〈에코 드 프랑스〉지의 안내광고란 237호로 대답해 주기 바란다'⋯⋯ 내가 그렇게 찾고 있었던 열쇠, 뤼뺑이 아낌없이 가르쳐준 수수께끼의 열쇠는 이거였습니다. 나는 〈에코 드 프랑스〉의 편집국에 갔다왔습니다."

"그래서 아셨습니까?"

"아르센 뤼뺑과 공범인 여자의 관계를 자세히 알아냈습니다."

홈즈는 느닷없이 일곱 장의 신문을 가져오더니 각각 제4면을 펼친 다음, 아래와 같이 일곱 줄을 지적했다.

1. ARS. LUP. 귀하──부인 보호 바람, 540.
2. 540 귀하──설명 기다림, AL.
3. AL 귀하──적의 손아귀에 있음, 절망.
4. 540 귀하──주소 알려주면 조사하겠음.
5. AL 귀하──머리요.
6. 540 귀하──공원 3시, 제비꽃.
7. 237 귀하──토요일 알았음. 일요일 아침 공원.

"이것이 자세한 이야기라고 말씀하시는 겁니까!" 당블바르 남작이 외쳤다.

"물론이지요. 이 문장에 조금만 주의하시면 당신도 곧 동의하시게 될 겁니다. 첫째, '540'이라고 서명한 여자는 아르센 뤼뺑(ARSène LUPin)의 보호를 요구했습니다. 그것에 대해 뤼뺑은 거꾸로 설명을 요구했습니다. 그녀는 적──틀림없이 블레슨이겠지요──의 손에 들어 있어 절망적이라고 대답했습니다. 뤼뺑은 조심스럽게 아직 알 수 없는 여자에게 접근하기를 망설이며 주소를 묻고 조사하겠다고 대답했습니다.

  여자는 나흘 동안 망설이고 있었습니다. 날짜를 보십시오. 그리고 마침내 사태가 절박해지고 블레슨에게서 협박을 받게 되자 그녀는 뮈리요 거리라고 가르쳐주었습니다. 이튿날 아르센 뤼뺑은 3시에 몽소 공원으로 가겠다고 알리고, 그녀에게는 표시로서 제비꽃을 들고 오도록 알렸습니다. 그로부터 1주일 동안 연락이 끊겼습니다. 아르센 뤼뺑과 여자는 신문을 통해 연락을 취할 필요가 없어진 겁니다. 두 사람은 만나서 이야기하기도 하고 직접 편지를 보내기도 했습니다. 거기서 그들은 계획을 세웠습니다. 블레슨의 요구를 만족시키기 위해 그녀는 유대 램프를 훔치기로 했습니다.

  다음은 날짜를 정하는 일입니다. 조심하기 위해 잘라낸 글자를 이어붙여 연락을 한 그녀는 토요일로 정하고, '에코 237에 대답을 바란다'고 덧붙인 겁니다. 뤼뺑은 곧 잘 알았으니 다시 일요일 아침에 공원으로 가겠다고 대답했습니다. 도둑질은 일요일 아침에 행해진 것입니다."

"아, 앞뒤가 맞습니다! 그것으로 이야기는 완전합니다." 남작이 시인했다.

홈즈는 설명을 계속했다.

"그래서 도둑질은 행해졌습니다. 그녀는 일요일 아침에 외출하여 자신이 한 일을 뤼뺑에게 보고하고, 블레슨에게로 유대 램프를 가지고 갔습니다. 그래서 일은 뤼뺑이 예정한 대로 진행된 셈입니다. 경찰은 열려 있는 창문이며 땅바닥에 난 네 개의 사다리 흔적이며 발코니 난간에 있는 두 개의 긁힌 자국에 속아 강도가 침입한 것으로 판단했습니다. 그리하여 여자는 태연히 있을 수 있었던 겁니다."

"알았습니다. 당신의 설명은 대단히 논리적이라고 생각됩니다. 그러나 두 번째 도둑질은……." 남작이 말했다.
"두 번째 도둑질은 첫 번째 범죄에 의해 유발된 것입니다. 유대 램프가 어떤 식으로 도둑맞았는가를 신문들이 마구 써대자 누군가가 다시 침입해 들어와 나머지 물건을 훔쳐갈 생각을 했습니다. 이번에는 거짓으로 꾸민 도둑질이 아니라 진짜로 침입하여 물건을 훔쳐서 도망간 사실상의 도난이었습니다."
"물론 뤼뺑이었겠지요?"
"아닙니다, 뤼뺑은 그런 바보 같은 짓을 하지 않습니다. 또한 그는 일이 실패한다고 사람을 칼로 찌르지는 않습니다."
"그럼, 누구지요?"
"틀림없이 블레슨입니다. 그리고 이것은 조종당한 여자가 모르는 사이에 벌어진 일입니다. 여기에 침입한 것도 블레슨, 내가 뒤쫓은 것도 블레슨, 가엾은 왓슨에게 부상을 입힌 것도 블레슨이었습니다."
"확실힙니까?"
"물론입니다. 어제 블레슨이 자살하기 전에 공범 한 사람이 그에게 보낸 편지를 보면, 댁에서 훔친 물건을 반환하는 데 대해서 그 공범자와 뤼뺑 사이에 교섭이 시작되었음을 알 수 있습니다. 뤼뺑은 '첫 번째 것——유대 램프——도 두 번째 것도' 모두 요구했습니다. 그리고 블레슨을 감시하고 있었습니다. 어제 블레슨이 센 강 기슭으로 갔을 때 뤼뺑의 부하 한 사람이 우리와 마찬가지로 그를 미행했습니다."
"블레슨은 왜 센 강 기슭으로 갔을까요?"
"내가 조사를 진행하고 있다는 소식을 듣고……."
"누가 알렸을까요?"
"역시 그 여자입니다. 그녀는 유대 램프가 발견되면 자신의 애정관계가 탄로나지 않을까 두려워…… 아무튼 그것을 알자 블레슨은 자신이 혐의를 받게 될 물건들을 한데 싸서 버렸습니다. 위험이 사라진 뒤 다시 꺼낼 수 있는 곳에 말입니다. 그리고 집에 돌아오자 가니마르 경감과 내가 그의 방으로 쳐들어갔지요. 그 밖에도 무서운 나쁜 짓을 저지르고 있었던 그는 당황한 나머지 자살하고 만 것입니다."

"그런데 꾸러미에는 뭐가 들어 있었습니까?"

"유대 램프와 그 밖의 골동품들이지요."

"그것을 당신이 가지고 있다는 말은 아니겠지요?"

"뤼뺑에 의해 강제로 목욕을 하게 되자 나는 그가 실종된 직후 내친 김에 블레슨이 꾸러미를 버린 곳에 가보았습니다. 그리하여 밀초를 먹인 보자기에 싸서 버린 도둑맞은 물건을 찾아냈던 것입니다. 여기 테이블 위에 있는 이것입니다."

남작은 아무 말없이 끈을 끊고 젖은 보자기를 찢어 램프를 꺼냈다. 그리고 받침대의 나사를 돌려 두 손으로 받침접시를 꼭 잡고 그것을 열어 루비와 에메랄드를 박은 순금의 괴상한 짐승의 상을 꺼냈다.

긁힌 곳 하나 없이 그대로였다.

사실만을 적어 겉으로 보기에는 아주 자연스러운 것 같지만 그 장면을 무섭고 비극적으로 느껴지게 만드는 것이 있었다. 그것은 홈즈가 말 끝마다 가정교사에게 던지고 있는 명백하고 직접적이며 반박할 여지가 없는 비난이었다. 그리고 또 한 가지 알리스 드망 양의 인상적인 침묵이었다.

사소한 증거가 이처럼 잔혹하게 차곡차곡 더해져가는 동안 그녀의 얼굴은 근육 하나 움직이지 않았으며, 그 맑고 밝은 눈동자가 반항이나 공포의 번뜩임으로 흔들리는 일도 없었다. 무엇을 생각하고 있는 것일까? 셜록 홈즈가 아주 교묘하게 여자의 주위에 둘러치고 있는 그 굴레를 부수고 자신의 결백을 증명하지 않으면 안될 때, 그 생사가 걸린 위급한 순간에 여자는 뭐라고 말할 것인가?

마침내 그 순간이 왔으나 그녀는 여전히 잠자코 있었다.

"말을 해 보오! 자, 말해 보오!" 당블바르 남작이 외쳤다.

여자는 아무 말도 없었다.

"한 마디만으로 무사해질 수 있소, 아니라는 한 마디 말로…… 나는 당신을 믿으니까." 당블바르 남작은 다시 다짐을 주었다.

그러나 여자는 그 한 마디를 결코 입 밖에 내지 않았다.

남작은 초조하게 방 안을 왔다갔다했다. 이윽고 그는 홈즈를 향해 말했다.

"아니, 그렇지 않습니다! 그것이 진실이라고 인정할 수 없습니다. 어처구니없는 범죄도 있기는 하지만, 이번 경우 내가 알고 있는 모든 것…… 최근 1년 동안 보아온 모든 점으로 볼 때 모순투성이입니다."

그는 영국인의 어깨를 두들겼다.

"당신 자신이 절대로 틀림없다고 확신할 수 있습니까?"

홈즈는 기습을 당하여 곧 반격할 수 없는 사람처럼 망설였다. 그러나 그는 이내 빙그레 미소지으며 말했다.

"내가 용의자로 지목하는 사람은 적어도 이 집안의 전후 사정으로 보아 유대 램프에 이처럼 기막힌 보석이 숨겨진 사실을 알 만한 사람이라는 것입니다."

"믿을 수가 없소! 당신이 직접 물어보시오." 남작은 중얼댔다.

홈즈는 남작이 워낙 그녀를 맹목적으로 신용하고 있었기 때문에 그런 질문만은 하지 못했던 터였다. 그러나 이렇게 된 이상 피할 수가 없었다.

홈즈는 가정교사에게로 다가가 눈을 마주 보며 물었다.

"당신이었소, 알리스 드망 양? 당신이 보석을 훔쳤소? 당신이 아르센 뤼뺑과 연락을 취하고 훔친 물건을 숨겼소?"

"네, 내가 했습니다." 여자가 대답했다.

그녀는 얼굴을 숙이지도 않았다. 그 얼굴에는 부끄러움도 당황함도 보이지 않았다.

"그럴 리가! 믿을 수 없어…… 세상을 다 의심한다 해도 알리스만큼은…… 어떻게 그런 짓을……." 당블바르 남작이 중얼거렸다.

"홈즈 씨가 말씀한 그대로입니다. 토요일 밤 나는 이 응접실로 내려와 램프를 훔쳐서 이튿날 아침 그 사람에게 가지고 갔습니다." 여자가 다시 말했다.

"아니, 그렇지 않소! 그 말을 믿을 수가 없소." 남작이 반박했다.

"믿을 수 없다고요? 어째서지요?"

"그날 아침 나는 이 응접실 문에 빗장이 걸려 있는 것을 보았기 때문이오."

여자는 얼굴이 빨개져서 당황하며 마치 도움이라도 구하듯 홈즈를 쳐다보았다.

홈즈는 남작의 말보다도 알리스 드망 양의 당황하는 태도에 더욱 놀랐다. 램프 도난사건에 대한 홈즈의 설명을 시인한 그녀의 고백은, 사실을 검토해 보면 곧 파괴되고 말 거짓말이었던가?

남작이 계속해서 말했다.

"이 방문은 닫혀 있었소. 전날 밤 걸어둔 대로 빗장이 질러 있었소. 그건 단언할 수 있소. 알리스가 말한 대로 만일 이 방문으로 들어왔다면 누군가가 안에서, 다시 말해 응접실이나 우리 침실에서 문을 열어주었다는 말이 되는데, 이 두 방에는 아무도 없었소……. 아내와 나 말고는 아무도."

홈즈는 붉어진 얼굴을 가리기 위해 얼른 고개를 숙여 두 손으로 얼굴을 덮었다. 그는 느닷없이 강한 햇빛을 받은 듯 잠시 어리둥절해 있었다. 어두컴컴한 풍경에서 갑자기 어둠이 사라진 것처럼 모든 게 분명해지기 시작했다.

알리스 드망 양은 무죄였던 것이다.

그녀는 결백했다. 명백한 진실이었다. 그것은 또한 첫날부터 홈즈가 그녀에게 무서운 비난을 퍼부은 것이 어딘지 모르게 마음에 걸렸던 것을 설명해 주는 것이기도 했다. 지금은 확실히 알았다. 손 한번 드는 수고로 곧 반박할 여지가 없는 증거를 잡을 수가 있는 것이다.

홈즈는 얼굴을 들었다. 그리고 잠시 뒤 될 수 있는 한 아무렇지도 않은 태도로 당블바르 부인에게로 눈을 돌렸다.

부인은 하얗게 질려 있었다. 그것은 다급해졌을 경우 나타나는 이상한 창백함이었다. 부인이 감추려고 애쓰고 있는 두 손이 조금 떨렸다.

'앞으로 1시간 안에 부인은 감출 수가 없게 될 것이다' 홈즈는 생각했다.

홈즈는 부인과 남작 사이에 끼어들었다. 어떤 일이 있어도 자기의 실수로 인해 부부를 위협하고 있는 무서운 위험을 없애버리고 싶었던 것이다. 그러나 홈즈는 남작을 보자 마음이 떨려왔다. 그를 찾아왔던 갑작스러운 계시가 지금 당블바르 남작에게도 찾아온 것이다. 남작의 머릿속에서도 같은 생각이 작용하고 있었다. 남작도 상황을 짐작했던 것이다. 진실을 안 것이다!

알리스 드망은 결사적으로 냉혹한 진실과 싸웠다.

"아, 내가 말을 잘못했군요. 사실은 이 문으로 들어온 것이 아닙니다. 정원과 현관을 통해 들어왔습니다. 사다리를 사용해서……."

헌신적이고 결사적인 노력, 그러나 헛된 노력이었다. 그녀의 말에서 거짓이 풍기고 있었다. 목소리에도 힘이 없었다. 그리고 그 가엾은 여자는 이미 맑은 눈도 훌륭한 성실함도 잃어버리고 있었다. 지금 그녀는 힘없이 고개를 떨어뜨리고 있었다.

침묵은 처참했다. 당블바르 부인은 고뇌와 공포로 굳어져 파랗게 질린 얼굴로 기다리고 있었다. 남작은 행복이 무너지는 것을 믿고 싶지 않은 듯 아직도 망설이고 있었다.
드디어 남작이 입을 열었다.
"말해 보오, 까닭을!"
"아무것도 할 말이 없어요, 여보."
부인은 괴로운 듯 얼굴을 일그러뜨리며 낮은 목소리로 대답했다.
"그럼, 알리스 드망 양이……."
"그녀가 나를 구해준 거예요, 충실함과 애정으로. 그리고 죄를 대신 떠맡아……."
"무엇에서 구해주었지? 누구로부터?"
"그 사나이로부터요."
"블레슨 말이오?"
"네…… 그는 나를 협박하고 있었어요. 친구집에서 알게 되어…… 어리석게도 그를 믿고 말았어요. 아니에요, 그 밖에 나쁜 짓은 하지 않았어요. 편지를 두 통 보냈을 뿐이에요……. 나중에 보여드리겠어요. 도로 찾아왔어요. 아, 용서해 주세요, 여보! 견딜 수 없었어요!"
"당신이…… 당신이……."
그는 주먹을 치켜들어 아내를 죽이고 싶은 생각이 들었다. 그러나 그의 팔은 축 늘어지고, 다시 힘없이 중얼거렸다.

"당신이…… 쉬잔…… 당신이 그럴 수가……."

부인은 그 진부하고 천박한 연애사건을 토막토막 끊어지는 말로 이야기했다. 정신을 차리고 나서 상대방의 야비함에 놀랐던 일, 뉘우침, 당황. 부인은 또 알리스 드망 양의 훌륭한 행동에 대해서도 이야기했다. 이 젊은 여자는 안주인이 절망에 빠져 있는 것을 눈치채자 사정을 털어놓게 한 다음 뤼뺑에게 편지를 내어, 블레슨의 모진 손아귀에서 부인을 구해내기 위해 도난사건을 꾸몄던 것이다.

"당신이…… 쉬잔……."

당블바르 남작은 맥이 풀린 듯 몸을 구부린 채 되풀이했다.

"당신이 어떻게 그런……."

그날 저녁, 칼레와 도버 사이의 연락선 시티 오브 런던 호가 잔잔한 바다 위를 천천히 미끄러져 나가고 있었다. 사방은 어슴푸레하고 고요했다. 배 위 하늘에는 조용히 구름이 떠 있고, 주위는 온통 가벼운 어스름에 싸여 달과 별빛이 펼쳐진 무한한 공간을 갈라놓고 있었다.

대부분의 손님들은 선실과 홀에 틀어박혀 있었다. 그러나 기운좋은 몇몇 사람들은 갑판 위를 거닐기도 하고 흔들의자에서 두꺼운 담요를 두르고 느긋하게 선잠을 자기도 했다. 여기저기 엽궐련 불빛이 깜박였다. 웅대한 정적 속에 조심스러운 속삭임 소리가 상쾌한 바람에 섞여 들려왔다.

뱃전을 따라 규칙적인 걸음걸이로 걷고 있던 한 손님이 벤치에 드러누운 사람 옆에서 발길을 멈추고 내려다보았다. 그는 누운 사람이 몸을 조금 뒤척이자 말을 걸었다.

"자고 있는 줄 알았습니다, 알리스 양."

"아니에요, 홈즈 씨. 잠이 오지 않는군요. 생각을 하고 있었어요."

"무슨 생각을 하셨지요? 묻는 것이 실례일까요?"

"당블바르 부인에 대해서 생각하고 있었어요. 무척 슬프겠지요, 일생을 망치고 말았으니까……"

"아니, 그렇지 않습니다. 그 부인의 잘못은 용서받을 수 없는 잘못이 아닙니다. 당블바르 남작은 그 일을 곧 잊어버릴 겁니다. 우리들이 떠나올 때만 해도 벌써 태도가 훨씬 부드러워져 있었으니까요."

"하지만 잊게 되기까지는 시간이 걸리겠지요. 그리고 부인은 괴로워 할 거고요."

"당신은 부인을 몹시 좋아하시는 모양이군요."

"네, 아주 좋아해요. 그래서 두려움 속에서도 웃는 얼굴을 지을 수 있었고, 당신을 대면하기 싫을 때도 당당하게 당신을 대할 힘이 생겼던 거예요."

"그럼, 헤어진 것이 마음 아프시겠습니다."

"정말 괴로워요. 나는 부모도 친구도 없거든요……. 그분뿐이었으니까요."

"친구는 어디서나 생기기 마련입니다." 홈즈는 여자의 슬픔에 감동하여 말했다. "약속하지요. 나는 여러 사람과 교제하고 있기 때문에…… 당신 자신에 대해 비관할 필요는 없습니다."

"그렇겠지요. 하지만 당블바르 부인은 이제 만날 수 없을 거예요."

두 사람은 더 이상 말을 나누지 않았다. 셜록 홈즈는 다시 두세 번 갑판 위를 서성거리고 나서 친구가 있는 곳으로 돌아와 앉았다.

저녁놀의 장막이 사라지고 하늘의 구름도 떨어져나간 듯 별이 반짝였다.

홈즈는 외투 속에서 파이프를 꺼내어 담배를 담고, 성냥을 계속해서 네 개나 그었으나 축축한 바닷바람 때문에 불이 붙지 않았다. 성냥이 떨어졌다. 하는 수 없이 그는 일어나 조금 앞쪽에 앉아 있는 신사에게 말을 걸었다.
"미안합니다만, 불을 좀 빌려주시겠습니까?"
신사는 바람에 잘 견디는 성냥갑을 열어 그었다. 금방 불꽃이 타올랐다. 그 빛으로 홈즈는 그가 아르센 뤼뺑임을 알아보았다.

영국인이 조금도 멈칫거리지 않는 걸 보면서, 뤼뺑은 자기가 이 배에 탄 사실을 홈즈가 미리 알고 있었던 건 아닐까 생각했다. 홈즈는 그만큼 침착했으며, 그가 상대에게 손을 내민 태도도 아주 자연스러웠던 것이다.
"여전히 무사하군요, 뤼뺑 씨."
"브라보! 내가 센 강에 뛰어든 뒤 유령처럼 나타난 것을 보고도 당신은 당황하는 태도도 놀라는 말도 하지 않는군요! 가히 영국적인 자존심이라 할 만합니다. 다시 되풀이 말하지만 정말 훌륭합니다, 훌륭해요!"
홈즈의 침착한 태도에 감탄하며 뤼뺑이 외쳤다.
"훌륭할 것도 없소. 배에서 떨어지는 모습을 보고 나는 당신이 일부러 떨어졌다는 것과, 포랑팡 반장의 총알에 맞지 않았다는 것을 알고 있었으니까."
"그래서 내가 어떻게 되었는지 확인해 보지도 않고 가버리셨소?"
"당신이 어떻게 되었는지는 알고 있었소. 500명이나 되는 사람들이 1킬로미터에 걸쳐 양쪽 언덕을 지키고 있었지요. 당신이 죽음을 면하는 순간 잡힐 건 확실했소."
"그런데도 보시는 바와 같이……."
"뤼뺑 씨, 이 세상에는 어떤 일을 해도 내가 뜻밖으로 생각지 않는 사람이 꼭 두 사람 있소…… 하나는 나 자신이고, 또 한 사람은 당신이오."

화해가 이루어졌다.

홈즈가 아르센 뤼뺑과의 대결에서 성공을 거두지 못했다 하더라도, 뤼뺑이 도저히 체포할 수 없는 예외적인 적이었다 하더라도, 싸움의 소용돌이 속에서 항상 뤼뺑이 우세했다 하더라도, 홈즈 역시 그 무서운 집념으로 유대 램프를 찾아냈고 푸른 다이아몬드를 돌려 받았다. 이번 사건의 결과는 그다지 빛나는 것이 아니었을지 모른다. 홈즈는 유대 램프가 발견된 내막에 대해서는 침묵을 지켰고, 범인의 이름도 밝히지 않았으므로 대중 쪽에서 보면 더욱 그러했다. 그러나 인간 대 인간, 아르센 뤼뺑 대 셜록 홈즈, 탐정 대 괴도로서 볼 때 공평하게 말해 승자도 패자도 없었다. 어느 쪽이나 다 같이 승리를 주장할 수 있었던 것이다.

그리하여 두 사람은 무기를 버리고, 서로 상대방의 참다운 가치를 인정하는 정중한 경쟁상대로서 이야기를 주고받았다.

홈즈의 부탁에 따라 뤼뺑은 그의 도주 이야기를 들려주었다.

"이걸 '도주'라고 할 수 있는지 모르겠지만…… 아주 간단한 것이었지요! 유대 램프를 되찾기 위해 모이기로 되어 있었으므로 우리 친구들은 그곳에서 감시를 하고 있었소. 그러므로 뒤집힌 배 밑바닥에 붙어 30분쯤 숨어 있은 뒤 포랑팡이 부하들과 함께 강기슭을 따라 내 시체를 찾고 있을 때 나는 부서진 뱃조각 위에 올라탔소. 우리 친구들은 모터보트로 나를 구해낸 다음 500명의 구경꾼들과 가니마르 경감과 포랑팡이 아우성치는 소리도 못 들은 척하고 보기좋게 도망쳤지요."

"정말 멋있군요! 대성공이오! 그런데 영국에 무슨 볼일이 있소?" 홈즈가 감탄하여 외쳤다.

"그렇소, 좀 계산할 일이 있어서…… 그런데 잊고 있었군요…….

당블바르 남작은 어떻습니까?"

"다 알고 있었군요."

"아, 그토록 내가 말했었잖소! 일이 엉뚱하게 되었소. 나에게 맡겨두는 편이 좋았을 것을. 앞으로 하루나 이틀만 있으면 블레슨으로부터 유대 램프와 골동품을 찾아 당블바르 부부에게 돌려주고, 그 착한 부부가 평온하게 여생을 보내도록 해줄 수 있었을 텐데……."

"그런데," 홈즈는 쓴웃음을 지었다. "나는 순서를 뒤바꾸어 당신이 보호하고 있던 가정에 불화를 가져다주었군요."

"그렇지요, 내가 보호하고 있었소! 나도 언제나 도둑질만 하고 남을 속이는 나쁜 일만 한다고 말할 수는 없소."

"그럼, 착한 일도 한단 말이오?"

"틈이 있을 때는. 그리고 재미있지 않소? 이번 사건에서 내가 착한 사람으로 남을 돕고, 당신이 나쁜 사람으로 절망과 눈물을 가져다주었다는 것을 생각하니 이상한 기분이 드는군요."

"눈물을 가져다주었다고요?" 영국인이 반박했다.

"그렇지요! 당블바르 집안은 파멸되고, 알리스 드망 양은 울고 있습니다."

"알리스 양을 내버려두었으면 이미…… 가니마르 경감에게 발각되었을 테고…… 이어서 당블바르 부인까지……."

"그렇습니다. 그러나 죄는 누구에게 있는 걸까요?"

그들 앞을 두 남자가 지나갔다. 홈즈는 목소리를 좀 다르게 하여 뤼뺑에게 말했다.

"저 신사들을 알고 있소?"

"선장인 것 같군요."

"또 한 사람은?"

"모르겠소."

"오스틴 질레트 씨요. 질레트 씨는 당신 나라의 보안부장 뒤뒤 씨와 같은 지위에 있는 사람이지요."

"아, 마침 좋은 기회로군요! 나를 소개해 주시지 않겠습니까? 뒤뒤 씨는 내 친한 친구 중 한 사람이지요. 오스틴 질레트 씨와도 가까이 지낸다면 좋겠습니다."

두 신사가 다시 모습을 보였다.

"진심이오, 뤼뺑 씨?" 홈즈가 일어서면서 말했다. 그는 아르센 뤼뺑의 손목을 잡고 힘을 주었다.

"왜 이렇게 힘주어 쥐지요? 그러지 않아도 따라갑니다."

뤼뺑은 정말 조금도 저항하지 않고 끌려갔다. 두 신사는 멀어졌다. 홈즈는 걸음을 서둘렀다. 그의 손톱이 뤼뺑의 살 속을 파고들었다.

"자…… 자! 자, 좀더 빨리 걸으시오!"

홈즈는 빨리 끝내고 싶은 듯 낮은 목소리로 재촉했다.

그러나 그는 문득 멈춰섰다. 알리스 드망 양이 따라온 것이다.

"어찌된 일이오, 알리스 드망 양? 오면 안 됩니다!"

이 말에 대답한 것은 뤼뺑이었다.

"홈즈 씨, 알리스 양은 자기 의사로 오는 게 아닙니다. 당신이 나에게 하고 있는 것과 마찬가지로, 내가 이 사람의 손목을 붙잡고 있는 겁니다."

"어째서?"

"어째서라니요! 나는 알리스 양도 꼭 소개하고 싶습니다. 유대 램프 사건에서 그녀가 한 역할은 나의 역할보다 더 중요합니다. 아르센 뤼뺑의 공범자, 블레슨의 공범으로서 당블바르 남작부인의 연애 사건을 이야기하지 않으면 안 되겠지요. 당국에서도 아마 크게 흥미 있어할 겁니다. 그렇게 되면 당신도 이 친절한 간섭에 유종의 미를 거두게 되겠지요, 고결하신 홈즈 씨!"
 영국인은 뤼뺑의 손목을 놓았다. 뤼뺑도 그녀를 놓아주었다.
 두 사람은 잠시 얼굴을 마주 보며 가만히 서 있었다. 홈즈는 벤치로 돌아와 앉았다. 뤼뺑과 여자도 본디 있던 자리로 돌아왔다.

 오랜 침묵이 그들 사이에 흘렀다. 이윽고 뤼뺑이 말했다.
 "홈즈 씨, 아무래도 우리는 결국 헤어질 수밖에 없겠군요. 우리 사이에는 도랑이 가로막혀 있소. 인사를 하고 손을 내밀어 악수를 하고 잠시 이야기를 나눌 수는 있지만, 도랑은 여전히 남아 있습니다. 당신은 언제까지나 명탐정 셜록 홈즈, 나는 괴도신사 아르센 뤼뺑이지요. 셜록 홈즈는 탐정으로서의 본능에 의해 자발적으로 열심히 도둑을 추적하고, 어떻게든 잡으려고 하겠지요. 아르센 뤼뺑은 괴도정신에 투철하여 탐정의 손을 피하며, 가능하면 그들을 조롱하게 되겠지요. 그리고 이번 사건의 경우 그것이 가능했습니다. 하하하!"
 뤼뺑은 교활하고 잔인하며 가증스럽게 웃었다.
 그리고 그는 새삼스럽게 여자 쪽으로 몸을 돌렸다.
 "안심하시오, 아가씨. 나는 어떤 경우에도 당신을 배신하지는 않습니다. 아르센 뤼뺑은 절대로 배신하는 일이 없습니다. 사랑하고 존경하는 사람의 일이라면 특히. 내가 당신처럼 용감하고 상냥한 사람을 사랑하고 존경할 수 있도록 허락해 주십시오."
 그는 지갑에서 명함을 한 장 꺼내더니 그것을 둘로 찢어 한쪽을 여자에게 주었다. 그리고 역시 정다운 목소리로 말했다.
 "만일 홈즈 씨가 원만히 해주지 않거든 스트롱밸러 부인을 찾으십시오. 주소는 곧 알 수 있습니다. 그리고 내 안부를 전한 다음 이 반쪽 명함을 건네주십시오. 스트롱밸러 부인은 언니처럼 친절히 대해줄 겁니다."

"고맙습니다. 내일 그분을 방문하겠습니다."

"그럼, 홈즈 씨……."

뤼뺑은 의무를 다한 것 같은 말투로 외쳤다.

"안녕히 주무십시오. 부두에 닿으려면 아직 1시간이 남았습니다. 그럼, 그때까지……."

그는 길게 누워 손을 마주잡아 베개를 삼았다.

하늘은 맑게 개어 달이 떠올라 있었다. 밝은 빛이 별들의 주위와 바다 위에 가득찼다. 물속까지 훤하게 비쳐, 마지막 구름이 흩어져 가는 허공도 달이 차지하고 있는 듯했다.

어두운 수평선에 해안선이 떠올랐다. 손님들이 갑판으로 올라왔다. 갑판은 사람들로 가득 덮였다.

홈즈는 오스틴 질레트 씨가 영국인 경관 둘을 데리고 지나가는 것을 확인했다.

뤼뺑은 벤치 위에 누워서 자고 있었다…….

이런 복수
악취미
정상 참작
범인의 손목
모리스 르베르 지음

이런 복수

"용서해 주세요. 제발 용서해 주세요."
여자는 무릎을 꿇고 애원했다.
"일어나요. 이젠 울지 않아도 돼. 내게 잘못이 있었으니까."
"아니에요. 여보, 당신은 절대로……."
여자가 중얼거리듯 말하자, 남자는 머리를 가로저었다.
"당신하고 헤어진 것이 잘못이었어. 당신은 나를 사랑하고 있었는데 말이야. 그때는 아무 생각도 할 수 없었어. 염산으로 얼굴이 엉망이 돼서…… 그리고 눈도 안 보이고, 내 일생이 공포와 죽음 외에는 아무것도 없다는 것을 알았을 때 엄청난 고민에 사로잡혀 있었지. 누구나 그렇게 괴로울 때는 단념하기 쉽단 말이야. 그러나 일단 장님이 돼서 완전한 어둠 속에 묻혀 버리면 잠자는 사람처럼 되어 모든 것이 분명해지고 마음이 안정되지. 지금은 눈이 보이지 않는 대신 마음의 눈으로 세상을 보게 되었어. 우리들이 살던 그 집이 보여. 지난 날의 평화로웠던 그 날이. 당신의 웃는 예쁜 얼굴이. 그리고 헤어지던 날 당신의 쓸쓸한 얼굴이. 재판관은 사정을 모르니 그저 당신이 나를 이렇게 병신으로 만들었다는 점에만 중점을 두었어. 그래서 나는 법정에서 자세히 설명했지. 재판관은 당신에게 유죄를 선고하려 했어. 그렇게 되면 당신은 평생 어두운 감옥에서 고생할 수밖에 없지. 그러나 당신을 몇 년이고 감옥에 넣어둔다고 하더라도 내가 다시 눈을 뜰 수는 없잖아. 내가 증인석에 섰을 때 당신은 조마조마했을 거야. 내가 당신의 죄를 모조리 말하지나 않을까 하고 말이야. 그러나 나는 그런 짓은 하지 않았어."
여자는 두 손으로 얼굴을 가리며 흐느꼈다.
"당신은 좋은 분이에요."
"나는 공평하게 생각했을 뿐이야."
"후회하고 있어요. 제가 미쳤어요. 무엇 때문에 그렇게 무서운 짓을 했는지 몰라요. 그런데도 당신은 재판관에게 저의 석방을 주선해 주셨어요. 그리고 지금도 이렇게 따뜻하게 대해 주시니, 저는 부끄러워서 더 이상 할 말이 없어요. 잘못했어요. 용서해 주세요. 정말 미안해요."
그는 여자가 흐느끼며 말하는 것을 아무 말 없이 듣고 있었다. 아무런 느낌도 없는 태도로 귀를 기울이고 있다가 여자의 말이 끝나는 것을 기다려 입을 열었다.
"당신은 앞으로 어떻게 할 거야?"
"아직 모르겠어요. 며칠 쉬고 싶어요. 그리고 일자리를 찾아야죠. 백화점 판매원이나 패션 모델이라도 해야겠지요."
"당신은 여전히 아름답겠지."
남자의 목소리는 조금 날카로웠다.
여자는 아무 말도 하지 않았다.
"당신의 아름다운 얼굴을 한 번 보고 싶어."
여자는 말이 없었다.

남자는 몸을 약간 떨면서 속삭이듯 말했다.

"이젠 어두워졌겠지. 여보, 불을 켜요. 눈은 보이지 않아도 주위가 밝다고 생각하면 기분이 좋아. 당신은 어디 있소? 난로 옆에? 거기 있으면 손을 내밀어 봐요. 거기 어디에 스위치가 있을 거요."

그 순간 전등이 켜졌다. 눈먼 남자의 눈동자에는 전혀 변화가 없었으나 여자의 입술에서는 놀라 신음하는 소리가 들렸다. 여자의 반응으로 남자는 전등이 켜진 것을 알았다. 여자는 자기가 저지른 무서운 범죄의 결과를 비로소 전등 밑에서야 확실히 보게 된 것이다.

남자의 얼굴은 허연 줄기와 덴 자국이 있는 사이로 붉은 줄기의 개울이 서로 교차되어 있고, 이마에도 검푸른 자국과 구멍이 뚫려 다른 것으로 메워 놓은 것처럼 되어 있는데, 함부로 얼굴을 만져 놓은 것 같아 그의 인상은 두 번 다시 볼 수 없을 정도로 괴상하고 험악하게 변해 있었다. 남자가 법정에 서서 그 여자를 위해 변호하고 있을 때는 여자는 피고석에 파묻혀 울고 있었기 때문에 그를 정면으로 바라볼 용기가 없었다. 그러나 지금 단둘 밖에 없는 실내에서 소름끼치는 그의 무서운 얼굴을 마주하게 되니 참을 수 없는 혐오감이 치밀어올랐다. 그러나 남자는 별로 화를 내지 않고 조용한 목소리로 말했다.

"자, 잘 봐요. 정말 괴상한 얼굴이 되었지. 옛날의 모습은 하나도 없어. 당신은 벌써 마음이 변해 도망치고 싶을 거요."

여자는 목소리가 떨리지 않도록 노력했다.

"누가 도망을 가요. 움직이지 않고 그대로 있어요."

"나에게 조금 가까이 와봐요. 얼굴을 볼 수 없는 대신 손이라도 만져보고 싶소. 다시 한 번 그 부드러운 살결을 만져볼 수 있게 해주지 않겠소? 기분이 나쁘겠지만 소원이니 들어주오. 잠시라도 좋으니 손을 만지게 해주오. 눈먼 사람은 만져만 봐도 옛날의 여러 가지 모습을 상상할 수가 있소."

여자는 얼굴을 돌리고 손을 내밀었다. 그러자 남자는 여자의 손가락을 반가운 듯 만지작거렸다.
"부드럽고 귀여운 손목이군. 여보, 떨지 않아도 돼. 정다웠던 시절의 일들을 생각해 봐. 아니, 내가 준 반지를 끼고 있지 않군. 어떻게 했지? 나는 그것을 돌려받은 기억이 없는데. '이것을 우리들의 결혼 반지로 합시다' 하고 내가 말했었는데, 왜 빼 버렸지?"
"기분이 이상할 거예요."
"좋으니까 다시 껴요. 여보, 꼭 끼겠다고 약속해요."
"그렇게 하겠어요."
남자는 잠시 생각했다.
"밖은 이미 어둡겠지. 그리고 몹시 춥겠지. 눈먼 장님이 되면 추위를 많이 타는 것 같아. 당신 손은 이렇게 따뜻한데 내 손은 마치 얼음 같군. 장님은 신경이 예민하다고 하는데, 나는 아직 그렇게 예민하지 못해. 차차 예민해지겠지. 나는 갑자기 장님이 돼서 유치원 어린이와 같아."
여자는 남자에게 손을 맡긴 채 한숨을 쉬었다.
"오, 하느님."
남자는 꿈을 꾸듯 중얼거렸다.
"당신이 와서 기뻐. 당신만 좋다면 언제까지나 이렇게 같이 살았으면 좋겠는데…… 그러나 그럴 수는 없어. 나하고 같이 사는 것은 괴로운 일일 테니까 말이야. 그리고 우리들처럼 즐거운 추억을 가지고 있는 사람에겐 되도록 그것을 깨뜨리지 않고 그대로 두는 게 좋아. 내 얼굴은 보기만 해도 소름이 끼치지."
여자는 그렇지 않다고 계속 말했지만 남자는 비웃었다.
"거짓말 하지 마. 어느 친구의 정부가 말이야, 그 친구의 얼굴에 염산을 뿌려 두 번 다시 볼 수 없는 추악한 얼굴로 만들어 버린 일이 있었지. 여자들은 그를 만나면 얼굴을 돌리고 지나가 버렸어. 그래도 그는 자기의 얼굴을 모르니까 싫어하는 사람을 붙잡고는 말을 하곤 했었지. 나도 지금 그 녀석과 마찬가지야. 오랫동안 같이 살아오던 당신까지도 이렇게 떨고 있으니 말이야. 나는 알 수 있지. 당신은 언제까지나 이 얼굴을 생각하고 공포와 후회에 사로잡히겠지만…… 그것을 생각하면 난 더 슬퍼져. 이젠 이런 얘긴 그만해. 당신은 일자리를 찾겠다고 했지? 그 계획에 대해 말해 주겠어? 좀더 가까이 와요. 나는 귀마저 멀어서 잘 들리지 않아. 어떻게 할 생각인지, 취직 얘기 말이야."
두 사람의 의자가 가까워졌다. 남자는 한숨을 쉬었다.
"오, 그리운 냄새가 나는군. 나는 이 냄새를 맡고 싶어서 당신이 쓰는 향수를 사서 뿌려 보기도 했지만 당신의 냄새는 나지 않아. 당신이 바르면 머리나 살결 냄새와 잘 조화가 되니까 좋단 말이야. 좀더 가까이 와요. 이제 가버리면 두 번 다시 오지 않을 테니까 냄새라도 실컷 맡도록 해줘요. 여보, 당신 떨고 있어? 내 얼굴이 그렇게 무섭소?"
"아니, 추워서 그래요."
"그러고 보니 옷이 얇군. 벌써 12월이야. 밖은 바람이 차오. 몹시 떨고 있군. 우리들이 전에 살던 집은 따뜻했지. 당신도 생각날 거야. 그 때 내가 당신을 안으면 당신은 흥분이 되어 내 어깨 밑에 얼굴을 파묻고 황홀한 기분으로 안겼었는데. 지금은 내 품에 안기려고 하는 여자는 한 명도 없어. 여보, 좀더 가까이 와요. 그리고 그쪽 손도 만지게 해줘요. 당신은 내가 만나고 싶다는 말을 변호사에게서 들었을 때 맨 처음 어떤 생각이 났지?"
"가야겠다고 생각했어요."
"그러면 아직도 날 사랑하고 있군, 분명해."

"사랑하고 있어요."

여자는 단숨에 대답했다.

"그 말이 진정이라면 마지막 이별의 키스라도 합시다. 물론 싫겠지만 내 소원은 키스만 하면 그만이야. 당신이 가고 싶다면 돌려 보내 줄 테니 말이야. 키스해 주겠지?"

여자는 뒤로 물러섰다. 그러나 스스로 생각해봐도 자신의 행동이 부끄럽고, 남자를 생각하면 안타깝기도 해서 냉정하게 거절할 수 없었다. 여자는 눈을 감은 채 남자의 얼굴에 이마를 갖다 댔다.

문득 눈을 떠보니 남자의 무서운 얼굴이 이미 바싹 다가와 있었다. 여자는 빠져나가려고 몸부림을 쳤다.

그러나 남자는 더 강하게 여자를 끌어안았다.

"가고 싶어? 잠깐만 기다려. 당신은 아직 내 얼굴을 자세히 보지 않았겠지? 자, 지금 똑똑히 봐요. 입술을 내밀어요. 어때, 이제 무섭지 않지?"

"숨이 막혀요."

여자는 안간힘을 다해 몸부림쳤다.

"숨이 막히는 것이 아니라 무섭지?"

"아, 숨 막혀. 숨이 막혀요."

"쉿! 소리를 지르지 마. 조용히 해. 내 손에 붙잡힌 것이 잘못이야. 아무리 몸부림쳐도 이젠 늦었어. 힘으로 하자면 내가 너보다 세단 말이야."

순식간에 남자의 말투가 변하고 왼팔로 여자의 두 팔을 누르더니 오른손으로 주머니를 뒤져 조그만 약병 하나를 꺼냈다. 그리고 이로 마개를 벗겼다.

"이것 봐. 이게 바로 그 무서운 염산이야. 자, 얼굴을 바로 들어. 그래 그래. 두고 보면 알 수 있어. 우리는 천생연분이 될 거야. 서로 동등해지는 거지. 하하하…… 무서워 떨고 있군. 내가 너의 석방을 원한 것과, 오늘 이 자리에 너를 부른 이유를 이제 알겠지? 아름다운 그 얼굴을 내 얼굴과 똑같이 만들어 줄 거야. 자, 너도 나같이 괴물이 되라. 나와 같은 장님이 되어라. 암, 아프고말고, 그야 말할 수 없이 아프지."

여자는 애원하려고 입을 벌렸다.

"이것 봐. 입을 벌리면 안 돼. 입을 다물어. 죽이지는 않아. 죽여 버리면 형벌이 너무 가벼워. 살아서 나하고 똑같이 무서운 얼굴, 누구 하나 키스해 줄 사람 없는 추악한 얼굴이 되어야지. 눈먼 장님이 돼서 말이야. 그래야 나에게 지은 죄의 만분의 1이라도 갚게 되는 거야. 알았나, 이 악녀야?"

발꿈치로 여자가 몸을 움직이지 못하도록 고정하고 한 손으로 벌린 입을 틀어막은 뒤 남자는 병에 있는 염산을 들이부었다. 이마와 눈, 얼굴, 그리고 뺨에 모조리 들이부었다. 여자는 죽을 듯 몸부림을 쳤다. 남자는 먹이감을 낚아챈 독사처럼 더욱 죄어댔다.

"조금만 참아. 금방 다 부을 거야. 내가 놓아 줄 것 같은가. 이빨로 무는군. 물어뜯어도 상관없어. 어때, 아픈가? 지옥에서도 가장 죄 많은 사람들이 받는 형벌이야, 이것이 바로."

그는 천천히 약물을 부었다.

"앗! 내 손에까지 떨어졌군."

그는 여자를 밀어버렸다. 여자는 바닥에 굴렀다. 그리고 땅 위에 올라온 미꾸라지처럼 이리 구르고 저리 구르고 발광을 시작했다. 여자의 얼굴이 불길처럼 타올랐다.

남자는 일어나 걸어갔다.

한 번 여자의 몸에 부딪혀 넘어졌으나 그는 곧 다시 일어나 더듬더듬 전등 스위치를 찾아 불을 껐다.

주위는 갑자기 완전한 어둠에 휩싸였다.
장님이 된 두 남녀의 마음도 이제 영원한 어둠에 파묻혀버렸다.

악취미

그는 나쁜 사람도 아니고 잔인한 사람도 아니었다. 그저 남다른 이색 취미를 가지고 있을 뿐이었다.

그러나 그 취미도 이제 대부분 즐길 대로 즐겨 버려서, 지금은 그토록 좋아하던 취미에 아무런 감흥도 느낄 수 없게 되었다.

그는 상연 프로가 바뀔 때마다 매번 극장에 가곤 했다. 그러나 그것은 연기를 감상한다든가 오페라 글라스로 관객석을 둘러보는 게 목적이 아니라, 그렇게 자주 다니는 동안에 갑자기 극장에서 불이 나거나 하는 특별한 사건에 부딪힐지도 모른다는 일종의 기대감에서였다.

또 시내에 나가서는 이것저것 가리지 않고 구경거리를 샅샅이 보고 다니지만, 그것도 역시 돌발적인 재난, 예를 들면 맹수를 다루는 서커스 단원이 맹수에게 물려 죽게 되는 것 같은 극적인 사건을 기대하기 때문이었다.

한때 투우 경기에 열중했던 일도 있었지만 그는 곧 싫증을 느꼈다. 소를 죽이는 방법이 언제나 똑같았기 때문이다. 그리고 칼 맞은 소를 보는 것도 싫었다.

그가 진짜 바랐던 것은 순식간에 일어나는 참혹한 사건이었다. 언젠가 오페라 코믹 극장에 화재가 나서 모두 불타버린 밤, 그는 우연히 그곳에 있었다. 거기서 그는 그 지옥의 풍경을 태연히 구경하고 있었다. 형언할 수 없는 대혼란 속에서도 그는 상처 하나 입지 않고 무사히 피해 나왔다. 그리고 그 유명한 서커스단의 맹수 조련사 프레드가 사자에게 잡아먹혔을 때도 철망의 바로 옆에서 그 참극을 끝까지 보고 있었던 것이다.

그런데 무슨 이유인지 그 후부터 그는 극장이나 서커스 같은 것에는 완전히 흥미를 잃어버리고 말았다.

그렇게 극적이고 엽기적인 것에만 열중하고 있었던 그가, 갑자기 냉담하게 된 것을 본 그의 친구들은 이상하게 생각해 그 이유를 물었다. 그는 대답했다.

"이젠 그런 곳에서 내가 볼 만한 것이라곤 없어. 하나도 흥미있는 게 없어. 소름끼치는 광경을 보고 싶은데 말이야."

연극 감상과 서커스 구경이라는 두 가지 취미를 가진 그는 10년을 하루같이 다니더니 그만 흥미가 없어져 버렸다고 하는 것이었다. 그 뒤로 그는 정신적으로나 육체적으로나 무척 쇠약해져서, 몇 달간 외출도 하지 않게 되었다.

그런데 어느 날, 파리 거리에 화려한 포스터가 나붙었다. 그 포스터는 짙은 바다색을 배경으로 자전거 곡예를 하는 곡예사를 그린 것이었다. 한 줄기의 궤도가 밑으로 향해서 몇 바퀴나 동그랗게 나선형으로 굽어졌고, 끝은 돌을 매달아 놓은 것처럼 일직선으로 팽팽하게 내려져 있었다. 그 궤도의 정상에는 자전거 곡예사가 지금이라도 곧장 내려오려고 신호를 기다리고 있는데, 궤도가 너무나 높은 곳에서 밑으로 굽어져 내렸기 때문에, 그 자전거 곡예사가 아슬아슬한 꼭대기에 찍어 놓은 점으로 밖에는 보이지 않았다.

바로 자전거 곡예단의 광고 포스터였다.

그 날 시내의 신문들은 자전거 곡예단의 아슬아슬한 묘기의 기사를 내고 기발한 그 포스터의 해설을 곁들였는데, 그것에 의하면 그 곡예사는 굽어지고 엉클러진 궤도를 빠른 속도로 돌아다니며 마지막엔 땅 위로 뛰어내린다고 했다. 그는 대담하게도 회전 중에 자전거 위에서 거꾸로 서는 재주까지 보인다는 것이다.

곡예사는 신문기자를 초대하여 궤도와 자전거를 실제로 검사해 보게 하고 속임수나 트릭이 없다는 것을 증명하였다. 그리고 자기의 묘기는 극도로 정확한 확률에 의한 것이어서, 정신집중을 하고 있는 한 어떠한 경우에도 떨어지거나 실수할 염려는 없다고 단언했다고 한다. 그러나 사람의 목숨이란 정신집중 하나로 유지될 경우 그것은 아주 불안정할 것 아닌가.

우리의 정신 이상자는 포스터를 보고 조금 기력이 회복되었다. 그는 무엇인가 새로운 자극이 자기를 기다리고 있는 게 틀림없다는 확신을 가졌다. 그는 '두고 봐라' 하며 친구들에게 큰소리를 쳤다. 그래서 그는 첫날 밤부터 관객석에 앉아 열심히 묘기를 구경하게 되었다. 그는 궤도가 바닥에 내려오는 바로 정면에 자리를 잡고 그 자리를 혼자서 점령했다. 다른 사람이 옆에 있으면 주의력이 산만해지는 것을 우려해 일부러 독점한 것이다.

아슬아슬한 곡예는 불과 5분 만에 끝났다. 처음에 하얀 궤도 위에 검은 점이 하나 나타나더니 굉장한 힘으로 굽어 돌면서 회전하고 크게 도약했다. 그것으로 모든 것이 끝났다. 마치 번갯불처럼 신속하고 생동감 있는 감격을 그에게 안겨주었다. 그는 돌아오는 길에 수많은 사람들 틈에 끼어 생각했다.

'이런 감동은 두서너 번은 좋지만, 결국 연극이나 서커스처럼 곧 지루해질 거야.'

그는 아직 자기가 정말로 찾고 있는 광경을 발견하지 못했지만 얼핏 또 이런 생각을 했다.
'아무리 정신집중이라고 해도 인간의 능력에는 한도가 있다. 자전거의 힘도 역시 그렇고, 궤도 역시 그렇다. 아무리 완전하게 보여도 어느 때인가 문제가 생긴다. 그래서 한 번은 사고가 일어날 것이 틀림없다.'
그는 반드시 일어나고야 말 사고를 꼭 자신의 두 눈으로 목격해야겠다고 다짐했다. 그것은 그에게 극히 자연스러운 행동이었다.
'매일 밤 와서 보자.' 그는 마음 속 깊이 결심했다. '저 곡예사의 두개골이 깨질 때까지 줄기차게 다니자. 3개월간 파리 공연에서 사고가 일어나지 않는다면 사고가 일어날 때까지, 이 세상 끝까지 쫓아다니는 거야.'
그는 두 달 동안 하루도 빠지지 않고 똑같은 시간에, 똑같은 장소의, 똑같은 좌석에 앉았다. 그는 결코 좌석을 바꾸는 일이 없었기 때문에 곡예단 사람들도 그를 알아보게 되었다.
그러나 곡예단 사람들은 비싼 요금을 내고 매일 밤 끈기 있게 똑같은 자전거 곡예를 구경하러 오는 그의 취미를 아무리 이해하려 해도 이해할 수 없었다.
그러던 어느 날 밤이었다. 곡예사는 다른 날보다 빠르게 그의 곡예를 끝마쳤는데, 우연히 복도에서 그와 마주쳤다. 말을 주고 받는 데 서로 소개할 필요조차 없었다.
"얼굴은 벌써부터 기억하고 있었습니다." 곡예사가 먼저 인사했다. "매일 저녁 오시더군요."
그러자 그는 깜짝 놀랐다.
"나는 당신의 자전거 곡예에 대단한 흥미를 가지고 있습니다. 그런데 매일 저녁 온다고 하는 것은 누구에게 들었습니까?"

곡예사는 웃었다.

"다른 사람에게 들은 것이 아닙니다. 제 눈으로 보고 있었죠."
"그것 참 이상하군요. 그렇게 높은 곳에서…… 그 위험한 곡예를 하면서 당신은 관객의 얼굴을 알아볼 여유가 있단 말이오?"
"그런 여유는 없습니다. 저는 밑에 있는 관객석은 전혀 보지 않고 있습니다. 계속 움직이며 지껄이는 관객에게 조금이라도 한눈을 판다면 대단히 위험하니까요. 그러나 우리들의 직업에는 재능이나 이론, 숙련된 기술 외에도 더 중요한 것이 있습니다. 말하자면 트릭과 같은 겁니다만……."
"속임수가 있습니까?"
그는 또 놀랐다.
"오해하지 마십시오. 트릭이라고 해도 저희가 하는 것은 속임수가 아닙니다. 제가 하는 트릭은 관객이 전혀 알아낼 수 없는 것인데, 그것은 아주 어려운 대목입니다. 말하자면 이런 것입니다. 실제로 우리들이 머리를 텅 비워 놓고 한 가지 일에 몰두한다는 것은 대단히 어려운 일입니다. 말하자면 어느 일에 정신을 집중시키는 일이 아주 힘들지요.

공중에서 곡예하는 것은 완전한 정신 집중이 필요하니까 저는 무엇이든지 관객석에 목표를 정해 그것만을 노려보고 결코 다른 것에 정신이 팔리지 않도록 합니다. 그리고 그 목표에 시선을 준 순간부터 다른 일은 모조리 잊어버리고 맙니다. 안장에 올라 두 손으로 일단 핸들을 잡았다 하면 이미 아무것도 생각하지 않습니다. 균형이나 방향 같은 것은 전혀 생각하지 않습니다.

저는 근육에 의지합니다. 그것은 강철과 같이 확실합니다. 단지 하나 위험한 것은 눈인데, 방금 말씀드린 바와 같이 일단 무엇인가를 노려보기만 하면 걱정없습니다. 그런데 제가 첫날 밤 자전거를 타려 했을 때 우연히도 당신의 좌석에 시선이 갔기 때문에 계속 당신의 모습을 노려보고 있었습니다. 당신은 자신도 알지 못하는 사이에 저의 눈에 포착돼 버렸습니다. 그래서 당신은 저의 목표가 됐습니다. 이튿날 밤에도 역시 똑같은 자리에 앉아 계신 당신에게 눈을 주었습니다. 그 뒤는 궤도 꼭대기에 서게 되면 본능적으로 당신을 바라보게 되었습니다. 결국 당신은 저를 도와주고 계신 셈인데, 지금은 당신이야말로 저의 곡예에 없어서는 안 될 중요한 목표가 되어 있습니다. 자, 그러면 당신이 매일 저녁 오는 사실을 제가 어떻게 알았는지 아시겠지요."

그 다음날 밤도 우리의 정신 이상자는 역시 그 좌석에 앉아 있었다. 관객은 기대에 부풀어 여느 때와 다름없이 움직이며 지껄여댔다.
그러다가 갑자기 물을 끼얹은 듯 조용해졌다. 관객들이 숨을 죽이고 깊은 침묵에 잠겼다.
곡예사는 자전거를 디고 조수들의 도움을 받으면서 출발 신호를 기다리고 있었다. 그는 완전히 균형을 잡은 다음 드디어 두 손으로 핸들을 잡고 목을 바짝 들면서 정면에 시선을 주었다.
"얏!"
곡예사가 소리를 지르자 붙잡고 있던 조수들은 재빠르게 양쪽으로 떨어져 나갔다.
그 순간, 정신 이상자는 가장 자연스러운 태도로 일어나더니 뒤로 물러서며 다른 좌석으로 걸어갔다. 그러자 아득히 높은 궤도에서 무서운 사건이 일어났다. 곡예사의 몸이 갑자기 공중으로 튀어오르며 거꾸로 추락하고 만 것이다. 동시에 헛바퀴를 돌던 자전거는 뒤로 넘어져 관객석의 한복판에 굴러 떨어졌다.
관객들은 '앗!' 비명을 지르며 모두 일어섰다.

그 때 정신 이상자는 점잖게 외투를 입고 소매 끝으로 실크해트의 먼지를 털면서 만족스럽다는 듯이 집으로 돌아갔다.

정상 참작

프랑수아는 무심코 신문을 보다가 그녀의 아들이 체포되었다는 기사를 읽고 깜짝 놀랐다.

처음에는 그 사실을 믿을 수가 없었다. 왜냐하면 너무나 어이없는 사건이었기 때문이다.

아들은 평소 과묵하고 정직했으며 얌전했다. 그리고 지난 부활절 휴가 때에도 어머니를 보러 왔었다. 그 이후 부대에 돌아가서 아직 한 달도 지나지 않았는데, 아들이 범죄를 저지르고, 더구나 살인까지 했다는 것을 어떻게 믿을 수 있단 말인가? 군복을 입은 아들의 둥근 얼굴에 떠오른 멋진 미소가 지금도 눈앞에 선했다. 아들은 집을 떠날 때 주름진 어머니의 얼굴에 키스까지 해 주지 않았던가. 그런 것을 생각하면 프랑수아는 평온하고 행복한 기억으로 가슴이 벅차올랐다.

"무슨 착오일 거야. 사람을 잘못 알았을 거야."

노파는 어깨를 으쓱하며 중얼거렸다.

그러나 신문은 '군인의 범죄'라는 큰 제목 아래 대사건이라도 되는 양 사건 내용을 크게 부각시켜 싣고 있었다. 그것은 부대 안에서 일어난 사건인데 범인으로 지목된 이름이 틀림없이 아들의 이름이었다. 노파는 어쩔 줄 모르고 그만 의자에 파묻혀 넋 잃은 사람처럼 앉아 있었다. 안경을 이마 위로 올리고 주먹을 움켜쥐었다. 입술을 바르르 떨며 혼잣말을 중얼거렸다. 집에서 기르는 늙은 개가 문앞에 누워 있는 것을 보고 나서 시선을 벽시계로 돌렸다. 시계는 똑딱똑딱 무거운 소리를 내며 바늘을 옮기고 있었다.

그 때였다. 누군가 불쑥 문앞에 나타나 노파는 깜짝 놀랐다.
"누구세요?"
이웃집 여자였다.
프랑수아는 자기의 걱정거리를 들키지 않으려고 애써 입을 열었다.
"아이쿠! 내가 깜박 잠들었었나 봐. 요즘 날씨가 따뜻해졌지요."
노파는 보통 때와 달리 말을 많이 했다. 상대방의 질문이 두려워서 아예 입을 못 열도록 하는 것이다. 그러는 동안 나중에는 더 이상 할 말이 없었다. 한동안 노파는 침묵하고 있었다.
"요즘 아드님한테서는 소식이 있나요?"
이웃집 여자가 물었다.
"가끔 편지를 보냅니다……. 오늘 아침에도 왔어요."
일단 대답은 했으나 어떤 내용인가는 말할 수 없었다.
노파는 아들의 결백을 확인해야겠다고 생각했다. 신문이 잘못 발표한 것이다. 아들은 그런 짓을 할 리가 없다. 노파는 신문을 폈다.
"아주머니, 이 기사를 읽었나요? 이상한 일이야."
태연히 말한 것 같았으나 말소리가 막혔고 눈에는 눈물이 가득 괴었다.
"나도 바보야. 글쎄 이걸 처음에 읽고는 깜짝 놀라서 어떻게 해야 좋을지 몰랐어, 바보같이."
상대방은 아무 말이 없었다.

"정말 이상하지 않아요?"
"참 이상하군요. 같은 부대에 똑같은 이름의 군인이 두 사람이나 있다니."
그렇게 말해주니 프랑수아는 갑자기 기운이 났다.
"그래요. 나도 당신과 똑같이 생각했어요. 같은 이름의 군인이 두 사람 있는데, 우리 아이는 아니야."
"부대 안의 일은 나도 잘 모르지만" 이웃집 여자가 말했다. "그저 조금 물어보려고 왔어요. 그야 같은 이름을 가진 사람이 꽤 있으니까, 그렇다면 얼마나 좋겠어요. 그러나 만일 그 범인이 할머니의 아들이라면, 건너편 가게에 들어온 도둑도 아마 같은 범인일 거라고 마을 사람들이 수군거리고 있어요. 그 가게에서 300프랑이나 도둑맞았거든요. 마침 댁의 아드님이 부활절 휴가 때 집에 온 시간과도 일치하고."
그 말을 듣고 노파는 벌떡 일어났다. 죽은 사람처럼 얼굴이 창백해졌고 두 주먹을 불끈 쥐고 있었다.
"뭐라고? 그런 일은 있을 수 없어. 도대체 왜 우리 아들에게 누명을 씌우려는 거지? 그 아이가 불쌍해. 나는 어떤 일이 있어도 내 아들의 무죄를 입증해 보이겠어."
말을 마치자 그 노파는 신발도 신지 않은 채 역으로 달려갔다.
역에 도착하자 시계가 11시를 쳤다. 노파는 곧장 기차에 올랐으나 마음 속에서는 알 수 없는 불안감이 부풀어 올랐다.
'내 아들이 그런 짓을 할 리 없어'라는 생각은 사라지고 '만일 이 일이 사실이라면······' 하는 생각이 가득 찼다. 밀밭과 마을이 차창 뒤로 획획 사라져 갔다. 철도 가의 전선은 눈부시게 오르락내리락했다
목적지에 도착하자 사실을 확인하게 될 시간이 빠르게 다가오는 것

같았다. 노파의 등줄기에 소름이 쫙 끼쳤다. 프랑수아는 역을 나서자 소리내어 열심히 기도하기 시작했다.

"자비로운 성모 마리아여, 당신은 이러한 사건이 일어난 것을 결코 용서하시지 않겠지요. 당신의 거룩함 앞에서 감사기도를 할 수 있도록 해주시길 간절히 간절히 기도합니다."

부대 초소를 거쳐 깨끗이 정돈된 연병장을 지나 네모난 막사로 들어갔다. 마침 저녁 휴식 시간이어서 군인들은 잡담을 하고 있었다.

프랑수아는 아들에게 들어서 부대의 계급을 잘 알고 있었으므로 거침없이 상사 계급장을 단 사람 앞으로 다가가 공손히 인사를 했다.

"상사님, 저는……."

그녀는 말을 더듬었다. 마음 속의 불안을 알게 해서는 안 된다고 생각했기 때문이다.

"아들 때문에 왔습니다. 제 아들은 '주로 미숑'입니다. 3중대 소속이죠. 혹시 그 애가…… 아니, 그 애를 만날 수 있습니까?"

노파는 일부러 웃었다. 그리고 잇달아 말했다.

"그 애의 어미입니다. 어미도 면회가 안 됩니까? 왜 그렇지요? 그애는 지금 어디 있지요? 혹시 어디 아프기라도 한가요? 그러면 왜 면회가 안 되죠? 네, 알고 있어요. 아니, 그것은 알 수 없어요. 아니, 체포되었다구요? 경찰에. 경찰이 아니라, 영창에요? 아니……."

그녀는 실망한 나머지 두 손에 얼굴을 파묻고 울었다.

"아, 역시 사실이었군요."

노파는 넋 잃은 사람처럼 비틀거리며 그 곳을 나왔다. 영창에 가서 알아보니 아들은 이미 독방에 수감돼 있다고 했다. 독방에 있다고 하니 더욱 무서웠다. 혼자서 독방에 있는 아들의 모습이 떠올랐다. 노파는 견딜 수 없이 슬펐다.

변호사를 찾아가라는 말대로 노파는 부대를 나와, 변호사를 찾아가 사건의 경위에 대해 모든 설명을 들었다. 아들의 범행은 의심의 여지가 없었다. 사람을 죽이고 돈을 강탈한 것이 분명했다. 아들의 모포 밑에서 600프랑의 현금이 발견되었고, 본인도 자신의 범행을 자백했다. 프랑수아는 울었다. 그리고 아들을 보게 해 달라고 간청했지만 끝내 만날 수 없었다. 그녀는 기진맥진해서 다시 마을로 돌아왔다.

아들의 사건은 온 마을이 알고 있었다. 노파는 밤중에 집으로 돌아왔다.

집에 돌아와서 한 발자국도 밖으로 나가려 하지 않았다. 문을 걸어 잠그고 창문도 덧문까지 내렸다. 매일 아침 문틈으로 끼어 놓은 신문을 노파는 부들부들 떨면서 읽어 내려갔다.

신문에는 아들의 범죄가 자세히 나오고 다른 범행까지 있다고 씌어 있었다.

그 기사를 보니 증인으로 소환된 사람들이 마을 가게의 돈을 훔친 것도 아들의 소행이라고 고발한 것 같았다. 아들은 마을 가게에서 도둑질할 리가 없다. 이것만은 억울한 누명이다. 노파는 그렇게 믿고 있었다. 그러나 나중에는 그것마저 의심스러웠다.

한 달 후 그녀는 변호사를 찾아갔다. 이번에는 면회 수속 같은 것은 부탁하지 않았다. 아들을 미워하는 것은 아니었지만 부끄러운 마음이 가득 차 있었다.

"아들은 어떻게 될까요? 선생님의 힘으로 사형만은 면할 수 있게 해 주세요."

"사형을 면하기는 어려울 겁니다. 정상을 참작해야 할 일이 있으면 몰라도."

"그것은 어떤 겁니까?"

"죄가 가벼워질 수 있는 사정을 말하지요. 예를 들면 어느 가난한 아버지가 남의 물건을 훔쳤다고 할 때, 자기 아들의 굶주림을 보다 못해 저지른 범죄라면 재판관도 그 사정을 고려해서 죄를 가볍게 해 주지요. 이런 것을 '정상 참작'이라고 합니다. 그러나 이 사건은 그러한 사정도 없고 더욱이 초범도 아닌 재범입니다. 전에도 한 번 범행을 한 일이 있습니다. 본인은 전에 범행을 저지르지 않았다고 주장하지만…… 제 힘껏 해보겠습니다."

프랑수아는 그대로 집으로 돌아왔는데 이렇게 고달프고 이토록 실망한 일은 일찍이 없었다.

처음으로 들은 '정상 참작'이라는 말을 생각하니 마음이 조마조마했다. 재판관에게 아들의 형량을 가볍게 해주도록 하기 위해 그럴 듯한 이유를 하나 찾아야 한다. 그러나 하나도 떠오르지 않았다. 그저 머리에 떠오르는 것은 아들이 저지른 무서운 범죄뿐이었다. 아무리 해도 사형을 면할 길이 없을 것 같았다.

어느덧 공판 날이 다가왔다. 프랑수아는 법원으로 갔다. 사형집행장으로 끌려가는 마지막 걸음걸이처럼 노파의 몸은 무겁기만 했다. 기차에 오르자 우선 여러 성인들의 이름을 부르며 기도를 드렸다. 그 순간에도 정상 참작이라는 말이 끊임없이 머릿속에 메아리쳤다.

"정상 참작, 정상 참작."

법원에 도착하자 노파는 다른 증인들과 함께 어둡고 음산한 대기실에서 잠시 기다렸다. 사람들은 노파를 보더니 갑자기 목소리를 낮추고 수군거렸다. 드디어 차례가 되자 노파는 비틀거리며 법정의 증인석으로 들어갔다. 어두운 곳에서 갑자기 밝은 곳으로 나온 노파는 눈을 깜박이면서 피고석에 앉아 있는 아들을 보았다. 아들은 손수건으로 얼굴을 가리고 울고 있었다. 그 안타까운 모양을 보고 프랑수아는 재판관을 보았다.

노파는 자청해서 증인으로 나왔지만 무슨 말을 하려고 나왔는지 자신도 알 수 없었다.

　실은 이 사건에 대해서 전혀 사정을 알지 못할 뿐 아니라 그런 처지에 지금 새삼스럽게 할 말도 없었다. 노파는 범인의 어머니로 나온 것이다. 범인을 낳고 젖을 주며 귀엽게 여겨 기른 어머니로서 나온 것이다. 노파는 재판관의 질문에 간단한 몸짓을 하거나 서투르게 대답했다. 법정은 쥐 죽은 듯이 고요했다. 사람들의 동정은 이 검은 옷을 입은 여윈 얼굴의 노파에게 집중되었다.

　"피고는 증인의 친아들인가."
　"네."
　"증인은 피고의 나쁜 행위에 대해 알지 못했나?"
　"네."
　"피고는 지금까지 그의 친구들로부터 나쁜 영향을 받은 적이 없었나?"
　"나쁜 친구는 한 명도 없습니다. 이 아이의 죽은 아버지는 누구에게나 호감을 주고 존경받은 엄격한 분이어서, 아들은 나쁜 아이들과 한 번도 사귄 적이 없습니다. 저도 나쁜 일은 참지 못하는 성격이어서 평소 아들에게 잔소리가 많은 편이었습니다."
　"그렇군."
　판사는 고개를 끄덕이고 나서 피고에게 말했다.
　"피고는 양친이 엄격한 분이라는 것을 잘 알고 있었겠지? 부모의 이런 좋은 평판을 이용한 거야. 그리고 어머니에게 휴가를 갔을 때도 범죄를 저질렀어. 이처럼 엄격한 부모 밑에 너와 같은 악인이 있으리라고는 마을 사람들도 알지 못했단 말이야. 아무리 죄인이라도 때에 따라서는 '자기가 나쁜 게 아니라 주위의 영향으로 결국 죄를 범했다'고 말할 수도 있지만, 피고는 그런 말도 할 수 없어."
　프랑수아는 그 말을 듣고 눈물을 흘리며 고개를 숙였다. 그리고 갑자기 또렷한 소리로 판사에게 말했다.
"용서해 주십시오, 판사님. 이제 고백을 해야겠습니다. 아들이 큰 죄를 저질렀습니다. 그러나 아들만 나쁜 것이 아닙니다. 방금 이 자리에서 저는 엄격하고 결백한 사람이라고 말했습니다. 그러나 거짓말입니다. 동네 가게에서 300프랑의 돈을 훔친 것은 이 늙은이올시다. 마침 아들이 부활절 휴가로 집에 와 있게 되어 아들에게 의논했던 결과…… 아들이 가엾게 생각했는지…… 아직 젊은 탓인지…… 어머니가 남에게 손가락질당해선 안되겠다고 생각했는지…… 그 후 아들이 남의 돈을 훔치고 사람의 목숨까지 빼앗게 된 것도, 결국 그 돈으로 내가 훔친 돈을 돌려주고 내가 저지른 죄를 씻어주려고 한 애틋한 마음에서 한 일입니다. 아들은 사람을 죽이려는 것이 아니었습니다. 훔치러 들어갔을 때 상대방이 소리를 지르니까 그만 찌른 것입니다."
노파는 잠시 말을 쉬었다. 그리고 낮고 침착하게 말을 계속했다.
"저는 처음 거짓말을 했습니다. 참으로 죄 많은 늙은이입니다. 아들에게 나쁜 짓을 보여준 사람은 바로 저 아이의 어머니인 이 늙은이올시다. 아무쪼록 저에게 그 죄를 주십시오. 그리고 아들에게 정상 참작을 해 주십시오. 거듭 잘못했습니다, 판사님."
프랑수아는 말을 마치고 공손히 인사를 했다. 그녀는 어깨를 떨어뜨리고 고개를 숙였다. 마치 죽어버리고 싶은 모습이었다. 재판 결과는 무기징역이라는 판결이 내려졌다. 결국 그의 아들은 겨우 사형을 면한 것이다.
그 후 가엾은 어머니는 마을에서 따돌림을 당했다. 노파는 얼마 가지 않아 병으로 눕게 되었으나 누구 하나 간호해 주는 사람도 없이 쓸쓸히 죽어갔다. 동네 사람들은 형식적인 장례를 지내고 시체는 공동묘지에 묻었다.

이 이야기는 내가 그 노파의 무덤 옆에서 어떤 사람한테서 들은 것이다. 지금 그 무덤은 비바람에 무너져 흔적조차 찾기 힘들 정도로 초라했다. 검은 나무 십자가 하나가 당당히 서 있었다. 그 십자가에 적힌 묘비명의 내용은 다음과 같다.

  프랑수아 미숑의 묘
  그 여자의 아들을 재판한 판사 세움.

범인의 손목

열차는 칠흑 같은 암흑 속을 가르고 질주하는 중이었다.
나와 나란히 앉아 있는 세 사람의 승객——노신사와 젊은 남자와 젊은 여자 한 명——은 아무도 자지 않았다. 간혹 여자가 남자에게 뭔가를 물어보면 남자는 그저 몸짓으로 대답할 뿐이다. 그리고 다시 그들은 흐뭇한 침묵에 잠겼다.
2시경, 열차는 속력을 늦추지 않고 간이역을 그대로 통과했다.
역의 등불이 차창에 스쳤다. 열차가 교차선로를 지나가면서 덜커덩거렸다. 졸고 있던 여자는 그 진동과 덜커덩거리는 소음에 눈을 번쩍 떴다.
젊은 남자가 장갑을 낀 손으로 창을 쓱 문지르고 밖을 내다보았다. 그러나 이미 간이역의 시계와 간판은 어둠 속에 사라진 뒤였다.
"쟈크, 여기가 어디에요?"
여자는 선잠 깬 사람처럼 졸린 목소리로 물었다. 젊은 남자는 시계를 보고 잠시 생각했다.
"확실히 모르지만 시간으로 보면 폰다를레일 거야."

"아닙니다. 아직 멀었어요. 아직 터널도 지나지 않았어요."

노신사가 끼어들었다.

젊은 남자는 눈인사를 건넸다.

여자는 한숨을 내쉰다.

"아이, 지루해. 왜 이렇게 열차가 느린지 모르겠어. 난 한숨도 못 자겠어. 이럴 줄 알았으면 신문이라도 사올 걸 그랬어요."

"신문 여기 있습니다."

노신사가 여자에게 신문을 내밀었다. 여자는 미소를 지으며 신문을 받았다.

젊은 남자는 감사의 뜻으로 담배를 하나 권했다.

"한 대 피우시겠습니까?"

"고맙습니다."

젊은 남자는 30대로 보였으나 어려서 많은 고생을 했는지 주름이 많은 얼굴이었다. 다부진 체격에 수수한 차림새를 하고 있는데, 특히 여자를 바라보는 시선이 다정해 보였다.

여자는 신문을 보느라 여념이 없었다. 젊은 남자는 여자의 눈이 피로해지지 않도록 조명을 조절하고 여자의 손을 잡았다.

"더 잘 보이지?"

여자는 빙긋 웃었다.

남자는 노신사를 보았다.

"정말 감사합니다. 이 열차는 너무 지루하군요. 특히 저는 밤열차에 익숙치 못해서요."

"요즘은 밤이 길어서 화롤프에 도착해도 어둡습니다. 그곳은 세관 수속이 있어서 30분이나 정차하지요. 당신들은 이탈리아로 가시는 길이지요?"

노인은 웃으며 물었다.

"아닙니다. 스위스로 가는 길입니다. 집사람이 몸이 약해서 의사의 말대로 산장으로 요양을 하려고 이렇게 나섰습니다. 그러나 산이 추워서 집사람이 견디기 어려우면 호수가 있는 곳으로 내려와야 할 것 같습니다. 집사람은 아주 민감해서 요양을 잘 해야 하거든요. 그리고 저 역시 피로해서 충분히 쉬려고 합니다."
여자는 계속 신문을 뒤적였다.
"읽을 만한 게 하나도 없어요. 제가 찾는 기사는 아예 실리지도 않았어요. 저는 소설보다 그 사건의 속보를 기다리고 있는데."
남편은 어깨를 으쓱했다.
"그 사건의 어디가 그렇게 재미있는지 나는 모르겠어."
"사건 자체가 재미있잖아요. 교묘한 살인, 비밀스러운 사건, 얼마나 재미있어요."
"부인이 말씀하시는 것은 '벨코레즈 거리의 살인사건'이군요."
노신사가 말했다.
"네, 맞아요."
"정말 재미있는 사건이죠."
"그것 보세요. 이분도 나와 똑같은 생각이잖아요."
남자는 신문을 뒤적거렸다.
"대체 어떤 사건이야?"
"당신은 벌써 잊어버렸어요? 어젯밤 극장에서 휴식 시간에 하나도 빼놓지 않고 자세히 보셨잖아요. 오늘 아침 출발 전에도 읽으시고 그러세요."
그러자 남자는 신문을 떨어뜨리고 멍하게 아내의 얼굴을 바라보았다.
"이것 봐, 당신 미쳤어? 나는 그 사건을 아직 읽지 않았어. 내가 읽지 않았다고 하면 읽지 않은 거야."

그는 입 안의 못을 내뱉듯 날카롭게 말했다. 보기에는 온순했으나 아내의 말참견을 용서하는 남편은 아닌 것 같았다. 그리고 조금 전까지도 그토록 정다웠던 눈길이 갑자기 확 변하며 매우 사나워져서 나는 가슴이 조마조마했다. 그는 내 표정을 눈치챘는지 말투를 바꿔 아무렇지 않은 양 말했다.

"아, 알았어. 방탕한 부인이 한밤중에 자기 집에서 칼에 찔려 살해된 사건 말이지?"

"밤중이 아니라 대낮이었어요."

여자가 정정했다.

"낮이었던가? 범인은 돈과 보석을 훔쳐갔지. 그런 사건이야 흔한 게 아닌가."

"천만에요. 그 이상 몇 배나 비밀이 숨어 있는 사건이에요."

"당신의 그 탐정놀이에는 손들었어."

남편은 한숨을 쉬고 신문을 읽기 시작했다.

젊은 여자는 노신사를 바라보았다.

"불행한 부인이 살해당한 그 시간에 누군가 집에 찾아왔다고 하는데 그 말이 사실인 것 같아요."

"부인은 왜 그 말을 믿으십니까?"

"왜냐고요? 아주 간단한 이유예요. 범인이 들어왔는데도 불구하고 보석들은 그대로 있었어요. 화장대 위에 값비싼 반지 두 개, 다이아몬드가 박힌 브로치 한 개가 그대로 있었고, 장식장에 있던 골동품에도 손을 일체 대지 않았어요. 범인은 갑자기 문 앞에 찾아온 사람에 놀라서 물건을 훔칠 여유가 없었던 것이 분명해요. 그래서 범인은 수확이 없었지요."

그러나 노신사는 머리를 흔들었다.

"그런데 사실은 많은 현금을 훔쳐갔지요. 그것은 확실합니다."

"그렇다면 왜 보석을 훔치지 않았을까요?"

"그것은 범인이 영리해서입니다. 현금은 상관없지만 보석 같은 것은 나중에 뒤가 밟힐 우려가 있기 때문입니다."

"범인은 무엇보다도 발각되지 않도록 주의한 것 같아요."

"그렇지요. 결국 붙잡히지 않을 겁니다."

노신사는 단언했다.

나는 더 참을 수 없었다.

"그런데 여러분, 그 사건은 여러분들의 추측과 완전히 정반대로 수사가 진행되고 있습니다."

내가 입을 열었다. 여자는 깜짝 놀라는 것 같았다. 노신사는 신문 사이로 나를 보았다.

"나는 이 사건에 관계되는 기사는 모두 읽었습니다. 아주 주의해서 여러 가지 신문을 읽고 있는데 그러한 보도는 못 보았는걸요."

"물론 그렇지요. 지금 제가 말씀드린 것은 아주 최근에야 알려진 사실이어서 내일 신문에나 나올 것입니다."

"당신은 신문사에 계시나요?"

여자가 질문을 했다.

"아닙니다. 그러나 정보는 자세히 알고 있습니다. 저는 경찰입니다. 이 사건 피해자의 부검에 입회했었지요. 처음에는 칼에 심장을 찔린 것이 치명상이라고 생각했는데, 시체를 부검해 보니 왼쪽 가슴 밑에서 커다란 타박상을 발견했습니다. 마치 사람이 손으로 누른 것 같은 다갈색 자국이었습니다. 그 자국을 사진 찍어서 인화해 보니 손자국이 틀림없었습니다. 길고 가느다란 손인데, 자세한 부분까지 선이나 지문이 깨끗하게 남아 있었습니다."

"그것은 경찰이 시체를 만질 때 난 것이겠지요." 노신사가 말했다.

"경찰들은 대개 장갑을 끼지 않거든요. 아무리 조심스레 취급한다 해도 손자국이 남으니까요."

신문을 보던 젊은 남자는 보란 듯 비웃었다. 그러나 나는 화를 내지 않았다. 의사의 말이면 무엇이든 곧이듣지 않는 것이 그의 버릇인 것 같다.

"사람의 눈에는 착오가 있어도 자국은 틀림없습니다. 그 자국은 틀림없는 핏자국이었습니다. 아주 희미하지만 피가 묻은 자국이 틀림없습니다. 그리고 사건이 발생한 이후 그 곳에 드나든 어떤 사람의 손과도 일치하지 않습니다. 크고 피 묻은 손수건이 화장대 아래서 발견되었기 때문에, 그것을 단서로 사건 당시의 상황을 손쉽게 판단할 수 있습니다. 즉 범인은 살인을 한 뒤 피에 젖은 오른손을 손수건에 닦고, 피해자가 완전히 죽었는지 확인하기 위해서 그 여자의 심장에 손을 대보고 밖으로 나간 것입니다. 그는 이 손자국 생각을 하지 못했을 겁니다. 그는 자기의 범행 흔적을 남기게 된 것이지요."

세 승객은 아무 말 없이 나를 쳐다보았다.

"이상한 일이군요." 여자가 입을 열었다.

"정말 이상하군." 젊은 남자가 말했다.

"그러나 지문만으로 범인을 잡을 수 있을까요? 용의자가 없으면 소용없지요. 내가 범인이라면 안심하고 돌아다니겠어." 노신사가 완고하게 말했다.

"오늘 밤까지는 그럴 수 있죠. 그러나 내일은 그럴 수 없습니다. 지금 얘기한 손자국의 사진이 내일이면 여러 신문에 나옵니다. 그렇게 되면 그 손은 프랑스는 물론이고, 이틀 후에는 유럽 전체에 알려지게 됩니다. 범인은 일생 동안 그 손 때문에 범행이 발각되고 말 겁니다. 잡히지 않으려면 범인은 손목을 자르는 수밖에 없지요. 그 손은 여러 가지 특징이 많아서 전문가가 보면 손쉽게 발견할 수 있을 뿐만 아니라 누가 보아도 알 수 있는 자국이 있습니다. 그것은 약손가락 끝에서 생명선까지 나 있는 확실한 상처입니다. 만일 그 범인이 지금 이 자리에 있다면 바로 여러분들의 눈에 띌 수 있습니다. 그러면 다음 역에서 즉시 경찰관에게 넘길 수 있겠지요."

"정말이에요?"

여자는 깜짝 놀랐다. 두 남자는 동시에 자신들의 장갑 낀 손을 내려다보았다.

"정말 그 사진이 내일 발표됩니까?" 젊은 남자가 물었다.

"우리들이 목적지에 도착할 때면 벌써 그 사진이 신문에 나와 있을 거란 말이오?" 노신사도 물었다.

"아니, 사진은 오늘 저녁에 주었으니 빨라야 내일 아침 파리 신문에나 나올 겁니다."

"빨리 보고 싶어요." 여자가 말했다.

"문제 없습니다. 가방 속에 한 장 있으니까요. 자, 이것입니다."

내가 가방에서 사진을 꺼내 여자에게 건네주자, 남자가 어깨 너머로 슬쩍 들여다보았다.

노신사도 들여다보았다. 사진에 마치 진짜 손이 들어 있는 것처럼 보였다. 그러나 조명이 어두워 내가 보충 설명을 해야 했다.

"이 하얀 선을 보십시오. 확실하지요. 그리고 이 부분은……."

"상당히 어둡군요. 창문을 조금 열까요."

젊은 남자가 차창을 열었다.

"아, 시원해." 노신사는 이마를 닦았다.

나는 설명을 계속했다. 이때 기적이 요란하게 울리더니 열차의 바퀴 소리가 한층 더 커졌다. 나는 더 큰 소리로 설명을 했지만 소음 때문에 말이 전달되지 않았다.

"이 터널을 지나고 나서 계속하지요. 시끄러워서 안 들리니까요."

그러자 노신사는 자리로 돌아갔는데, 여자는 뚫어지게 그 사진을 노려보고 있었다.
"아아, 더워. 숨이 막히는 것 같군."
여자의 남편은 또다시 그런 말을 하면서 승강구 쪽으로 다가갔다. 그리고 이상한 소리가 들렸다. 신음소리 같기도 하고 고통을 참는 울음소리 같기도 한…… 우리 세 사람이 동시에 고개를 쳐든 것을 보니 모두 그 소리를 들은 것 같았다.

열차는 굉음을 울리며 터널을 달려나갔다. 드디어 그 소리가 잠잠해지자 시원한 공기가 느껴지며 차 안의 습도도 낮아졌다. 열차는 터널을 나와 또다시 넓은 하늘 밑을 달렸다. 나는 설명을 계속하려고 하다가 젊은 남자를 보고 깜짝 놀랐다. 그는 자기 자리에서 차창 밖으로 손을 내민 채 얼굴이 새파랗게 질려 있었다. 그는 마치 미친 사람처럼 우리들을 그리고 여자를 바라보았다.

"기분이 나쁘십니까?"
내가 말하자 그는 갑자기 앞으로 주저앉았다.
순간, 나는 그의 오른손 손목 끝이 피투성이인 것을 보았다. 이겨진 살과 피로 뒤범벅이 되어 끊어진 채로.
"큰일났군. 터널 기둥에 부딪힌 모양이야. 손목이 없어요!"
노신사가 말했다.
여자가 벌떡 일어났다.
나는 부상자의 양복을 찢고 출혈을 막으려고 손수건으로 그의 팔을 죄었다.
그는 눈을 떴다. 그런데 곧 공포에 질식할 것 같은 그 시선은 어깨에서 점차 아래의 괴상한 상처까지 내려오더니 갑자기 시선을 들어, 그곳에 우뚝 서 있는 자기 아내를 향해 미치광이처럼 쏟아부었다. 여자는 자리에 앉았다가 이를 갈면서 아무 말 없이 남자를 껴안았다.

노신사의 외침이 내 귀에 다시 들렸다.

"손목이 없어!"

나는 바닥에 떨어진 사진을 보았다. 그러자 부상자도 내 시선을 의식한 듯 뚫어지게 내 얼굴을 살폈다.

"잡히지 않으려면 범인은 손목을 자르는 수밖에 없지요"라고 말한 것이 생각났다.

그가 범인이라는 확신이 내 머리에 떠올랐다. 그러나 그때는 그 말을 할 용기도 없었고 그런 기분도 아니었다. 우리들은 아무 말 없이 날이 밝기만을 기다렸다.

부상자는 로잔 역에서 내렸다.

그 후 나는 그의 소식을 들을 수 없었다. 그때 그는 목숨을 구했는지도 모른다. 그러나 벨코레즈 거리의 살인범은 아직까지 체포되지 않았다.

용호상박 트라팔가의 복수전

아르센 뤼뺑을 만들어내 압도적인 호평을 얻은 르블랑(Maurice Leblanc 1864~1907)은, 다시 뤼뺑을 영웅화하기 위해 선배작가 코난 도일의 셜록 홈즈를 끌어내는 데 착안했다.

아르센 뤼뺑의 통쾌한 활약은 프랑스적인 성격에 바탕을 둔 것으로, 처음부터 홈즈를 염두에 두고 그와 대조적인 인물을 만들어낸 것이다.

르블랑이 뤼뺑 시리즈 및 그 비슷한 작품들을 써낸 1932년에 샤랑솔이라는 사람이 쓴 르블랑의 인터뷰 기사에서 르블랑은 뤼뺑 시리즈의 첫 작품을 이렇게 회상하고 있다.

"그 즈음 나는 미스터리작가에 대해서는 전혀 모르고 있었다. 저 유명한 코난 도일의 이름도 몰랐을 정도였다. 만일 내가 누군가의 영향을 받았다면, 그것은 에드거 앨런 포 말고는 없다. 포는 미스터리소설작가 중에서 사건보다 분위기 쪽에 힘을 기울인 유일한 작가이다."

그러나 코난 도일의 이름을 몰랐다는 그의 말은 믿어지지 않는다.

도일의 처녀작은 그보다 20년 전에 나와 프랑스에서도 이미 10년 전부터 널리 읽혀지고 있었기 때문이다.

이렇게 말한 르블랑 자신이 《괴도신사 뤼뺑》의 두 번째 작품에서 가니마르를 가리켜 "거의 셜록 홈즈와 맞먹는다"고 썼으며, 다섯 번째 작품인 〈여왕의 목걸이〉에서는 플로리아나라는 별명으로 나오는 뤼뺑이 수수께끼를 풀었을 때 "그렇다고 해서 셜록 홈즈를 자처하는 것은……"이라는 표현을 쓰고 있다. 여덟 번째 작품 〈한 발 늦은 홈즈〉에서는 홈즈가 실제로 처음 등장하고 있다. 그리고 1907년에 발표된 두번째 작품이 《뤼뺑이냐 홈즈냐(Arsène Lupin contre Herlock Sholmès)》였다.

여기서 우리의 눈길을 끄는 것은, 원제에서는 셜록 홈즈(Sherlock Holmes)가 아니라 헐록 쇼메스(Herlock Sholmès)로 되어 있는 사실이다. 그리고 또 왓슨은 윌슨으로 되어 있다. 그 까닭은——코난 도일을 전혀 몰랐다고 르블랑은 억지스럽게 변명하고 있지만——홈즈를 지나치게 의식한 나머지 뤼뺑과 홈즈를 함께 등장시켜 홈즈가 뤼뺑에게 한 수 당하는 〈한 발 늦은 홈즈〉를 써내자 그 사실을 안 코난 도일이 르블랑에게 엄중한 항의를 해왔기 때문이다.

그러나 본디 뤼뺑이 홈즈와 정반대되는 인물로 설정되어 탄생했으니만큼 적수 홈즈에 대한 미련을 버릴 수 없었는지 르블랑은 누구나 단번에 알 수 있는 헐록 쇼메스와 윌슨이라는 이름으로 눈가림을 했던 것이다. 따라서 번역자는 이 작품을 우리말로 옮김에 있어 읽는 이의 즐거움을 해치지 않도록 하기 위해 르블랑의 의도를 살려 홈즈와 왓슨으로 해두고 해설에서 그 자세한 사정을 밝히는 바이다.

르블랑은, 처음에 여느 소설로 출발하여 중도에 심심풀이삼아 써낸 〈체포된 뤼뺑〉라는 단편을 본 여러 사람의 권유에 의하여 미스터리 소설에 손을 대게 되었다. 그러니만큼 이전의 르블랑이라면 도일에게

관심을 나타내지 않았겠지만, 미스터리소설을 쓰기 시작하면서부터는 도일을 의식하지 않을 수 없었을 것이다. 따라서 앞서의 인터뷰에서 르블랑의 말은 그에 대한 기억이 모호했기 때문이리라 추측된다.

아무튼 이처럼 두 번째 작품에서는 셜록 홈즈의 이름을 그대로 사용하지 않은 것에 대해 《미스터리소설의 역사와 기교》의 저자인 포스카는 르블랑이 셜록 홈즈라는 이름 대신 헐록 쇼메스라는 인물을 등장시킴으로써 많은 혼란의 원인이 되었다고 지적하고, 이를 홈즈로 보면 그 풍모가 다르고 홈즈 아닌 다른 사람으로 본다면 굳이 헐록 쇼메스라고 이름붙이지 말고 잭 스미스라든가 존 도우라고 했으면 좋았을 거라고 비난하고 있다. 또 《20세기 저술가 사전》의 편자인 헤이클래프트는 이 작품을 가리켜 뤼뺑과 홈즈를 대결시킨 해학적인 작품으로, 프랑스 특유의 좋지 않은 멋으로 써낸 소설로 볼 경우 잊어버리는 편이 낫다고 말하기도 했다.

홈즈를 쇼메스라고 고치고 왓슨을 윌슨이라고 바꿔놓기는 했지만, 쇼메스의 풍모와 능력을 표현하는 부분에서 '직관, 관찰, 명민, 총명의 천재'니, '에드거 앨런 포의 오귀스트 뒤팽과 가보리오의 르코크를 가지고 한층 더 색다르고 비현실적인 독특한 타입을 만들어낸 듯한 존재'라고 그리고 있다. 그리고 '홈즈도 대 소설가, 이를테면 코난 도일 같은 작가의 머릿속에서 생겨난 허구적인 인물, 즉 전설 속의 영웅이 아닐까 의심하게 되는 것이다'라고 분명히 내막을 밝히고 있다.

홈즈가 베이커 거리에 버티고 앉아 경찰에서도 손을 대지 못하는 어려운 사건들을 하나씩하나씩 풀어나가는 동안, 그의 명성이 널리 알려져 국제적인 문제에까지 나서지 않을 수 없게 된 것은 잘 알려져 있다. 그러나 그는 사람들의 큰 갈채를 받으려는 의도를 노골적으로 드러내 보이지는 않았다.

그러나 뤼뺑은 아주 다르다. '국민적 괴도'로 자처하고 있으며 '하트 7' 사건에서 볼 수 있듯이 애국자의 모습을 발휘하고 있다. 그는 충실하고 강렬한 운명을 좇는 자로 황제로서 말기에 접어든 나폴레옹에 스스로를 비유하고 있는데, 르블랑이 그러한 지난날의 국민적 영웅에 생각이 미친 것도 결코 우연이 아니다. 그러므로 르블랑은 뤼뺑 대 홈즈의 접전을 프랑스 대 영국의 결전으로 생각하고 뤼뺑으로 하여금 트라팔가의 복수전이라고 외치도록 하고 있다.

그리하여 여러 가지 술책이 전개되고, 그 결과로 말하자면 공평하게 말해 승자도 패자도 없었다. 어느 쪽이나 다같이 승리를 주장할 수 있었던 것이다. 두 사람은 무기를 버리고 상대방의 참다운 가치를 인정하는 정중한 자세로 이야기를 나누게 되는데, 그 경과를 더듬어 보면 홈즈가 크게 자존심을 상한 것으로 나타나 있다. 뤼뺑이 프랑스적 해학과 익살로 놀려대며 가슴이 좀 후련해진 것으로 되어 있는 것이다.

뤼뺑도 홈즈를 본떠 전기작가를 가지고 있다. 그는 〈질 블라스〉지의 기고가로 시평(詩評)을 쓰고 있다. 그의 친구인 장 더스프리가 바로 다른 사람 아닌 뤼뺑으로, '하트 7'사건 이래 친하게 되어 뤼뺑이 진심으로 감사해하는 전기작가가 되었다.

뤼뺑은 자유자재로 얼굴 모습을 바꿀 수 있다. 따라서 많은 다른 이름을 사용하여 일인이역의 흥미를 극단적으로 발휘하고 있다. 미스터리소설이 현실적으로 변하게 됨에 따라 일인이역의 취미는 줄어들었지만, 이 의외성을 가장 효과적으로 이용한 작가가 바로 르블랑이다. 아주 엉뚱한 곳을 노리는 점에서 말하자면 그와 견줄 만한 사람이 없다. 그리고 그는 자신의 활약상을 단순히 전기작가에게만 맡겨두지 않았다. 자신의 일거일동을 알리는 기관지를 가지고 있는 것이다. 〈에코 드 프랑스〉지가 그것으로, 그의 통고문은 언제나 이 신문에 실리고 있다. 따라서 '〈에코 드 프랑스〉는 뤼뺑의 정식 기관지로

서의 영광을 가지고 있으며, 뤼뺑은 그 신문 대주주의 한 사람인 것 같다'고 전해지고 있다. 이처럼 사건이 끝난 뒤 천천히 내용을 밝히는 것이 아니라, 매일매일 사건 진행을 보도하는 신문기자와의 결탁에 착안한 것도 르블랑이 성공한 한 원인이었다.

한편 홈즈 이야기의 정다움은 이륜마차를 모는 데 있지만, 뤼뺑의 활동 시기는 마차는 물론 이미 자동차까지 활용되는 시대였음을 밝혀둔다.

모리스 르베르(Maurice Reber, 1876~1926)의 콩트 괴기 소설이라 할 주옥 같은 네 작품 〈이런 복수〉〈악취미〉〈정상 참작〉〈범인의 손목〉을 함께 수록했다. 르베르는 프랑스의 북동부 독일 국경 지방인 알자스에서 장교의 아들로 태어났다. 아버지가 아프리카 수비대에 근무했던 관계로 르베르는 그의 소년시대를 알제리에서 보냈다. 파리에서 의학 공부를 하고 병원에서 일하다가 제1차 세계대전이 일어나자 군의로서 야전병원에서 근무했다.

르베르는 주로 스릴러 스타일의 신문 연재소설을 썼다. 미스터리작가로는 크게 인정받지 못했으나 공포를 기본으로 깔고 결말에서 극적 반전을 꾀하는 그의 작품은 모파상의 단편들을 통속적으로 다룬 것처럼 보인다는 평을 받기도 한다.